한 동물을 사랑하기 전까지 우리의 영혼은
완전히 깨어나지 못한 상태에 머물게 된다.

- 아나톨 프랑스

사랑해, 나는 길들여지지 않아

사랑해, 나는 길들여지지 않아

초판 1쇄 인쇄 2018년 11월 20일
초판 1쇄 발행 2018년 11월 26일

지은이 앤드루 블룸필드
옮긴이 윤영

펴낸이 박혜수
기획편집 이혜원 최여진 홍석인
해외저작권 김현경
디자인 엄미순 최효희
관리 이명숙
마케팅 이정욱

펴낸곳 마리서사 **출판등록** 2014년 3월 25일 제300-2016-123호
주소 경기도 고양시 일산동구 호수로446번길 8-10, 1층
전화 02)334-4322(대표) **팩스** 031)907-4260 **홈페이지** www.keumdongbooks.com
페이스북 facebook.com/marieslibrary **블로그** blog.naver.com/marie1621

값 15,000원
ISBN 979-11-959767-8-2 03840

이 도서의 국립중앙도서관 출판예정도서목록(CIP)은 서지정보유통지원시스템 홈페이지
(http://seoji.nl.go.kr)와 국가자료공동목록시스템(http://www.nl.go.kr/kolisnet)에서 이용하실
수 있습니다. (CIP제어번호: CIP2018034406)

동거인 소피와 헤더에게,
두 사람이 없었다면 이 모험도 불가능했을 거예요.

차례

사랑해, 나는 길들여지지 않아

앤드루 블룸필드 지음 윤영 옮김

마리書숨

이 책이 출간되기 직전, 너무 어린 나이에
세상을 뜬 '타이니'에게 이 책을 바칩니다.

내 마음속 갈망을 다시 찾아 나서게 된다면
난 뒤뜰을 벗어나지 않을 것이다.
만약 그 갈망이 뒤뜰에 없다면
애초에 그걸 잃어버린 적도 없는 셈이니까!

- 도로시 게일, 《오즈의 마법사(1939)》

캘리포니아 남부에 위치한 평범한 방갈로로 이사했을 때만 해도 나는
집 뒤편에 살던 길고양이에 대해 별 관심이 없었다. 새끼고양이가 라쿤
과 코요테에게 끌려가며 내뱉는 섬짓한 비명이 집을 등지고 들어선 후
미진 숲을 헤치고 무시로 들려왔다. 그럴 때마다 나는 문명사회의 귀퉁
이에 들어서고야 말았다는 사실을 체감하곤 했다. 나는 집고양이와 길
고양이가 만나는 벼랑에 서서 생각했다.
'역시 메이베리로 갔어야 했어.' (알고 보니 그곳이야말로 야생동물의
천국이었지만.)

별 수 없이 집과 야생의 땅은 충돌했다. 가슴을 짓찧는 사건을 목도한 내게 뒤뜰에서 벌어지는 혈극에 끼어드는 것 말고 다른 선택지는 주어지지 않았다. 그리하여 나는 어느 안개 낀 날 아침, 우리 사이에 놓여 있던 보이지 않는 선을 횡단했다.

겁 많고, 거칠고, 때로는 사납기도 한 길고양이 무리와의 떠들썩한 연대기는 그렇게 시작되었다. 난 고양이에게 이름과 집을 지어 주었고, 그들을 먹이고 구출해 주었으며 중성화도 시켰다. 잠을 자는 건 꿈같은 일이었다. 포식자로부터 고양이를 지키기 위해 나는 툭하면 자다 말고 침대에서 일어나야 했다. 동물 병원 청구서 때문에, 도와주려다 입은 상처를 치료하러 병원 응급실을 숱하게 드나드느라, 신용카드는 한도를 넘어서기 일쑤였다. 몇 년이 지나자 이 무리의 생과 사, 경쟁과 동맹, 파벌과 따돌림의 사이클 속으로 나는 송두리째 휘말리게 되었다.

남는 것 하나 없이 기력만 소진하게 될 것은 불을 보듯 뻔했다. 고인이 된 영국 작가 앨리스 토마스 엘리스가 이런 관계에 대해 언급한 적이 있다. "사이좋게 주고받는 사랑이란 없다. 남자는 여자를 사랑한다. 여자는 아이를 사랑한다. 아이는 햄스터를 사랑한다. 햄스터는 그 누구도 사랑하지 않는다. 이 얼마나 절망적인가."

그러나 길고양이는 햄스터와도 달랐다. 사람이 만지는 것조차 허락하지 않았고 작은 움직임이나 목소리에도 달아나 버렸다. 사람과 눈을 맞추지 않았을 뿐더러 가르랑대지도 않았다. 그들은 주인을 잃은 고양이, 그러니까 가정에서 키우다가 버려진 고양이가 아니었다. 길들여지지 않은, 그리고 대개는 길들일 수도 없는 야생고양이였다.

이 이야기는 이십 년에 걸쳐 내 시간을 축내고 감당할 수 없는 재정적 손해를 안기고, 마침내 환산하기 어려운 보상을 내린 고양이, 내가 이해하고 사랑하게 된 길고양이와 내가 걸어간 길을 그린 것이다.

사실 나는 고양이를 좋아하는 사람도 아니었다.

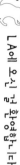

열일곱 살 때의 일이다. 어머니는 심령술사에게 가겠다며 내게 운전을 부탁했다. 어머니는 바이올렛이라는 이름의 그 심령술사에게 잔뜩 마음이 끌려 있었다. 어머니가 점을 보는 동안 나는 거실에 놓인 푹신한 의자에 파묻혀 어머니를 기다렸다. 그런데 어머니와 뭔가 한참 이야기를 하다 말고 바이올렛이 갑자기 어머니 머리 너머로 나를 쓰윽 한번 훑고는 불쑥 내뱉었다.

"당신 아들, 할리우드로 가겠어요. 거기서 천직을 찾겠군요."

할리우드라니! 어머니가 그런 헛소리에 생돈을 지불한다는 것을 믿을 수 없었다.

설명하기 힘든 연유로 무언가에 깊은 끌림을 느끼기는 내 쪽도 마찬가지였다. 당시 내가 골몰했던 분야는 극동지역이었다. 결국 동양학을 전공하게 되었고 도서관에 몇 시간이고 틀어박혀 히말라야 사진 책을 열심히 들여다보곤 했다. 그 후 나는 학사 학위 연구의 일환으로 네팔 땅을 이리저리 누볐다. 17세기 순례자를 위한 여행 편람을 정성들여 읽고 히말라야 산맥 기슭의 작은 언덕을 어슬렁거리며 책자가 안내하는 대로 탐험하는 동안 이태가 지나갔다. 할리우드는 먼 나라 얘기였다. 그럼에도 결국 내가 최종적으로 정착한 곳은 할리우드였다.

네팔에서 돌아온 후 시애틀에 서점을 열었지만 곧 일을 접고 로스앤젤레스에서 점성가로 일하게 되었다. 꽤나 야심찬 시작이었다.

산타 모니카 해변 부근에서 막 동이 터오는 새벽을 지켜보며 나는 내가 LA에 있다는 사실을 처음으로 실감했다. 조용하고 평화로운 일요일이었다. 벤치에 앉아 성긴 구름 사이로 밝아 오는 여명을 바라보며 나는 아마도 이 풍경을 좋아하게 될 거라는 상념에 빠져 있었다. 그때였다. 찢어질 듯 요란한 타이어 소리와 함께 가속 페달을 밟은 자동차 엔진 소리가 들려왔다. 순식간에 빨간색 소형 도요타가 나타났고 바로 내 앞에서 방향을 홱 틀었다. 차 안에는 흉악하고 위험해 보이는 남자들이 욱여넣은 듯 앉아 있었다. 이어 순찰차 다섯 대가 사이렌을 요란하게 울리며 뒤쫓았다.

어쩜 난 이리도 운이 좋을까! 영화 촬영 현장을 코앞에서 관람하게 되다니! 빨간 자동차는 경찰차에 쫓기며 계속해서 맴맴 돌았다. 도요타 뒷좌석의 창문이 열리는가 싶더니 추격해 오던 경찰을 향해 무리 중 한 남자가 총을 겨누었다. 총을 본 순찰차가 거칠게 핸들을 돌려 바로 내 앞에 차를 댔다. 조수석에 앉아 있던 경찰관이 차에서 풀쩍 뛰어나와 나를 바닥으로 끌어당기며 소리쳤다.

"엎드려, 이 얼간아! 저 놈들 은행 강도라고!"

그제야 착각에서 깨어났다. 주변 어디에도 카메라나 영화 제작진은 없었다. 로스앤젤레스에서 벌어지는 일 중에는 영화가 아닌 일도 있었던 것이다.

다음날 저녁, 나는 선셋 스트립으로 첫 순례를 떠났다.

한때 떠들썩했던 상류 클럽, 유명 스타와 스폰서가 들락거리고 토요일이면 영화계 거물들이 거액의 판돈을 걸고 포커를 쳤던 옛 카페 '트로카데로' 앞을 지났다. '록시'와 '위스키 어 고고' 옆을 걸었고 미키 코헨과 벅시 지겔이 도박장을 운영했던 '멜로디 룸'을 보려고 길을 건넜다. 리버 피닉스가 약물 과용으로 죽었던 콘크리트 판 위를 걸어갔다. 그런 다음, 엘튼 존이 공동 창업한 레스토랑 '르 돔'을 지나 살짝 언덕으로 올라갔다. 라 시에네가 대로가 눈앞에 펼쳐졌다. 나는 도로를 건너 몬드리안 호텔로 갔다.

호텔에서는 턱시도를 차려입은 보안 요원이 재빨리 나를 옆문으로 안내했다. 나는 호사스런 수영장을 얼른 지나 스카이 바가 있는 위층으로 올라갔다. 문득 고개를 돌려 보니 바로 건너편 자리에서 아담 샌들러가 차가운 맥주를 마시고 있는 게 보였다. 장 클로드 반 담도 있었다. 프로듀서 두 명이 얼굴에 흰 가루를 덕지덕지 묻히고 코카인에 취한 채로 앉아 있었다. 수영장에서 흥청거리는 사람들을 내려다보며 금발의 두 미녀가 셔츠를 머리 위까지 끌어올리자 어마하게 거대한 젖가슴이 드러났다.

나는 스카이 바를 나와 바로 옆 가게로 발길을 돌렸다.

'하우스 오브 블루스'는 발 디딜 틈 없이 붐볐다. 층계 위로 떠밀려 빨간 밧줄 아래에 있는 VIP 구역까지 다다르게 됐는데 공교롭게도 실베스터 스탤론과 딱 부딪쳤다. 그가 날 보며 말을 걸었다.

"안녕하신가?"

아내인 제니퍼 플래빈이 곁에서 춤을 추고 있었다.

안녕하시냐고?

록키가 나한테 '안녕하신가?'라고 묻다니! 말이나 되냐고?

그들은 내가 할리우드에서 뭐라도 되는 사람인 양 착각하는 모양이었다. 이러한 비현실적 경험을 선사한 사람 중엔 스티븐 스필버그도 있었다. 어느 날 오후였다. 나는 브렌트우드에 있는 유도 강습소 바깥에 서 있었다. 몇 발자국 떨어진 곳에 그가 있었고 거기엔 우리 둘 뿐이었다. 보아하니 스티븐은 가라데 수업을 받는 아들을 기다리고 있는 듯했다. 하지만 그는 아들 대신 나를 계속 쳐다봤다. 유명인을 뚫어져라 보는 게 무례하다 느끼면서도 나 역시 그에게서 시선을 돌리지 않았다. 내가 그를 훑어보자 그는 어리둥절한 표정을 지었다. 내가 누군지 기억해 내려 애쓰는 모양이었다. 그가 몇 발짝 다가오기에 내가 먼저 얼른 말했다.

"미안해요, 스티븐. 우린 초면이에요."

그는 안도한 듯 보였다.

할리우드로 갈 거라는 바이올렛의 예언이 맞아떨어졌기에, 내가 영화산업에 종사하게 될 것 같은 예감이 들었다. 할리우드에서 천직을 찾을 거라고 했는데, 이곳에 영화 말고 또 뭐가 있단 말인가? 하지만 난 연기도, 연출도, 제작도 할 줄 몰랐다. 인맥이랄 것은 요만큼도 없었다. 할리우드 명예의 거리를 배회하던 어느 날 오후, 시멘트에 새겨진 별들을 관광객처럼 얼빠진 얼굴로 쳐다보고 있을 때였다. 시나리오 작법 강좌를 광고하는 구깃구깃한 전단이 시야에 들어왔다. 나는 굵은 글씨로 출력된 부분을 읽어 나갔다.

"할리우드 대열에 끼고 싶나요? 멋진 시나리오를 쓰세요!"

시나리오를 쓰는 최선의 방법은 많이 읽어보는 거라고 생각했다. 물론 좋은 작품이어야 했다. 나는 작가 조합과 모션 픽처 아카데미 도서관에서 시나리오 읽기에 몰두했다. 직접 써 보기도 했다. 장르를 가리지 않고 닥치는 대로 썼다. 시나리오 공모에도 참가하고 제작자와 매니저, 영화 중개상 등에 문의도 했다. 그러다 이내 깨달았다. 할리우드는 안면도 없는 신출내기를 받아줄 만큼 개방적이지 않다는 것을. 모든 것이 잘 풀릴 것만 같았던 처음 며칠이 실은 할리우드 생활의 정점이었다는 것을 점차 깨달았다. 이후로 모든 게 내리막길이었다.

몇 년 후, 나는 돈을 모조리 잃고 거처도 없이 차에서 지냈다. 종종 바닷가에 차를 세워 놓았는데, 새벽에 경찰이 나타나면 이른 아침 파도를 기다리는 서퍼인 척 하기 위해서였다. 밤이면 해변에서 술 마시고 노는 사람들과 일행인 양 캠프파이어 주변에 끼어 앉아서 먹을 걸 얻어먹기도 했다. 보통은 타코 트럭에서 콩 한 접시로 끼니를 해결했다. 나는 할리우드의 또 다른 면이었다.

결국 나는 로스앤젤레스에 처음 왔을 때 만났던 옛 여자 친구 소피에게 연락했다. 소피네 집에 드나들며 그녀의 언니 헤더와도 친해졌다. 둘은 시내에서 10마일 정도 떨어진 곳에 위치한 1930년대 방갈로에서 살고 있었다.

내 곤란한 상황을 들은 소피와 헤더는 며칠 동안 그들 집 소파를 내주었다. 그 울퉁불퉁한 소파가 내게는 리츠칼튼 호텔의 침대와 진배없었다. 그 소파에서 지내는 동안 나는 삶을 재검토할 시간을 가졌다. 그러고는 초심으로 돌아가기로 결심했다. 자신이 아는 걸 써야 한다. 시나리오 작법 강사가 누차 강조했던 말이었다. 아시아에 대해서라면 조금 알기는 했다. 티베트 승려를 만난 덕에 인생이 확 바뀐 밀수업자의 이야기를 들었을 때, 이제 이걸로 횡재할 일만 남았다고 여겨졌다.

나는 돈을 빌려서 샌프란시스코로 날아가 그 밀수업자를 개인적으로 만났다. 그리고 이야기를 기록하며 며칠을 보낸 뒤 한껏 고양된 기분으로 로스앤젤레스로 돌아왔다. 글도 잘 써질 것 같았고 생활도 한층 안정되어서 다 잘 될 것만 같았다. 우리 셋은 잘 지냈다. 자매는 나더러 남는 방 하나에 들어와 사는 것이 어떻겠냐고 했다. 나는 더할 나위 없이 기쁜 마음으로 제안을 받아들였다. 안전하게 지낼 곳이 생기면서 몇 년 전에 중단했던 점성술에도 시간을 할애할 여유가 생겼다. 점술 상담은 월세와 관리비를 내고 생계를 보조하는 수단이 되었다. 인생이란 오묘했다. 밥벌이인 줄로만 알았던 점성술 덕분에 할리우드에 발을 내딛게 되었으니까. 점성술 일을 시작한 지 몇 달 새 영화사의 중역을 고객으로 맞이했던 것이다. 작가로서 각인되고자 애썼던 바로 그 영화사들이었다.

샌프란시스코에 다녀온 후 나는 영화 구상으로 머리가 복잡했다. 그 작품에 거는 기대가 컸다. 그것만 잘 되면 내 생활도 확 달라질 것 같았다. 단지 약간의 정서적 환기가 필요했다. 신선한 공기를 마시고, 걸으면서 생각을 정리해 보는 것.

나는 뒤뜰로 나가는 문을 열고 발을 내딛었다. 그리고 그대로 얼어붙었다. 죽은 새끼 고양이가 그곳에 있었다.

소피와 데이트를 할 때도, 여기로 이사 온 후에도, 자매의 집 뒤뜰과 이웃집 뒤뜰 사이 수풀에 길고양이 무리가 살고 있다는 사실은 익히 알고 있었다. 고양이는 몸집이 저마다 달랐고 색이나 모양도 제각각이었다.

그들은 슬금슬금 움직였고, 겁이 많았으며, 밤에는 눈에 띄지도 않았다. 그저 나무 틈에서 유령처럼 눈만 번득이며 뜰을 가로지르는 높은 나무 울타리 아래에서 가만히 무언가를 응시하곤 했다. 가끔 부서진 담장 틈으로 깜짝 놀란 눈, 까만 코, 털이 성긴 꼬리와 마주칠 때가 있었다. 고양이 떼는 다른 야생동물만큼이나 사람과의 접촉을 경계했다. 겉으로 보기엔 집에서 키우는 고양이와 비슷했지만 분명히 야생에 길들여진 고양이이었다.

'산 가브리엘' 산에서 뻗어 내려온 건조한 골짜기 기슭에 코요테와 라쿤의 서식지가 있다는 걸 나는 서서히 눈치챘다. 그 포식자들은 신선한 고기를 먹으려면 어디로 와야 하는지 알고 있었다. 갓 태어난 젖먹이나 새끼 고양이는 특히나 공격에 취약했다. 고양이 수는 늘어나다가도 그런 식으로 줄어들었다. 마음이 편하지는 않았지만 우린 이것이 자연의 섭리이며 우리가 관여할 일이 아니라고 판단했다. 고양이들은 자매가 이곳으로 이사 오기 전부터 거기에 살았고 자매보다 더 오래 거기에 살 것이었다.

그렇긴 해도 이 생명체들은 굶어 죽을 것 같은 절망적인 모습이었다. 연약한 하얀 고양이가 이웃집 쓰레기통을 뒤져 찾아낸 뼈다귀를 먹고 질식해서 죽는 모습을 속수무책으로 지켜본 후 우리는 선택의 여지가 없다고 느꼈다. 결국 고양이들이 제대로 된 영양을 섭취할 수 있도록 먹을 것을 밖에 내놓았고 먹이를 준 후에는 바로 치워 버렸다. 다른 동물이 꼬일 것을 염려해서였다.

헤더가 고양이 밥 한 줌을 들고 거의 30분 간 같은 자리에 얼어붙은 듯 서 있던 모습을 기억한다. 바닥에 내려진 고양이 밥이 몰고 올 파장을 직감했던 그녀는 주저하고 있었다.

머지않아 우리는 약 열다섯 마리의 고양이들에게 아침저녁으로 하루에 두 번 밥을 줬다. 그런 다음 개체수를 측정하기 쉽도록 고양이들에게 이름을 붙이기 시작했다. 그 이상의 개입은 하지 않을 작정이었다.

소피와 헤더는 직장에 다니며 활동적인 사회생활을 즐겼다. 우린 각자의 생활에 열심이었다. 배우자도 아이도 없었다. 그리고 믿기 어렵겠지만, 고양이를 좋아하는 부류의 사람도 아니었다.

내 발치에 죽어 있는 새끼고양이는 토터셸토티, 거북등무늬, 삼색얼룩무늬라고도 불리며 여러 색이 경계 없이 섞여 있는 무늬를 뜻한다-옮긴이과 태비호랑이와 비슷하게 뚜렷한 줄무늬가 있다-옮긴이의 잡종이었다. 초콜릿색과 황갈색 얼룩에, 다리 쪽으로는 호랑이의 후손임을 자랑스럽게 내보이는 진한 주황색 줄무늬가 섞여 있었다. 바로 그 전날, 난 이 조그만 녀석이 뒤뜰에서 즐겁게 뛰노는 모습을 보았다. 빙글빙글 돌고 공중을 풀쩍 뛰어오르던 녀석의 그 조그만 몸에는 삶을 향한 열의가 가득해 보였다. 죽은 새끼로부터 시선을 거두고 고개를 들자 여덟 마리의 고양이들이 나를 올려다보고 있었다. 그들은 바닥에 엉덩이를 대고 앉아 있었는데, 누가 일일이 앉혀 놓은 것처럼 완벽한 반원 모양으로 모여 있었다.

나는 이 고양이들을 알아보았다. 캘리비, 스노우화이트, 크레이지, 섀도우, 베이지, 주니, 그레이, 마블이었다. 수컷 두 마리에 나머지는 암컷이었고, 칠흑같이 새까만 것부터 샴 고양이까지 색깔과 형태가 다양했다. 나를 보고도 숨지 않고 도망가지도 않은 것, 무엇보다 저마다 나를 뚫어지게 쳐다보고 있다는 사실에 나는 적잖이 놀랐다. 고개를 들어 고양이를 한 마리씩 살펴보는데도 그들은 호소하듯 나와 눈을 똑바로 맞추고 노려봤다.

그건 길고양이들이 하지 않던 짓이었다.

이곳에 무슨 일이 일어나고 있었다. 무언가 엄청난 일이었다. 나는 차츰 긴장되었다. 우주가 이 일을 처리하는 데에 나를 쓰기로 합의해 버린 느낌이랄까? 자기 보존 행위보다 이타심이 더 고귀할지는 몰라도 나는 그것을 실천하고픈 의사가 조금도 없었다. 진짜 책무는 비껴가고 싶었다고 해야 할 것이다. 내가 할 수 있는 일은 고양이 밥을 챙겨 주는 것 까지였다. 그러나 나는 이 고양이 무리가 내게 도움을 구하고 있다는 걸 느꼈다. 내가 시체를 내려다보자, 고양이들의 시선도 나를 따라왔다. 내가 다시 고양이들을 바라보자, 그들도 다시 나와 눈을 맞췄다. 너희 사람을 제대로 찾아온 거니? 너희도 뭔가 잘못 찾아온 것 같다고 생각하는 것 아니니?

뺨을 타고 흐르는 눈물을 억누르려 애썼다. 나는 차갑게 굳어 미동도 않는 고양이를 잠자코 바라봤다. 하루 전 만해도 그를 약동하게 했던 빛나는 영혼이 이제는 떠나 버렸다. 진부하게 들리겠지만 지금껏 간섭하지 않기로 한 섭리에 의구심이 들었다. 거리낌 없이 생명력을 뿜어내던 무구하고 연약한 존재가 바로 다음 순간 잔인하게 목숨을 잃었다. 누가 구상한 섭리란 말인가?

몇 년 전 달라이 라마의 담화에 참석했던 기억이 떠올랐다.

달라이 라마는 이야기 도중에 별안간 눈물을 흘리기 시작했다. 처음엔 그가 웃는 줄 알았다. 그러다 곧 울고 있음을 깨달았다. 놀란 청중들도 숨을 죽였다. 달라이 라마는 감정을 주체하지 못하고 흐느끼기까지 했다. 조금 진정되자 코를 풀고 눈물을 닦아냈고 종교적 담론을 이어나갔다. 나중에야 담화가 있기 직전에 달라이 라마의 친한 친구가 세상을 떠났다는 사실을 우연히 알게 되었다. 죽음을 아는 것과 겪는 것은 별개라는 걸 그때 깨달았다. 지적 차원의 숙고와 가슴이 찢어질 듯한 고통은 다른 차원에 있었다.

죽은 새끼 고양이는 내장이 튀어나와 있었고 선연한 핏자국이 커다란 피 얼룩을 가로질러 흩뿌려져 있었으며 한쪽 다리는 사라지고 없었다. 새끼 고양이의 사체를 자세히 관찰하려 모여 있던 둥근 고양이 무리가 내 곁으로 다가왔다.

나는 땅바닥에 털썩 주저앉아 한숨을 내뱉었다. 내가 숨을 내쉬자 고양이들은 당장이라도 도망칠 듯 놀랐지만 이내 진정했다. 바들바들 떨고 있는 고양이들을 차례로 훑어본 다음 마침내 큰 소리로 말했다.

"그래 도와줄게."

어쩌면 바이올렛이 옳았다. 할리우드에서 내가 천직을 찾은 것이다.

내가 어릴 때 우리 가족은 개를 키웠다. 그것도 덩치 큰 녀석들로. 아버지는 고양이 알레르기가 있었다. 그럼에도 불구하고 모든 살아 있는 생물을 다 사랑하는 여동생은 길 잃은 고양이를 집으로 데려와 리프카라고 이름을 붙여주었다. 고양이 때문에 아버지가 괴로워하는 걸 본 어머니는 지체 없이 고양이를 뒤뜰로 던져 버렸다. 우리 집 뒤뜰은 풀과 나무가 웃자라 있었고, 부모님은 그런 곳이라면 고양이가 살기엔 충분할 거라고 생각했다. 결국 리프카도 우리 가족의 친구로서 보살핌을 받게 되었지만, 그건 녀석이 수컷 새끼를 낳고 나서의 일이었다. 그리고 부모님은 그 새끼 고양이에게 피프카라는 이름을 붙여 주었다.

아시아에서 지내던 나는 고향으로 돌아와 내가 살던 집 근처에서 작은 오두막 하나를 빌렸다. 나는 말동무 삼을 고양이가 한 마리 있으면 좋겠다고 생각하며 부모님 댁 뒤뜰에서 리프카의 자손인 전설의 피프카를 찾아 몇 시간을 보냈다. 녀석은 분명 '저기 어딘가에 있을' 터였다. 하지만 고양이는 〈어린 왕자〉에 나오는 여우처럼 나와서 놀 생각이 없어 보였다. : "나와서 같이 놀자." 어린 왕자가 제안하면 여우는 이렇게 대답했다. "난 너무 불행해.", "난 너랑 놀 수 없어.", "난 길들여지지 않았어." 난 '야생'에서 홀로 몇 년을 보낸 고양이가 어떻게 변했을지 상상하면서 덤불 밑을 살피고, 장작더미 안도 뒤져보고, 오래된 나무위의 집 아래를 쑤시고 다녔다. 그리고 마침내 덥수룩한 잡초처럼 생긴 것을 발견했다. 그것은 잡초와 달리 움직이고 있었다.

내가 가까이 다가가자 그것은 더 빨리 움직여 나에게서 멀어졌다. 난 웃음을 멈출 수가 없었다. 어디가 머리이고 눈이며 다른 신체 부분인지 알아볼 수도 없는, 고양이라기보다는 무슨 만화 캐릭터 같은 덥수룩한 덩어리가 황급히 도망치는 게 보였다.

난 동물용 덫을 사서 며칠을 침착하게 기다렸다. 미끼로 사용한 연어 냄새가 너무 유혹적이라 이 조그만 녀석이 얼마 못 견딜 거라고 기대하면서. 어느 날 오후, 얼룩무늬가 있는 덩어리가 덫을 향해 슬금슬금 다가가는 걸 목격했다. 녀석은 보기와 달리 빈틈이 없었다. 조심조심 덫으로 들어가 생선을 물고(아, 아마 그쪽이 입이 있는 쪽이었나 보다) 왔던 길로 돌아나가려는데 생선이 분리가 되어 툭 떨어지고 말았다. 녀석은 가장 큰 조각을 다시 물고 나가다가 잠금 장치를 밟았다. 쾅!

태어나서 그런 광경은 처음이었다. 고양이 케이지가 통째로 스프링이라도 달린 것처럼 테라스 주변을 풀쩍거리며 뛰었다. 퍼덕거림과 동시에 안에서는 괴성이 흘러나왔다. 난 케이지를 간신히 차 뒷자리로 옮긴 다음 내 오두막 쪽으로 차를 몰았다. 백미러로 보니 케이지는 여전히 위아래로 튀며 차 문짝에 세게 부딪치고 있었다. 부디 고양이가 케이지 안에 얌전히 있기를 기도했다. 이 미치광이가 도망쳐 나오면 무슨 일이 일어날지 생각하고 싶지도 않았다.

일단 집에 도착한 나는 사방이 막힌 마당에 케이지를 내려놓고 조심스럽게 문을 열었다. 그리고 마당 반대편으로 후다닥 도망쳤다.

아무 일도 일어나지 않았다. 고양이는 케이지 안에서 바닥에 배를 바짝 대고 꼼짝 않고 있었다. 녀석도 이제 너무 지쳐서 더 이상 날뛰지 못하는 듯 했다. 나는 케이지 옆에 먹을 것과 물을 남겨둔 채 집안으로 들어갔다. 다음날 아침, 아무것도 변한 게 없었다. 움직이는 잡초는 여전히 웅크리고 있었다. 음식과 물도 전혀 건드린 흔적이 없었다.

그런데 그 다음날은 케이지가 비어 있었다. 그리고 며칠이 지나도록 고양이의 모습은 여전히 찾아볼 수 없었지만, 내가 갖다 놓은 음식과 물이 줄어들고 있는 건 알아챌 수 있었다.

몇 주가 지나고, 나는 녀석이 멀리서 나를 지켜보고 있다는 걸 알게 되었다. 아시아에서 살았던 경험 덕분에 난 참을성만큼은 자신 있었다. (러시아워에 뭄바이에서 완행열차를 타 본 적이 있는가?) 나는 절대로 고양이와 눈이 마주치지 않으려고 노력했고 녀석의 존재를 의식하고 있다는 티를 내지 않았다.

그 해 여름은 심각하게 더웠다. 나는 더위를 식히기 위해 저녁마다 오두막 지붕에 앉아 몇 시간을 보내곤 했다. 어느 날 밤 나는 그 야수-그때까지만 해도 너무 지저분해서 고양이라고 부를 수가 없었다-를 발견했다. 녀석은 나에게서 가장 멀리 떨어진 지붕 귀퉁이에 자리를 잡고 앉았다. 사실 몸 반쪽은 땅에서 3.6미터 떨어진 공중에 매달려 있었다고 해도 과언이 아니었다. 하루하루 지나면서, 녀석은 아주 천천히, 몇 센티미터씩, 나와 가까운 곳에 앉기 시작했다. 나는 녀석이 내게 올 것을 대비해 무릎 위에 팔을 펼쳐 놓고 손도 쫙 펴고 있었다. 대신 절대로 먼저 다가가지는 않았다.

그러다가 마침내 그 때가 찾아왔다. 고등학생 시절, 첫눈에 반했던 아이가 시간이 흐른 다음에야 내 짝이 되었을 때처럼 벅찬 순간이었다. 그 야생 짐승은 내 손에 자기 머리를 들이밀고는 바로 내 옆에 드러누웠다. 다른 동물에게 받아들여졌다는 데서 오는 그 따뜻함은 이루 말할 수 없는 감정을 느끼게 했다. 지붕에 함께 앉아 귀뚜라미의 울음소리를 듣는 게 매일 밤 우리의 일상이 되었다. 녀석은 때때로 날아가는 벌레를 향해 라이트훅을 날리기도 했다. 머지않아 사람 손을 탄 적 없는 이 야생동물은 내 무릎에서 몸을 말고 자게 되었다. 내 오두막을 드나들 정도로 편안해진 녀석은 침대 위에도 앉기 시작했다. 우리는 서서히 가까워졌다. 녀석이 처음엔 침대 가장자리에 걸터앉았다가 조금씩 가까이 오는가 싶더니, 어느 날 밤인가는 내 바로 옆 베개 위로 살금살금 자리잡았다.

날이 갈수록 우리는 점점 가까워졌고, 드디어 녀석의 털에 붙은 잡초를 잘라내고 빗질을 할 수 있을 정도가 되었다. 그럼에도 난 피프카를 길들인 동물이라고는 말할 수 없었다. 착하게 굴긴 했지만 기본적으로 녀석은 야생동물이었다.

녀석은 이 사실을 뜬금없이, 별다른 이유도 없이 나에게 상기시켜주었다. 갑자기 내 가슴 위로 튀어 올라가 이빨로 내 경정맥을 꽉 물고는 숙련된 암살자처럼 압박을 가하곤 했다.

녀석의 야생성이 공공연하게 드러나는 또 다른 때는 집에 누군가가 방문하는 경우였다. 발자국 소리가 다가오는 게 들리면, 녀석은 가장 가까운 창문으로 목숨을 걸고 달려가 있는 힘껏 자유를 찾아 몸을 던졌다.

겁쟁이 사자가 고함치는 오즈로부터 도망쳐 긴 복도를 내달리다가 갑자기 방향을 틀어 스테인드글라스 창문 밖으로 몸을 날리는 장면을 생각하면 된다.

나중에 내가 오두막을 떠나게 됐을 때, 내 친구였던 새로운 세입자는 고양이에게 온갖 정성을 다 쏟아 부었고 둘은 아주 사이가 좋아졌다.

역시 나는 고양이를 좋아하는 사람이 아니었다.

내가 캘리포니아 남부 방갈로로 이사 가기 몇 년 전부터, 헤더와 소피는 고양이들에게 주의를 기울이고 있었다. 그러나 그들 역시 고양이를 좋아하는 사람은 아니었다. 늦여름 어느 날 늦은 오후, 심한 폭풍이 들이닥쳤다. 소피와 헤더는 얼핏 괴로워하는 듯한 고양이 울음소리를 들었다. 그러나 곧 그냥 바람소리일 거라고 결론 내렸다. 하지만 소리는 다시 들렸고, 아주 조그맣긴 하지만 고양이가 내는 야옹 소리가 분명했다. 둘은 밖으로 달려 나갔으나 새끼고양이의 위치를 쉽게 찾지는 못했다. 고양이 소리는 옆집 뒤뜰 수풀 속에서 나는 듯 했다.

둘은 울타리를 넘어가 보았지만 역시나 고양이를 찾지 못했다. 시간이 늦은 데다가 폭풍까지 몰려와서 사방은 점점 더 어두워지고 있었다. 번개가 번쩍 치고 세찬 바람이 휭 불고 지나가자, 야옹 소리도 점점 더 격렬해졌다.

밖으로 달려 나간 자매는 옆집 현관문을 두드렸다. 문을 열고 나온 사람은 영어를 한 마디도 하지 못하는 나이 든 중국인 부부였다. 헤더와 소피는 수풀을 가리키며 고양이 귀와 수염 모양을 흉내 냈다. 자매가 점점 더 흥분할수록, 부부는 점점 더 움츠러들었다.

자매는 다짜고짜 고양이를 잡으러 들어가려했고 부부는 둘을 향해 고함을 질렀다. 바로 그때 현관에 모습을 드러낸 부부의 아들이 다행히 영어를 할 줄 알았던 덕분에, 헤더가 한 말을 부모님에게 번역해 주었고, 허락을 받아 자매를 뒤뜰로 안내했다. 폭풍이 심해지고 있었다. 다 같이 뒤뜰을 뒤졌지만 아무 소용이 없었다. 그리고 잠시 바람이 잠잠해 졌을 때 다시 희미한 야옹 소리가 들렸다. 젊은 남자는 소리를 따라가 커다란 회전초 *가을이 되면 줄기 밑동에서 떨어져 공 모양으로 바람에 날리는 잡초 - 옮긴이 안을 들여다 보았다. 마치 둥그런 자궁처럼 생긴 잡초 안에 겁에 질려 바들바들 떨고 있는 새끼 태비 고양이가 있었다.

남자는 새끼 고양이를 낚아채듯 들어올렸다. 거센 바람에 고양이의 몸이 앞뒤로 마구 흔들렸다. 고양이는 이전보다 더 큰 소리로 울어댔다.

"이제 어쩔 건가요?"

그가 바람 소리를 뚫고 자매에게 소리를 질렀다.

헤더와 소피는 뭐라고 대답해야 할지 몰라 서로의 얼굴만 바라보았다. 노부부는 뒤뜰을 향해 고함치기 시작했다.

"저분들이 빨리 여기서 나가라네요. 이제 어쩔 거냐고요? 빨리요!"

그러자 소피가 헤더에게 소리쳤다.

"고양이라는 건 확인했네!"

"그래, 고양이야!"

"어쩔 거냐고요?"

남자는 또 소리쳤다. 헤더는 팔을 뻗어 고양이를 넘겨받고는 손바닥으로 감싸 안았다.

자매는 고양이를 안고 집으로 돌아갔다. 길모퉁이를 지날 때, 번개를 맞은 변압기에서 불꽃이 튀었다. 두 사람은 모두 비명을 질렀고 헤더는 새끼 고양이를 꽉 안았다. 후다닥 집으로 달려 들어온 둘은 불을 밝힐 것을 찾았다. 초를 찾지 못한 자매는 곧장 차로 달려가 가까운 동물병원으로 향했다. 수의사는 고양이를 살펴보더니 어미에게 보살핌 받던 수컷 길고양이라고 말했다. 태어난 지 열흘쯤 됐고 며칠 있으면 눈을 뜰 거라고도 했다. 그는 분유병과 부드러운 담요를 주며 그들을 돌려보냈다.

자매는 뒤뜰에 살고 있는 고양이 무리 중 암컷 우두머리, 그랑담이라는 이름의 매력적인 샴고양이와 수컷 우두머리인 모리스가 새끼 고양이의 부모라고 결론을 내렸다. 그때가 8월이었기 때문에 헤더는 고양이 이름을 레오라고 지었다. 이후 16년 동안 헤더와 레오는 함께 지냈다. 고양이가 라쿤이나 코요테의 눈에 띄면 곧바로 죽을 수 있다는 걸 알고 있었기에, 헤더는 레오를 집안에서 키우기로 했다. 새롭게 구조한 고양이를 집에 들일 때는 레오가 스트레스를 많이 받을까 봐 자기 방으로 거처를 옮겨주었다. 젖먹이 때부터 집안에서 키워졌음에도 불구하고, 레오는 여전히 길고양이의 습성을 갖고 있었다. 녀석은 내가 만지려는 기색만 보여도 발톱을 세우고 쉭쉭 소리를 냈다. 헤더 역시 녀석이 맹렬하게 발톱을 휘갈기는 모습은 낯설어 했다. 그렇긴 해도 레오는 헤더를 많이 믿고 따랐다.

특히 어렸을 적에는 얌전한 시절도 있었다. 레오가 내 팔을 타고 오르고, 셔츠 소매 아래로 파고들고, 움푹 파인 쇄골 안쪽에서 웅크리고 자던 때가 기억난다. 헤더는 출근길에 '어린이집'에 레오를 맡기고 일을 하러 갔다. 여기서 어린이집이란 헤더의 부모님 집이었다.

부모님이 헤더의 계획을 처음부터 달갑게 여긴 것은 아니어서 초기엔 그 일로 크게 다투었다. 헤더의 어머니는 집에 고양이를 들이는 걸 반대하는 사람이었다. 딸이 레오가 들어 있는 상자를 들고 나타났을 때는 들어오지 못하도록 밀치기도 했다. 그래도 자신이 보살피지 않으면 고양이가 살아남기 어렵다는 사실에 마음이 약해진 어머니가 승낙하면서 마침내 레오는 '어린이집'에 들어갈 수 있었다. 그날 밤 어머니는 녀석을 돌려보내는 걸 아쉬워했다. 이제는 부모님이 어린이집 운영을 손꼽아 기다리는 식으로 전세가 완전히 역전되었다. 다만 레오는 집에 있던 다른 수컷들 - 헤더의 아버지와 남동생 - 을 공포에 떨게 만들었다. 레오는 둘이 자기 옆을 지나가기만 해도 공격했다. 심지어 누가 지나가기를 기다리며 냉장고 위에 잠복해 있을 때도 있었다. 그것은 집고양이들이 하는 짓은 아니었을뿐더러 심각한 문제이기도 했다. 닌자와 함께 사는 것이니까 말이다.

내가 소피, 헤더와 함께 살게 됐을 때 집에는 이미 수컷 고양이 한 마리가 살고 있었다. 그때까지만 해도 길고양이는 우리 삶에 깊숙이 관여하지 않고 있었다.

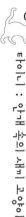

03

타이니 : 안개 속의 새끼 고양이

'당신이 반려동물을 선택하는 게 아니다. 반려동물이 당신을 선택한다.' 라는 말을 들은 적 있다. 레오는 헤더를 선택했다. 그리고 나 역시 선택을 받을 참이었다. 2006년의 어느 여름날 저녁, 바다로부터 짙은 안개가 밀려와 로스앤젤레스를 뒤덮었다. 헤더는 부엌에서 냄비와 프라이팬을 통탕거리며 저녁 준비를 하고 있었고, 소피와 나는 거실 소파에서 텔레비전을 보고 있었다. 집안의 소음 너머로 이상한 소리가 들렸다. 우리는 텔레비전을 끄고 귀를 기울였다. 또 소리가 났다. 작지만 괴롭고 쓸쓸한 울음 소리였다. 곤경에 빠진 새끼 고양이가 우리에게 도움을 청하는 소리가 분명했다. 아이가 밖에서 놀고 있으면 잠음 속에서도 제 아이의 목소리를 알아듣고 어디에 있는지도 알 수 있지 않은가. 고양이 울음소리가 잠을 깨운 적이 많았지만 이번엔 뭔가 다르다는 감이 왔다. 좀 더 귀를 기울였다. 울음소리는 단지 귀만 자극한 것이 아니라 가슴을 찔렀다. 고양이가 비명을 지를 때마다 가슴이 고동치는 걸 또렷이 느꼈다. 인정하기 부끄럽지만, 그럼에도 난 아무 행동도 하지 않았다.

힘없는 울음소리는 밤새 이어졌다. 잔뜩 긴장한 채로 소리가 끊어질까

타이니 : 안개 속의 새끼 고양이

두려워하며 계속 귀를 기울이다보니 뜬눈으로 밤을 지새웠다. 마침내 날이 밝았고, 더 이상 참을 수 없었던 나는 소리를 쫓아 집 옆쪽으로 가보았다. 쓰레기통과 재활용품 통 사이에 털도 온전히 나지 않은 조그만 새끼 고양이가 끼어 있었다. 그 춥고 습한 밤 동안 살아남았다는 게 믿기지 않는 몰골이었다. 녀석은 7~8센티미터도 안 되는 길이였고, 너무 작아서 내 손 안에 감싸 쥐기도 힘들어보였다. 옆으로 누워서 꿈틀거리는 고양이는 조용히 눈을 감고 있었다. 그리고 조그만 귀를 연약한 머리에 바짝 붙인 채 말도 안 되게 작은 다리를 마구 떨고 있었다. 자연이 이토록 무자비할 수 있다는 것이 이해되지 않았다.

포식자가 왔다가도 불쌍해서 잡아먹지 않을 정도로 조그만 새끼가 이렇게 버려져 있다니. 그러면서도 자연이 얼마나 대단한지도 알 수 있었다. 고양이는 여태 살아 있었고, 생존 가능성도 남아 있었으니까.

헤더와 소피가 따라 나왔다.

"오, 세상에, 도와줘야겠어."

헤더가 헉 소리를 내며 말했다.

"집으로 데리고 들어갈 순 없어!"

소피가 언니의 생각을 읽기라도 한 듯 말했다.

"여기 놔 두면 죽을 거야!"

"지난밤에도 살아남았잖아. 근처에 어미가 있을 거야."

"그걸 어떻게 알아."

자매간의 논쟁에는 끼어들지 않는 게 상책이라는 건 익히 알았다. 그러다 중재를 하려던 찰나, 새끼들과 함께 있는 모습을 본 적 있는 조그만 암컷 고양이가 근처 울타리의 썩은 널빤지 아래로 스윽 기어들어오더니 새끼 목덜미를 물고 종종걸음으로 달아났다.

"거 봐!"

소피는 기세등등한 목소리로 말했다.

"그럼 밤새도록 왜 운 거지?"

헤더가 궁금해 했다. 아직 확신이 서지 않는 모양이었다. 나도 마찬가지였다.

자매는 출근 준비를 위해 집안으로 들어갔다. 주제넘다고 생각할지도 모르겠지만, 나는 한 발짝도 움직일 수 없었다. 우연히 임신을 하게 됐지만 아이를 지켜내야겠다는 확고부동한 확신이 생긴 여성이 된 심정이었던 것이다. 조그만 생명체에 돌이킬 수 없는 애착을 느낀 바로 그 순간, 책임져야 한다고 생각했다. 녀석을 위해서라면 무슨 일이라도 하겠다는 마음이 들었다. 자기애에 빠져 살던 나로서는 상당히 충격적인 사건이었다.

새끼 고양이가 분명히 제 어미에게 보살핌을 받고 있는데도 왜 그런 감정이 밀려왔는지는 나도 의문이다. 뒤쪽 울타리를 발톱으로 긁는 소리가 나서 고개를 돌리니, 어미 고양이가 조그만 새끼를 입에 물고 다시 나타난 게 보였다. 다행히도 새끼를 안전하게 옮기려는 듯 보였다. 녀석은 이내 빽빽한 수풀 속으로 뛰어들었다. 마침 나는 중요한 전화를 기다리고 있었기 때문에 곤란한 상황이 벌어지지 않아 다행이라고 여겼다. 몇 시간 내에 유명한 영화 제작 책임자와의 통화가 예정되어 있었다. 그가 내 프로젝트 얘기를 듣고 마음에 들어 하면서 팜스프링스로 주말 골프를 하러 가는 길에 전화를 하겠다고 약속했기 때문이다. 통화는 기대했던 것보다 더 좋았다. 나는 그에게 밀수업자 이야기를 들려주었고, 그는 '백만 년 만에 이렇게 흥미로운 이야기는 처음'이라며 흥미로워했다. 당시 나는 너무 풋내기였기 때문에 그게 할리우드식 화법인 줄 알지 못했다. 반사적으로 과장하고 거짓말을 하는 것 역시 이 영화계 사업의 일부인데 말이다. 뜨거워진 전화기를 내려놓는 사이, 새끼 고양이의 존재는 잊혀졌다. 나의 관심은 다시 나 자신, 조만간 변덕스러운 엔터테인먼트 세상에서 돌파구를 찾게 될 내 상황으로 돌아갔다.

그날 저녁 늦게, 예의 불길한 침묵이 집을 덮쳤다. 블라인드 틈으로 밖을 내다보니 짙은 안개가 다시 들어와 풀밭 위를 가득 메우고 있었다. 무서운 영화에서 약속된 시간이 되면 유령들이 활동을 개시하는 것처럼, 새끼 고양이의 울음소리가 지난밤처럼 울려 퍼졌다.

이번에는 꽤나 소리가 컸다. 근처 다른 집의 불빛이 켜지고, 이웃들도 무슨 일인지 살피러 나왔다. 누군가 가까이 다가가기만 하면 고양이는 어김없이 아무 소리도 내지 않고 숨어 있었다. 하지만 자매나 내가 집밖으로 나가면, 녀석은 악을 쓰고 소리를 지르며 다리를 꼼지락거렸다.

그날 밤 역시 잠을 이루지 못했다. 우리는 주기적으로 바깥으로 나가, 고양이가 괜찮은지 살펴보았다. 갓 태어난 고양이는 도시의 야생동물에게는 사료나 마찬가지로 손쉬운 먹잇감이었고, 우리는 제발 새끼 고양이가 자기 존재를 그렇게 광고하지 말고 조용히 있어 주기를 바랐다. 뒤뜰에 나갈 때마다 어미 고양이는 겉으로는 새끼를 살피고 있는 듯 행동했다.

다음 날 아침, 우린 모두 지쳐서 기진맥진했다. 소피와 헤더가 일을 하러 나간 낮 동안, 익숙한 울음소리가 다시 들려왔다. 나는 서둘러 밖으로 나갔다. 어미가 새끼의 목덜미를 물고 빠른 걸음으로 지나가다 울타리 기

등에 머리를 박았다. 어미는 새끼를 쓸모없는 핸드백마냥 대롱대롱 물고 갔다가 이내 돌아와 바닥에 새끼를 내려놓았다. 그러고는 새끼의 존재를 까맣게 잊은 것처럼 후다닥 달려갔다가, 다시 와서 새끼를 물었다. 마치 모성 본능이 스위치처럼 켜졌다 꺼지기를 반복하는 듯 보였다. 혹시나 다른 한 배 형제가 있는 건 아닐까. 저렇게 부주의한 보살핌을 받았다가는 다른 형제들도 곧 목숨을 잃을 게 분명해 보였다.

그날 저녁, 고양이가 있던 쪽이 조용했다. 너무 조용했다. 우리는 밖을 살피러 나갔다. 뒷문에서 다섯 발자국도 떨어지지 않은 곳에서, 새끼 고양이를 발견했다. 흙이 잔뜩 묻어서는 눈을 질끈 감은 채 귀는 머리에 바짝 붙이고 다리를 떨고 있었다. 우리 발자국 소리를 들은 새끼는 또다시 울어댔다. 우리는 어미가 돌아오기를 기다렸다. 울음소리는 시간이 갈수록 점점 더 약해져만 갔다. 난 녀석이 괜찮은지 확인하기 위해 건드려 보고 싶었지만, 혹시 녀석의 몸에 내 체취를 남길까 봐 그러지 못했다. 오락가락하는 어미가 괜히 자기 새끼를 죽이게 될까 봐 두려웠기 때문이다.

결국 헤더가 나섰다. 그녀는 널빤지로 새끼 고양이를 들어다가 울타리 쪽으로 옮겼다. 식물과 나무가 있어 새끼를 더 보호할 만한 자리였다. 바로 그때 어미 고양이가 나타나 새끼를 들어 올리더니 재빨리 떨어뜨려 놓고 획 가 버렸다.

이제 와 생각하면 믿기지 않지만, 우리는 다음 이틀 동안에도 신경 쓰는 것 외에 기본적으로 아무런 조치도 취하지 않았다! 고양이 일에 함부로 개입하지 않기로 합의해서였기도 했지만 제멋대로이긴 해도 새끼를 보살피려는 어미도 있어서였다. 인간 세상에도 제멋대로인 엄마들이 많은

데 동물 세계라고 없겠는가!

둘째 날이 끝날 무렵, 더 깊이 관여하는 것에는 철저히 반대했던 (우리 상황을 현명한 눈으로 바라보던) 소피가 마음을 바꿔먹었다. 우리는 개입하기로 결정했다. 그런데 도저히 고양이를 찾을 수가 없었다! 어디에 있는지 알수 있는 단서조차 보이지 않았다. 가슴이 두방망이질 치기 시작했다. 뒤뜰을 샅샅이 뒤지는데 죄책감이 밀려왔다. 1분, 또 1분이 흘러갈 때마다 혹시나 사체를 발견하게 될까 봐 가슴이 죄어왔다. 몇 시간이나 뒤뜰을 살핀 끝에, 우리는 '네 모퉁이'라고 부르던 장소 - 우리 담장과 이웃집 담장이 만나는 지점 - 에서 털이 없고 쭈글쭈글한 머리를 발견했다.

고양이는 숨이 넘어가는 신음을 뱉으며 흙바닥에 엎드려 있었다. 몸은 커다란 누에콩마냥 이상할 정도로 납작해 보였다. 녀석은 누가 봐도 죽음에 가까워진 상태였다. 우리는 고양이를 상자 안에 넣어 가장 가까운 응급 동물병원으로 달려갔다.

접수원이 서류를 작성하며 고양이의 이름을 물었다.

"타이니예요!"

헤더가 불쑥 대답했다.

어시스턴트는 고양이 피부의 무늬를 보더니 암컷 삼색 고양이라고 말했다. 수의사가 진료를 시작하자, 타이니는 그의 부드러운 손길 안에서 몸을 웅크리고 귀를 바짝 붙였다. 먹을 것을 찾아 혀를 날름거리기도 했다. 수의사는 녀석이 앞으로 몇 시간 밖에 살지 못할 거라고 말했다. 그는 고양이가 어미에게서 아무런 영양분을 받지 못한 것 같다고 했고, 심각한 저체온증을 앓고 있다고도 덧붙였다. 실제로 그가 할 수 있는 일은 아무것도 없었다. 소피, 헤더, 그리고 나는 서로의 얼굴을 바라보며, 우리의 행동이 얼마나 잘못됐는지를 깨닫고 괴로워했다. 타이니는 기본적으로 태어나자마자 버림받은 것이다.

타이니가 몇 시간 안에 죽을 수도 있다는 걸 알게 된 우리는 녀석을 안정시키기 위해 할 수 있는 것이라면 뭐든 하기로 했다. 안락사는 고려조차 하지 않았다. 우리는 애완용품 가게로 달려가, 새끼 고양이 분유와 젖병을 사서 서둘러 돌아왔다. 그러고는 전기방석 위에 부드러운 수건을 깔아 침대를 만들어 주었다. 그런데 타이니는 너무 힘이 없어서 분유를 먹을 수도 없었다. 한 방울도 삼키지를 못했다. 기력 없이 눈을 감은 녀석은 거의 숨도 쉬지 않고 있었다. 최대한 따뜻하게 해 주는 것 말고는 할 수 있는 게 없었다. 우리는 담요로 감싼 타이니를 차례로 안아 주었다. 헤더가 손에 따뜻한 분유를 묻혀서 손가락 사이로 흘려보내면 어떻겠냐고 제안했다. 타이니가 어쩌면 핥을지도 모른다는 거였다. 피부와 따뜻한 우유의 감촉이 입술에 닿으면 젖꼭지인 줄 알고 반응을 보일 수도 있다는 생각이었다.

우리는 분유를 데웠다. 그리고 분유 방울이 최대한 천천히 헤더의 손가락을 타고 타이니의 입까지 흘러내릴 수 있게 해 보았다. 고양이는 본능적으로 혀를 내밀었다. 만세! 타이니는 조금 더 맛을 보았다. 그리고 조금 더. 충분히 먹은 성 싶어, 자매는 자러 들어갔고 나는 타이니를 지켰다. 제발 계속 숨을 쉬어 달라고 애원하면서, 녀석의 횡경막에게 솟았다 가라앉기를 멈추지 말아 달라고 빌었다.

타이니의 생존을 애타게 바라고 있다 보니 어릴 때 집에서 키우던 개, 할리가 떠올랐다. 그레이트데인과 저먼셰퍼드의 믹스 종이었던 할리는 멋진 개였다. 그러던 어느 날 저녁, 할리가 이상한 자세로 서 있는 게 보였다. 장의 일부가 안으로 말려 들어가는 장중첩증을 앓고 있던 거였다. 큰 개에겐 종종 일어나는 일이었지만, 우리는 아무도 모르고 있었다.

일요일 늦은 시간이었다. 우리의 명랑하고, 다정하고, 원기 왕성했던 개가 숨을 헐떡이며 침을 흘리고, 휘청거리며, 낑낑대고 있는데 의사인 아버지가 출타 중이었던 탓에 고작 열세 살밖에 안 된 누나와 나는 손쓸 도리 없이 할리를 살펴보기만 했다. 어머니는 개가 불편함을 스스로 해소하기 위해 그러는 건지도 모른다고 생각했다. 몸을 비틀고 돌리던 할리는 끝내 옆으로 털썩 쓰러지더니 힘없이 내 손을 핥았다.

시간이 흘렀고, 난 할리가 숨을 쉬는 걸 계속 지켜보았다. 어머니는 녀석이 아침까지 계속 힘들어 하면 동물병원에 데리고 가자고 했다. 할리의 가슴이 올라왔다 내려가는 모습을 막연히 바라보는 것 외에는 도리가 없다는 뜻이었다. 몇 시간이 흘렀다. 생명이 끊어지지 않기를 간절히 바랐던 때는 그때가 처음이었다.

언제 잠이 들었는지는 모르겠지만 새벽에 잠에서 깨어 보니, 할리와 내가 얼굴을 맞대고 있었다. 뺨에 할리의 숨결이 느껴지기를 기다렸다. 하지만 아무것도 느껴지지 않았다. 녀석의 가슴은 움직임이 없었다. 그 애가 죽었다는 걸 알게 된 순간이었다. 아직도 부드럽고 따뜻했는데도.

죽어가는 새끼 고양이를 보며 그토록 조급함을 느꼈던 건 할리를 잃었을 때 느꼈던 크나큰 슬픔이 떠올라서였던 것 같다. 보살피는 동물이 또 죽을지도 모른다는 건, 상상만으로도 견딜 수가 없는 일이었다.

타이니는 내 방에 머물렀다. 두세 시간마다 분유를 먹었고, 따뜻함이 유지되도록 우리가 만든 상자 뚜껑을 덮어 두었다. 해가 뜨자 바스락 거리는 소리가 조그맣게 들렸다. 타이니가 살아났다는 걸 알 수 있었다.

"살아 있어!"

내가 소리쳤다.

소피와 헤더가 방으로 달려왔다. 지난밤을 무사히 넘긴 타이니 앞에서 저마다 안고 있던 근심은 그저 사소한 두통거리에 지나지 않게 되었다. 위기는 힘이 있다. 그것에 직면하면 무엇이 중요하고 그렇지 않은지가 명료해진다. 기본적으로 중요하다고 생각했던 모든 것들이 중요하지 않게 변한다. 자기중심적 사고에서 벗어나 도움을 필요로 하는 다른 존재에게 자신을 온전히 내어 주고, 그러면서도 아무런 대가를 바라지 않으면 자기가 자신을 위로할 수 있다. 내 영적 스승님이 이런 말을 했던 기억이 있다. 어리석은 자들은 '저는요?'라며 기도한다고. 드디어 나도 그 말의 의미를 이해할 수 있었다.

우리는 타이니를 따뜻하게 보살피고 손가락으로 분유를 먹이면서 그래도 고비는 넘긴 것 같다고 조심스레 기대했다.

그 후 며칠 동안 타이니의 맨발에 흰색, 갈색, 주황색 짧은 털이 자라나기 시작했다. 어찌나 빨리 자라는지 우리 눈앞에서도 쑥쑥 길어지는 느낌이었다. 우리는 타이니의 24시간 보살핌을 위해 스프레드시트를 만들었다. 각자 타이니를 위해 무엇을 얼마나 오랫동안 했는지를 기록하기 위해서였다. 우린 계속 타이니와 함께 있어 주면서 우리의 체온을 나누고, 분유를 먹이고, 배변을 돕기 위해 어미가 따뜻한 혀로 핥아주는 느낌과 비슷하게 만져 주었다.

타이니가 한결 건강해지자 나는 근처 동물병원에 데려갔다. 목 옆쪽에 커다란 종기가 있었기 때문이다.

타이니의 모습에 홀딱 반한 병원 직원들이 몰려들었다. 그러다가 과장이 나타나 상자 안을 슬쩍 보더니 슬며시 지었던 미소를 거두고 단호한 표정으로 말했다.

"버려진 고양이를 데려오는 사람이 많죠. 그리고 여기 버리고 갑니다. 혹시 여기 버리고 가실 거면 받지 않겠어요."

그녀가 내 눈을 똑바로 쳐다보며 말했다.

"이 고양이를 전적으로 책임을 질 계획입니까? 당장 응급처치만 하는 게 아니라, 이 고양이의 남은 평생을 돌볼 거냐고요."

나는 마치 삶의 갈림길에 서 있는 기분이었다. 바로 다음 순간부터 지금까지와는 전혀 다른 삶이 영원히 펼쳐질 것만 같은 느낌이랄까.

좀 더 큰 것을 위해 사사로운 것은 희생하겠다는 의사 표현, 돌아가기에는 불가능할 정도로 이미 내 앞길을 꽉 막고 있는 책임감, 바로 얼굴을 맞대고 압박하기 때문에 내 책임이 아니라고 부정하기에는 불가능한 상황. 내가 동의해야 할 사안이 너무나 막중한 것이어서 어안이 벙벙해졌지만, 나는 나도 모르게 불쑥 내뱉어 버렸다.

"그럼요! 할 거예요! 합니다!"

모두가 같이 미소지었다.

난 거의 탈락할 뻔한 테스트에 힘겹게 통과한 기분이었다. 하지만 그 대답이 내 입술을 빠져나가자마자 라스베이거스에서 후다닥 결혼식을 치른 것을 후회하듯이 회한이 번득 밀려왔다. 고양이는 최대 20년까지 살 것인데, 당장 동물병원에서 받게 될 청구서나 지불할 여력이 있을지 모르는 상황이었다. 나는 지갑을 샅샅이 뒤져 아직 멀쩡하게 생긴 신용 카드가 있는지 살펴보았다.

수의사가 들어와 의료용 칼로 종기를 절개했다. 그는 상처를 잘 감싼 뒤

타이니를 주의 깊게 살폈다. 그의 표정이 시무룩해졌다.

"음, 이런 말씀 드려서 죄송하지만 고양이에게 뇌 손상이 있는 것 같습니다. 그 외에도 필요한 영양 공급이 제때 되지 못한 것 같고요. 지금까지 살아 있는 게 행운이네요. 이러기 쉽지 않거든요."

난 손으로 머리를 감싸 쥐었다. 말이 나오지 않았다. 뇌 손상이라니? 그때까지만 해도 걱정거리라고는 그저 분유를 잘 먹이는 것뿐이었는데.

"그리고 뒷다리를 영영 사용하지 못할 수도 있겠네요."

의사가 덧붙였다. 뒷다리 기능이 없다는 건 이미 눈치채고 있었다. 움직이려고 할 때마다 뒷다리가 질질 끌려왔기 때문이다.

"그것만 빼면, 살 수는 있을 것 같아요. 그렇지만 뇌에 손상을 입은 고양이의 경우에는 특별한 보살핌과 보호가 필요하답니다. 도와주실 수 있겠어요?"

난 고개를 끄덕였다.

맹세를 했고 그 맹세를 지킬 각오가 되어 있었다.

재활 치료소는 로스앤젤레스에서 흔한 것이었지만, 이 새끼 고양이가 굳이 말리부에 있는 호화로운 농장까지 갈 필요는 없었다. 타이니는 별 것 없는 내 방에서 나와 함께 지냈다. 나는 노트북을 펼쳐 놓고 변덕스러운 영화사 대표, 돈 밖에 모르는 독립 제작자, 자아도취에 빠진 아름다운 신인 배우들의 관심을 끌만한 환상과 꿈이 넘치는 호소력 있는 스무 단어짜리 홍보문구를 지어내고 있었다.

하루에 몇 시간씩 타이니 곁에 앉아서 녀석을 간호하고 자라는 모습을 지켜보자니, 버려지고 굶주린 반 야생동물에게 약한 것이 내 천성임을 깨닫게 되었다. 몇 년 전 네팔의 한 마을에 살던 때였다. 어느 날 아침, 새끼를 임신한 개 한 마리가 우리 집 베란다에 쓰러져 있는 걸 발견했다. 참 예뻤던 그 녀석은 단모종의 얼룩무늬 하운드였는데 딱 봐도 배를 곯은 모습이었다.

네팔 같은 빈곤 국가에서 개가 살아가기란 쉬운 일이 아니었다. 나는 음식을 만들어서 타이니에게 하듯이 손으로 먹였다. 임신한 하운드는 우리 집 베란다에서 몇 주 동안 지냈다. 감정이 풍부했던 깊은 갈색 눈이

상냥했다. 녀석은 다시 힘을 차렸지만 내가 손으로 밥을 먹여 주는 게 좋았던지 계속 아픈 척을 했고, 나 역시 손으로 음식을 집어 기운을 되찾은 하운드의 입에 넣어 주기를 멈추지 않았다. 그러면 녀석은 기운 넘치는 꼬리로 활기차게 바닥을 탁탁 때리는가 하면, 밥을 다 먹는 대로 벌떡 일어나서 기뻐하며 빙글빙글 돌았다.

녀석은 튼튼한 수컷 강아지 두 마리를 낳았다. 한 마리는 새카만 색이었고, 다른 한 마리는 얼룩무늬였다. 개들은 외모가 아주 빼어나서 사람들은 가던 길을 멈추고 개들의 모습에 감탄했다. 밤이 되면 새끼 하운드 가족은 우리 집 문 양쪽에 한 마리씩 서서 신사를 지키는 수호견처럼 경비를 섰다. 어느 날 밤 웅성거리는 소리가 들려서 내다보니, 티베트 유목민 두 명이 각자 개를 한 마리씩 들고 우리 집에서 도망치고 있었다. 우리 집 베란다로 들어오는 건 쉬운 일이 아니었다. 일단 자물쇠로 잠근 대문을 통과하고 다른 가족들이 사는 집도 두 채나 지나야 했다. 난 강도를 쫓아 계단을 뛰어 내려가면서 어떻게 강도가 들어오게 놔둘 수가 있냐며 이웃들에게 화를 냈다. 이웃들은 완전히 당황한 모습이었다. 내가 도대체 무슨 소리를 했던 걸까?

난 도둑들을 쫓아 뛰어갔고, 그들이 커다란 유목민 캠프 안으로 사라지는 걸 확인했다. 내가 살던 지역에서는 겨울이 되면 티베트 유목민들이 드높은 고원 지대에서 내려왔다. 지대가 낮은 곳에 가축들에게 먹일 풀이 자라고 있었기 때문이다. 그리고 그들은 네팔과 티베트 사이의 무역로를 따라 캠프를 세웠다.

내가 유목민들의 텐트 안으로 들어서자 티베트인들은 놀라서 눈이 휘둥그레졌다. 서양인이 이 안에 들어오는 일은 결코 없었기 때문이다.

"인치! 인치!"

그들이 소리쳤다.

"서양인이다! 서양인!"

난 텐트를 들어 올려 안을 들여다보며 개를 찾았다.

주변으로 사람들이 몰려들었고, 난 어리석게도 도둑을 찾고 있다고 말했다. 한 무리의 유목민 앞에서 그렇게 말을 하다니, 잘못된 선택이었다. 그들은 탐탁지 않은 얼굴로 점점 더 몰려들었다. 그때 한 노인이 끼어들어 무슨 문제냐고 물었다. 난 그에게 '개 친구'(내가 아는 한 반려동물과 가장 비슷한 단어)라는 단어를 사용해 가며 전후 사정을 얘기했다. 그러자 그는, 개는 도우미나 하인 같은 것이지 친구가 아니라며 웃음을 터뜨렸다. 누군가 개를 데리고 왔다면 텐트 지키는 일을 시키기 위해서였을 거라면서. 누구든 크고 건강한 개 두 마리를 발견한다면, 경비견으로 쓸 수 있는 것 아니냐면서 말이다. 그러고는 다치기 전에 여기서 나가라고 충고했다.

나는 미국에서 그랬던 것처럼 개를 사납지 않고 친근한 성격으로 키웠는데, 그게 내 실수였다. 버릇없이 귀하게 자란 개는 밤에만 겨우 집을 지켰다. 그런 결과, 경계심 없이 구는 바람에 유목민에게 잡혀간 것이다. 어쩌면 유목민들이 원기 왕성한 동물을 더 잘 활용하는 건지도 몰랐다. 빈손으로 돌아오며 노인이 한 말을 생각해 보았다.

나는 뇌 손상을 입고 뒷다리도 쓸 수 없는 새끼 고양이 타이니를 내려다보며 그때의 일을 떠올렸다. 어쩌면 내가 너무 애지중지 키우는 건 아닐까? 어쨌거나 타이니는 야생고양이였다. 샴고양이를 키우는 친구가 있다. 인디애나 농장에서 자란 내 친구는 고양이를 설명하면서 절대로 '반려동물'이라는 단어를 쓰지 않았다. 친구가 키우는 고양이들은 한가하게 무릎 위에 앉아 있거나, 은식기에 차린 식사를 먹는 일과는 어울리지 않는 샴고양이였다. 얼굴엔 흉터가 있었고, 프로 권투 선수처럼 어깨가 떡 벌어져 있었다. 그는 자기 농장에 있는 모든 것에는 용도가 있으며, 고양이에게도 그 원칙은 예외 없이 적용된다고 했다. 고양이의 용도란 프레리독 사냥이었다. 고양이는 굴에서 프레리독을 끌어내 포드 F-150 픽업트럭 뒤에 실었다. 그리고 완전히 죽이기 전에 발로 장난을 치며 가지고 놀았다. 고양이들은 절대로 집 안에 들어오지 않았고 극진한 돌봄을 받지도 않았다.

인간의 역사를 돌아보면 대부분의 동물은 도구로 여겨졌다. 지금도 많은 곳에서는 여전히 그러하다. 하지만 개, 말, 그리고 우리 귀여운 고양이 친구들의 경우, 그런 효용성이 많이 떨어졌고 현재는 도구로 사용하기가 사실상 불가능하다. 이렇다 보니 사람과의 교류와 우정 말고는 특별한 기능이 없는 동물을 현대적인 의미로 '반려동물'이라고 부르게 됐는데, 동물 권리 보호 운동가들은 반려동물이라는 개념부터가 종 차별주의적인 것이라고 주장한다.

하지만 가축화라는 개념이 윤리적으로 부적절한 것일까? 그럼 일하는 동물은 어떤가? 제1세계 동물 운동가들은 그것들이 모두 한물 간 것이라고 말할 수 있을까? 인간이 동물을 활용하는 것에는 늘 착취적인 면이 있다고 주장할까? 잠든 타이니를 지켜보며 나는 대답할 수 없는 질문을 이어나갔다. 그 순간, 타이니가 이곳에 온 이유가 나를 돕기 위해서라는 느낌이 들었다. 아마도 그건 모양을 달리 한 자아도취인지도 몰랐다.

나는 몇 시간 동안이나, 타이니가 자는 걸 지켜보았다. 녀석이 점점 건강해지고 녀석의 몸에 털이 풍성하게 자라나는 모습을 상상했다. 비록 뒷다리를 끌며 다녀야 하고 정신적으로 시련을 겪게 되더라도, 어떻게든 타이니에게 편안한 삶을 보장해 주고 싶었다. 적어도 자신을 사랑해 주는 사람들에게 둘러싸여 살았으면 하는 바람이었다. 어쩌면 내 시간을 이 동물을 위해 쓰는 편이 내게도 이로울 거라는 생각도 들었다. 하지만 이건 논리보다는 감정의 문제였다. 나는 녀석의 우는 소리를 처음 들었을 때부터 녀석을 알아보았다. 부모가 낯선 사람들 틈에서도 자기 자식을 바로 알아볼 수 있는 것처럼.

타이니는 부드러운 담요가 깔려 있는 커다란 상자 안에서 살았다. 안에 인형도 몇 개 넣어 주고 바닥에는 전기방석도 깔아 주었다. 상자가 너무 커서 밖으로 기어 나오지는 못했지만, 타이니는 그 안에서 몸을 들어 나를 볼 수 있었다. 타이니는 이제 눈을 떠서 짙은 파란색 눈으로 나를 끊임없이 바라보았다. 녀석의 귀여운 귀가 드디어 솜털에 덮여 있었다. 타이니가 잠든 사이, 나는 그 애의 몸에 난 털, 모든 근육, 몸의 굴곡, 미묘한 변화를 모두 기억했다. 난 타이니의 기분, 움직임, 몸동작을 모두 알고 있었다.

녀석은 자주 냐옹, 하고 울었는데 어떨 때는 음식을 먹고 싶다기보다 그저 기분을 편안하게 하기 위해 뭔가 빨고 싶다는 뜻이었다. 내가 폭신한 손바닥을 내 주면 녀석은 그 연약한 손톱으로 내 손을 찔러가며 앞발로 손바닥을 마사지하듯 주물렀다. 앞발로 몸을 일으킨 뒤 조그만 발 하나를 위로 들어 올리면, 겁이 났다는 뜻이었다. 나는 언제든 달려가서 숨을 수 있게 담요를 들어 올려 작은 굴을 만들어 주었다. 또 어떤 냐옹은 탐험을 하고 싶다는 뜻이었다. 그러면 나는 상자 안에서 타이니를 꺼내 준

다음, 뒷다리를 끌며 방 안을 돌아다니는 꼬마 고양이를 지켜보았다. 매 순간이 가슴이 미어질 듯 아팠다.

분유를 먹일 때마다 타이니는 젖병을 든 내 손을 꽉 붙잡았다. 젖꼭지가 찢어질 정도로 세게 빨면서 동시에 작은 손톱으로는 내 피부를 꽉 찔렀다. 타이니는 분유를 남김없이 싹싹 다 먹고도 여전히 배고파했다. 우리는 수의사의 지시에 따라 녀석의 섭취량을 조절했다. 젖병을 너무 세게, 빠르게 빨다 보니 들이마시는 공기가 많았다. 분유를 먹이고 나서 트림을 시킬 때면, 어깨 위에 타이니를 올리고 녀석의 연약한 등을 어루만졌다. 녀석도 이 순간이 마음에 드는지 언제나 갸르릉 거리는 소리를 냈다. 그러다 어느 즈음에 이르러, 조그맣게 딸꾹질 하는 듯한 트림 소리가 새어나왔다.

타이니에게서 뇌 손상의 징후는 보이지 않았지만 여전히 뒷다리는 쓰지 못했다. 그래도 녀석은 노력을 게을리 하지 않았다. 타이니는 상자 옆쪽을 긁으며 몸을 일으키는 연습을 했다.

어느 날 오후 타이니가 몇 주차가 됐을 때, 켁켁 거리는 소리가 들려 타이니를 상자 안에서 얼른 꺼내 주었다. 토를 하고 난 타이니는 곧장 두 눈을 반짝이며 나를 올려다보았다. 이전에는 한 번도 경험해 본 적 없는 뚜렷한 결속이 느껴졌다. 전적으로 보호해 주고 아껴 주는 양육 본능 같은 것 말이다. 나는 자라면서 늘 아이를 가지게 되리라 생각했었다. 하지만 그럴 만한 짝을 만나지 못해서 나만의 가족을 꾸릴 생각은 버려둔 지 오래였다. 우스꽝스럽게 들리겠지만 타이니를 돌보는 과정을 통해 갑자기 아빠가 된 기분이 들었다.

동거인들과 나는 타이니의 몸을 조심스럽게 들어 올려 뒷다리를 스트레칭하고 혈액 순환이 잘 되도록 근육 마사지도 해 주었다. 하지만 타이니가 다리에 체중을 실으려 하면 곧바로 쓰러지고 말았다. 우리는 개의치 않고 타이니의 위축된 뒷다리를 몇 시간이고, 며칠이고 계속 보살펴 주었다.

6주가 지나자 뒷다리가 살아날 기미를 보였다. 꼬마 녀석이 계단을 오르려고 할 때, 뒷다리가 움직이는 게 분명히 보였다. 계단 하나를 오르기 위해 타이니는 엄청나게 노력해야 했고, 하나를 오르고 나면 웅크리고 자면서 휴식을 취해야 했다.

타이니의 투지와 의지는 확실히 뛰어났다. 타이니가 여태 살아 있는 것은 바로 그런 점 때문이라고 믿게 되었다. 길고양이들은 야생에 살던 조상들과 더 밀접한 관련이 있어서인지 생존욕구가 강하다. 무리가 존속할 수 있는 것도 그 때문일 것이다.

밤에는 따뜻하게 잠들라고 타이니의 상자를 뚜껑으로 살짝 덮어 놓았다. 어느 날 밤, 깊은 잠에 들었는데 퍽 소리가 들렸다. 그러더니 또 한 번 퍽! 불을 켜 보았다. 타이니가 네 다리로 비틀거리며 서서 나를 빤히 쳐다보고 있었다. 타이니가 3피트나 되는 상자 밖으로 탈출한 것이다. 영원히. 이제 타이니는 자유롭게 방 안을 돌아다니며 자기가 자고 싶은 곳에서 자게 되었다. 그리고 또 자다가 일어나 돌아다녔다.

위험에 처한 타이니를 돌봐주는 것도 힘든 일이었지만, 끊임없이 움직이는 바쁜 새끼 고양이와 함께 사는 것도 보통 일은 아니었다. 다른 존재의 욕구를 우선시하는 것에 나와 내 동거인들은 특히나 서툴렀다. 가끔 소피가 타이니에게 이렇게 소리치는 게 들렸다.

"그만 좀 따라다녀!"

그 말에 내가 이렇게 말했다.

"그래도 네 새끼잖아."

"그런 소리 하지 마! 엄마를 하기엔 난 너무 바쁘단 말이야!"

그러고 얼마 안 있어 소피의 부드러운 노랫소리가 들리곤 했다. 소피는 타이니를 아기처럼 감싸 안고 돈 호의 노래 '타이니 버블즈'를 불렀다. '온통 따뜻해진' 감정을 노래하며 '이 생이 끝날 때까지' 녀석을 사랑하겠노라고 했다. 세상에, 이 새끼 고양이가 우릴 이렇게 유치하게 만들어 놓다니. 소피는 타이니의 부드러운 털을 쓰다듬고, 녀석의 눈을 들여다보며 이렇게 말했다.

"엄마 보고 싶었어? 오늘 착하게 지냈지?"

상자에서 탈출하고 얼마 지나지 않아, 타이니는 쉬지 않고 계단을 오를 수 있게 되었다. 처음에는 토끼처럼 폴짝 뛰어오르거나 뛰어 내려간 뒤 뒷다리를 끌어오는 형태였다면, 시간이 흐를수록 뒷다리 힘이 강해져 뒷다리만 독립적으로 움직일 수도 있게 되었다. 털도 점점 길게 자랐다. 가슴과 턱 쪽은 하얀 색이었고, 머리, 옆구리, 다리는 주황색, 갈색, 회색이 얼룩덜룩 섞여 있었다. 집을 산뜻하게 꾸려나가려고 노력했지만 모두 허사였다. 타이니가 스크래치 장소로 좋아하게 된 계단 난간은 천으로 덮을 새도 없이 이미 너덜너덜해졌다.

헤더의 사진사 친구 한 명은, 타이니의 사진으로 크리스마스카드를 만들어도 좋을지 물어오기도 했다. 무심코 집에 놀러온 헤더의 친구를 반해 버리게 만든 타이니의 매력적인 외모를 보면 이 녀석이 정말 얼마 살지 못할 거라는 소리를 들었던 그 녀석이 맞나 싶어 감탄이 나왔다.

삶을 향한 타이니의 의지와 전투력은 절대 사라지지 않았다.

무언가에 대한 녀석의 첫 반응은 공격이었다. 밖에 나갈 때마다 타이니는 한 발을 들고 때릴 준비를 했다. 마치 치명적인 레프트 훅을 날릴 준비를 하는 프로 권투 선수처럼. 무언가 타이니를 겁먹게 하면, 일단은 도망쳤다가 다시 나타났다. 처음 진공청소기 소리를 들었을 때도, 목숨을 걸고 달아났다. 하지만 두 번째부턴 달랐다. 당당하게 서서 청소기가 바로 옆을 지나가도 꿈쩍하지 않았다. 우리는 또 거의 매일 타이니가 비명을 지르며 보이지도 않는 유령을 공격해대는 소리를 듣기도 한다. 기분을 맞춰 주지 않으면, 녀석은 있는 힘껏 우리를 물어뜯고 주변의 사물을 갈기갈기 찢어 놓는다. 타이니의 별명 중에 슈레더shredder가 있고, 내게는 그걸 증명할 흉터도 제법 있다.

그러나 타이니에게는 부드러운 면도 있다.

매일 아침 녀석은 내 침대로 뛰어들어 동그란 공처럼 몸을 말고, 잠든 내 머리 옆에 바짝 붙어 눕는다. 그 모습 그대로 내가 잠에서 깰 때까지 녀석은 가르릉거린다. 가끔 내 옆에서 잠을 자다가, 여기가 어딘가 싶어 놀라서 벌떡 일어날 때도 있다. 하지만 주변을 둘러보다 내 얼굴을 확인하고, 등을 어루만지는 내 손길을 느끼고 나면 모든 게 다 괜찮고 안전하다는 확신이 드는지 다시 갸르릉거리며 몸을 누인다. 그럴 때마다, 내가 언제고 타이니의 곁에 있었으면 좋겠다는 바람을 갖는다.

내가 신호를 주면 타이니는 귀신같이 그루밍 시간인 줄 알고 욕실로 들어가 세면대 위로 뛰어 오른다. 나는 녀석의 아름다운 털을 빗겨 주고, 특히나 좋아하는 부위인 머리 위와 아래턱을 신경 써서 다듬어 준다. 그러면 녀석은 거울에 비친 자기 모습에 감탄하여 넋을 놓고 바라본다.

그런 다음 시간이 허락되면 우리는 타이니가 가장 좋아하는, 낚시 놀이를 한다.

같이 발을 맞춰 계단을 쭈욱, 내려간 다음, 끝에 장난감이 달린 긴 끈을 질질 끌며 타일 바닥을 살살이 훑는 것이다.

"오늘 새끼 고양이가 나왔나?"

녀석은 조용히 기다린다.

"오늘 새끼 고양이를 잔뜩 잡아야겠다!"

그러면 타이니는 인형을 잡으려고 달려든다.

"한 마리 잡았다!"

그렇게 붙잡은 타이니를 베갯잇 깊숙이 넣어 버린다. 그러면 타이니는 바닥에 웅크리고 아주 조용히 기다린다.

"오늘 뭘 잡았나 볼까."

베갯잇을 들여다보면 녀석은 해맑은 얼굴로 나를 올려다보며 장난스럽게 야옹거린다.

"이런! 너무 작은 걸. 그냥 호수로 돌려보내야겠다."

난 타이니를 다시 베갯잇에서 꺼내 준다. 그러면 녀석은 다시 즐겁게 야옹거리고 신나게 뛰어다니며 또 놀자고 덤빈다.

05

반려인의 마음 가누는 법

연민은 미덕이 아니라 책무다.

내게 연민이 있는지 없는지 따질 문제가 아니라

실천할지를 선택하는 것이다.

ㅡ 브레네 브라운

반원으로 모여든 고양이들과 암묵적인 약속을 한 이후 나는 밤에 잠을 자질 못했다. 죽어가는 고양이들의 비명 소리나 타이니에 대한 걱정 때문이 아니었다. 나는 양을 세는 대신, 고양이는 평균적으로 몇 년을 사는지 그리고 나는 그때 몇 살이 되는지를 계산하고 있었다. 게다가 어떻게 계산을 해 봐도, 매년 새로운 새끼 고양이가 태어나므로 나는 사후 50년이 지나서까지 이 고양이들을 돌보느라 아무것도 못 하게 생긴 것이다. 새벽 네 시에 누군가의 삶과 관련된 문제를 분석한다는 것은 좋은 생각이 아니다. 왜냐하면 새벽이란 시간에는 어떤 문제가 실제보다 열 배는 더 크게 느껴질 수 있기 때문이다. 하지만 몇 시간 지나고 완전히 날이 밝았을 때 다시 생각해 보아도 문제는 처음과 마찬가지로 여전히 암담해 보였다.

나는 한숨을 쉬었다. 그리고 우리가 고양이에 대한 책임감 때문에 스트레스를 많이 받을 때마다 종종 내뱉던 문장을 속삭였다.

"지금 장난하는 거냐?"

유일하게 마음 편하게 잠을 이룰 수 있는 것은 누군가를 탓하며 잠드는 때였다.

우리 어머니. 그렇다, 당연히 우리 어머니 때문에 내가 이렇게 된 거다. 어머니는 완전히 엉망진창인 가정에서 태어나 혹독한 시련을 겪으며 자라서 폐쇄적인 사람이 될 수밖에 없었다. 그래서 어머니는 늘 세상에 화가 나 있고 증오에 차 있었다. 하지만 동시에 어머니는 양육될 때의 고통을 의도적으로 좋은 방향으로 바꿔 놓으려고 애썼다. 자신의 자녀를 포함해 만나는 모든 사람들을 존경하고 격려했으며 마음에 들지 않는 일이 있어도 참으려고 노력했다. 또 주변 사람들에게 대단한 사건이 일어나면 자기 일인양 축하해 주었다. 젠장, 그런 어머니 때문에 내가 고통에 민감한 사람이 된 거다.

어머니는 예술가였다. 인간 내면의 원시적인 면모에 사로잡혔던 면은 나에게도 영향을 준 게 분명했다. 거대한 캔버스 위에서 강렬한 붉은 색, 주황색, 진한 자주색, 검은색으로 폭발하는 어머니의 개성은 평소 어머니가 보여주는 자애로운 면모와는 모순되는 것이었다. 어머니는 납화법을 썼다. 색소를 넣은 밀랍을 토치로 녹여서 그림을 그리는 것이었다. 어린 시절 나는 프로판 가스 냄새와 녹은 밀랍 냄새, 토치에 불이 붙을 때

나는 소리에 잠에서 깰 때가 많았다. 그러면 어머니는 피 같은 빨강, 정맥 같은 자주색 왁스가 잔뜩 묻은 헐렁한 원피스를 입은 채 양손에 불붙은 토치를 들고 내가 일어났는지 확인하러 방에 들어오곤 했다.

젠장, 어머니가 나를 야생의 세계로 초대한 거였군.

그러니 몇 년이 지나 히말라야 시골길을 여행했을 때, 살이 타는 냄새에 이끌려 강변의 화장터를 찾아다녔던 것도 놀랄 일이 아니다. 시체가 불길에 휩싸이는 모습을 지켜보고 있노라면 세상의 끄트머리에 앉아 있는 기분이 들었다. 나의 모든 희망과 꿈도 언젠가 저렇게 연기가 되어 사라질 걸 생각하면, 죽음이란 무엇일까 숙고해 보게 된다. 내가 과거에 아꼈던 모든 사람들, 미래에 아끼고 사랑하게 될 사람들, 내가 품었던 모든 계획, 모든 포부, 나의 건강, 다른 이의 건강이 모두 사라지는 것이다. 당장 내일이 될지 그 후가 될지는 몰라도 언젠가는 일어날 일이다. 삶의 덧없음과 관련해 내가 가장 좋아하는 우화는 승려이자 스승인 아잔 차가 해 준 이야기다.

어느 날 스승을 뵈러 온 이들이 물었다. "이런 덧없는 세상에서 어떻게 행복할 수 있습니까? 이 세상에서는 사랑하는 사람을 질병이나 죽음으로부터 구할 수도 없지 않습니까?"

스승은 유리잔을 들고 이렇게 말했다. "누군가 내게 이 유리잔을 주었다. 유리잔은 내 물을 잘 담고 있고 햇빛을 받으면 반짝인다. 건드리면 맑은 소리도 난다. 하지만 언젠가 바람이 불어 이 유리잔이 선반에서 떨어질 수도 있고, 내가 팔꿈치로 쳐서 탁자 밑으로 밀어 버릴 수도 있다. 나는 이 유리잔이 언젠가는 반드시 깨진다는 걸 알고 있으니 믿을 수 없을 정도로 이 잔을 즐거이 쓸 수 있는 것이다."

내가 동물을 사랑하는 것은 여동생 레이첼의 영향을 받은 듯한데 아쉽게도 그녀는 더 이상 이 세상 사람이 아니다. 하지만 아직도 동물과 관련된 문제로 선택의 기로에 설 때마다 레이첼이 해 주었던 현명한 충고를 떠올린다.

어린 시절, 아버지는 여동생들과 나를 데리고 낚시를 갔고 우리는 송어를 잡았다. 레이첼은 자기가 잡은 송어의 눈을, 물고기의 영혼까지 꿰뚫어보는 듯한 얼굴로 뚫어져라 쳐다보더니 울음을 터뜨렸다. 난 레이첼이 저녁 내내 송어를 안은 채 절대로 요리 재료로 내주지 않겠다고 울던 모습이 아직도 생각난다. 그때 여동생의 상기된 얼굴, 하도 오랫동안 심하게 울어서 통통 부은 파란 눈이 생생하게 기억난다.

마침내 아버지는 물고기를 호수에 풀어 주겠냐고 물었고, 레이첼은 격렬하게 고개를 끄덕이며 그러겠다고 했다. 결국 우리는 늦은 밤에 호수로 돌아갔다. 아버지는 깊고 어두운 물속에 물고기를 내려놓았다. 레이첼은 물고기가 헤엄쳐 갔냐고 아버지에게 몇 번이고 반복해서 물었고, 아버지는 녀석이 엄청 빠른 속도로 서둘러 달아났다고 말해 주었다. 아버지가 나에게만 몰래 말하기를, 사실 물고기는 돌덩이처럼 그냥 툭 떨어졌다고 했다.

얼마 지나지 않아 레이첼은 내게 또 감명을 주었다. 우리 부모님이 처음으로 용돈을 주기 시작할 때였다. 나는 새롭게 손에 넣은 이 돈으로 만화책과 사탕을 살 생각밖에 하지 못했다. 하지만 레이첼은 디펜더스 오브 와일드라이프Defenders of Wildlife로부터 소식지를 받아보기 시작했다. 열살 때 레이첼은 야생동물을 보호하는 단체를 위해 자기 용돈을 다 써 버렸다. 다른 사람의 도움이나 의견 없이 온전히 혼자 결정한 내용이었다.

그리고 자연은 반대로 레이첼을 존중했다. '팅커는 누구를 제일 좋아하나?' 게임을 할 때마다 이 사실이 증명되었다. 우리는 불쌍하게 생긴 바셋하운드를 딱 중간에 놓고, 무슨 수를 써서라도 개를 자기 쪽으로 오게 만드는 게임을 했다. 처음에 팅커는 레이첼을 천천히 쳐다보다가, 다시 내 쪽을 본다. 하지만 언제나, 한 번도 빠짐없이 팅커는 레이첼 쪽으로 꼬리를 흔들고 귀를 펄럭이며 갔다. 그러면 레이첼은 보답으로 팅커를 꽉 껴안고 뽀뽀를 해 주었다. 나는 화를 낼 수도 없었다. 팅커가 올바른 선택을 했기 때문이었다.

아, 드디어 기분이 좀 나아졌다.

내가 길고양이를 돌보면서 살게 된 건 다 가족들에게서 받은 영향 때문임이 분명해졌다. 그 생각을 하면, 나는 평화롭게 잠이 들 수 있었다. 하지만 그러다가도 옛날 토요일 오후에 보던 영화가 떠올라 번뜩 잠에서 깨어났다. 영화에서는 원시인이 조잡한 창을 들고 피에 굶주린 검치호와 싸우는 장면이 나왔다. 그러면 나는 잠을 못자 멍한 상태로 이런 결론을 내렸다. 나는 자연의 음모에 놀아나는 노리개일 뿐이고, 절대로 야생고양이와 인간은 공존할 수 없다고 말이다. 내가 아무리 길고양이를 위해 헌신을 해도 그들은 결국 '야생' 고양이일 수 밖에 없는 것이라는 얘기다.

내 기억이 제한적이라 사냥과 수렵시대 영화 밖에 떠올리지 못했지만 사실 인간과 고양이 사이의 휴전은 시간이 한참 지나고 나서, 그러니까 우리 사회가 농업사회가 되어서야 이루어졌다. 이천 오백만 년 후, 고양이들은 비옥한 초승달 지대에서 기회를 잡았다. 그들은 대륙을 연결해 주는 다양한 지협을 따라, 즉 해수면의 높이에 따라 드러났다가 사라지는 땅을 따라 아시아에서부터 아메리카나 아프리카 같은 다른 지역으로 이주할 수 있게 되었다. 물이 빠졌을 때는 침수되었던 건조한 땅이 드러나 네 발 달린 생물들이 지나갈 수 있게 길을 내 주었고, 다시 물이 차면 지협은 물속에 가라앉아 그곳을 빠져나가지 못하게 막았던 것이다.

인간과 고양이 사이의 야합은 만 년 전에 시작되었고 사그라질 기미를 보이지 않고 있다. 그러나 사냥과 채집시대에 통했던 '네가 죽인 걸 먹어라'라는 개념은 구식이 되었다. 이제 남는 음식을 저장하는 프리-코스트코 시대가 되었다. 문제는 저장한 곡식은 쥐나 다람쥐 같은 설치 동물을 끌어들인다는 것이었다. 설치 동물은 인간이 숨겨둔 음식을 먹을 뿐 아니라 질병도 옮겼다. 그때 커튼 뒤에서 큐 사인을 기다리고 있던 것이 바로 야생고양이였다. 수백만 년 동안 기술을 연마한 고양이들은 곡식 창고에서 설치 동물을 잡는 것이 아기에게서 사탕을 뺏기, 통 안의 물고기 잡기, 술집 싸움에서 혈우병 환자 물리치기만큼 쉽다는 걸 알게 되었다.

그렇게 인간과 고양이 사이에 무언의 협약이 맺어졌고, 야생고양이는 곡식 창고에 마음껏 드나들며 사냥을 즐기게 되었다. 인간도 설치류 때문에 저장중인 곡식에 피해를 입을까 걱정할 일이 없어졌다. 둘은 딱 비즈니스 관계였다.

아니었을까?

잠들지 못하고 누워 있던 나는 키프로스와 예리코에서 발견된 무덤에 관한 책을 떠올렸다. 인간과 고양이가 처음으로 상호간에 유익한 협정을 맺은 지 약 오백 년이 흐른 후, 저명한 인물이 죽으면 무덤에 고양이도 함께 매장했었다는 사실이 밝혀졌다. 어쩌면 그때부터 고양이가 반려동물로 여겨지게 되었다고 추측할 수도 있겠고, 아니면 적어도 그 즈음부터 인간과 고양이 사이의 정신적인 유대감이 생기기 시작했다는 의미로 파악할 수 있을 것이다. 키프로스의 경우를 보면, 매장당한 고양이는 아직 어린 고양이였으므로 죽은 사람의 내세를 위해 고양이가 희생당했을 것으로 추측한다. 원래 키프로스에는 고양이가 살지 않았기 때문에 특정한 목적을 위해 데려왔거나 섬까지 배를 타고 함께 여행을 했을 것이 분명했다. 그리고 단지 실용적인 관계에 그치는 게 아니라 감정적인 유대를 맺었다는 사실을 보여 주기 위해 저명한 인물과 같이 매장되었을 것이다.

이렇게 잠 못 이루는 괴로운 시간에는 개인적이고도 역사적인 문제를 머릿속으로 해결해 나갔다. 그러다 보면 마음의 평화를 찾고 잠에 빠져들 수 있겠거니 기대했다. 하지만 그런 일은 일어나지 않았다. 나는 내가 구해낸 고양이로 인해 신이 나기 보다는 미처 구하지 못한 생명 때문에 악몽에 시달리는 경우가 더 많았다. 살려내지 못한 고양이의 모습이 유령처럼 눈앞에 나타났고 그들의 마지막 모습, 다시는 볼 수 없을 그 눈망울이 뇌리에 박혀 지워지지 않았다. 붙잡으려고 손을 뻗어 보아도 닿지 않는 고양이의 발, 나를 바라보는 고양이의 경계어린 눈빛. 익숙한 곳에 머물며 자신의 운명에 굴복하는 것보다 나를 믿고 따르는 게 과연 더 나을지 고민하는 듯한 그들의 눈빛.

타이니가 살아남은 건 신의 은총일까? 그럴 지도 모른다. 나는 이 일에서 익숙한 향기를 맡았다. 내가 이 집에 동거인으로 살 수 있게 되었을 때 느꼈던 것과 같은 향기였다. 나 역시 길고양이처럼 살아가던 시기가 있었다. 그때 문자 그대로 나를 위해 문이 활짝 열렸더랬다.

인도에서도 같은 향기를 맡았던 적이 있다.

네팔에서 인도로 간 다음, 장마철 동안 아시람(힌두교도들이 수행하며 거주하는 곳―옮긴이)에서 몇 달을 보냈다. 이 특별한 아시람은 은혜의 힘으로 한 사람의 운명도 바꿀 수 있다고 여겨지던 곳이었다. 그것도 받기 과분할 정도로 은혜가 후하게 내려지는 곳이라고 했다. 그런 은혜는 평소에도 받을 수 있지만 특히나 부상을 당했을 때 더 확실하게 목격할 수 있다고 했다. 부상당한 신체 부위 주변에는 에너지가 윙윙거리며 모여든다고 했다. 상처에 샴페인을 부었을 때처럼 거품이 보글거리거나 벌떼가 모여든 것 같은 느낌이라고 했다.

내 친구가 아시람에서 은혜를 받았던 본인의 경험을 이야기해 주었다. 죽으려고 마음먹었던 날에 목숨을 건진 그는 어린 시절부터 여러 가지 이유로 자신이 35세 이상 살지 못하리라는 걸 직감하고 있었다. 그는 36세 생일에 아시람의 젖은 대리석 바닥에 미끄러져 머리가 찢어졌다. 그리고 그 순간 머리 주변에 벌떼가 윙윙거리는 느낌을 받았고(누군들 안 그럴까!) 이것이 목숨을 구하게 된 징조라고 생각했다.

그 후 그는 아시람을 떠나 히말라야 고지대로 가기 위해 붐비는 지역 버스에 올라탔다. 그는 부디 옆자리가 비어 있기를 기도했고, 정말 말도 안 되는 바람이지만 그 옆자리에 새로 나온 프랑스판 〈보그〉지가 있었으면 좋겠다고 기도했다. 어떤 까닭에선지 그는 아주 간절하게 바랐고, 정말로 버스에서 그 잡지를 발견하게 되었다. 게다가 자그마치 500페이지가 넘는 아주 두꺼운 것이었다. 그렇다, 이렇게 높은 고도의 지역 버스 정류

장에서, 그는 빈 옆자리를 발견했을 뿐만 아니라 갓 나온 가을 · 겨울 판 500페이지짜리 《보그》지까지 찾은 것이다. 이 어찌 은혜가 아니겠는가. 이 이야기는 매우 흥미로우면서도 미신적으로 들렸다. 난 그 이야기를 잊지 않고 계속 마음속에 담아두었다. 하지만 정작 난 아시람에서 그런 경험을 한 적이 없었다. 내가 그곳을 떠나기 바로 전날까지는.

당시 나는 인도 비자 만료가 얼마 남지 않아 서둘러 네팔로 떠나야 했다. 다행히 제 시간에 네팔로 돌아갈 수 있는 마지막 버스표를 손에 넣었고, 다음날 떠나기로 예정되어 있었다. 나는 아시람에서 보내는 마지막 날 오후, 인부들을 돕고 있었다. 임시로 만든 헛간을 철거하기 위해 헛간을 묶어서 지탱하고 있는 삼밧줄을 자르는 일이었다.

내가 남아 있는 마지막 밧줄을 자르자 갑자기 벽 전체가 내 쪽으로 쓰러졌고 그만 어깨가 빠지고 말았다. 타이밍이 최악이었던 것이다. 그런데 그 순간 어깨 쪽에서 샴페인이 보글거리는 느낌, 벌떼가 윙윙거리는 느낌을 받았다. 누가 어깨에 따뜻한 호랑이 연고라도 발라준 것 같았다. 정말 그것이 은혜라고 믿었냐고? 음, 아니다. 난 기본적으로 좀 꼬여 있는 사람이라서.

난 내 손으로 어깨를 끼웠고, 다음날 아침 일찍 멀쩡한 어깨에 무거운 더플백을 매고 아시람을 터덜터덜 빠져나왔다. 어깨가 상당히 아팠지만 일단 버스를 타면 안정을 찾을 수 있을 거라 생각했다. 그리고 실제로도 그랬다. 난 다른 사람들이 부러워하는 앞쪽 창가 자리를 잡았다. 내 뒤쪽 빈 공간에는 엄청나게 많은 사람들과 농장 동물들이 꽉 들어차 있었다.

바라나시를 떠나자 아름다운 인도 시골 풍경이 이어졌다. 오후의 햇볕이 내리쬐어 구불구불한 언덕이 만화경처럼 잔뜩 빛을 받았다. 몇 시간이 지나고, 나는 창문 밖으로 고개를 내밀어 방금 지나쳤던 작은 판paan 가판대를 돌아보았다. 사람들이 가판대 주변에 몰려들어 입에서 빨간 즙을 뱉고 있었기 때문이다. (판은 빈랑자, 감겨자 페이스트, 소석회 섞은 것을 구장잎으로 감싼 것으로, 씹으면 빨간 즙이 나온다.)

갑자기 우레 같은 소리가 들리더니 거대한 금속 덩어리가 바로 우리 뒤쪽으로 굴러 떨어졌다. 아무래도 변속기 같았다. 결국 우리가 탄 버스는 속도가 점점 줄더니 고속도로 중간에서 멈춰 서고 말았다. 우리 옆을 지나가는 택시, 자가용, 오토바이, 심지어 소달구지까지 모두 길에 난 시커먼 웅덩이 위로 미끄러져 지나가는 게 보였다. 변속기가 떨어져 나가면서 지나온 길에 거대한 기름띠를 남겼던 것이다. 버스 기사는 당황해서 비명을 질렀다.

인도에서는 언제나 상상하지도 못했던 일이 벌어지기 때문에, 그러한 상황 자체가 놀랍지는 않았다. 난 그저 곧 만료될 비자가 걱정이었다. 하지만 인도에서는 무슨 일이든 빨리 빨리 진행되는 경우가 없기 때문에, 우리를 태우러 또 다른 버스가 오리라고 기대하기는 힘든 상황이었다. 나는 아까 지나쳤던 판 가게까지 걸어가기로 했다. 밤이 될 때까지 그 가게에 머무르면서, 현지인들과 판 미타이(달콤한 판)를 먹었고, 그들과 어울려 폐차 부수기 경주를 구경하듯 지나가는 차들이 기름띠를 밟고 지나갈 때마다 신이 나서 구경했다.

밤이 되자 난 밭으로 뛰어 들어가 근처 농장에 물을 대기 위해 사용하던 물탱크 안에서 오랫동안 목욕을 했다. 시멘트로 만든 물탱크 안에서 휴식을 취하며 머리 위로 펼쳐진 고대 그대로의 오염되지 않은 인도의 밤하늘에 감탄하고 있자니, 예전에 들었던 가르침이 떠올랐다.

이 세계는 우리 각자의 내부 상태를 반영하는 것일 뿐이다. 사랑에 빠졌을 때 이 세상이 어떻게 보이는지 지켜보라. 만약 사람들이 각자 내면의 순수성을 깨닫지 못한다면, 그들은 중독적인 향기가 자신에게서 나는 것인 줄도 모른 채, 그 향기를 찾아 지칠 때까지 미친 듯이 떠돌아다니는 사향노루와 같은 삶을 살게 될 것이다.

이걸 이해하지 못한다면, 당신은 이상적인 상황 - 완벽한 직장, 완벽한 생활환경, 완벽한 관계 - 을 만들기 위해 평생을 허비하고 말 것이다. 그 무엇보다도 당신이 무엇을 행하느냐가 중요하다. 그러므로 이상적인 상황만 좇는 건 곧 침몰할 타이타닉호 갑판 위의 의자를 정리하는 것과 다를 게 없는 짓이다. 네 마음이 하는 말을 믿지 않는 것부터 시작하라, 고 스승님이 말했다. 이상적인 상황을 좇는 것은 잘못된 우상을 숭배하는 것과 마찬가지다. 잘못된 우상 숭배를 멈추라.

바로 그때, 요란한 버스 경적 소리에 정신이 번쩍 들었다. 밭을 가로질러 길가로 달려갔더니 고장난 버스에서 내린 승객들이 새 버스에 올라타는 모습이 보였다.

마침내 우리는 출발했다. 나는 창가 자리에 편히 기대앉아서 한밤의 공기를 기분 좋게 맞았다. 어깨가 아프긴 했지만 삶은 멋진 거라는 사실을 인정할 수밖에 없었다. 삶이 온통 단순한 즐거움으로 가득 차 있는 것만 같았다. 판 가게, 늦은 밤중의 목욕, 그리고 새 버스, 허비한 시간을 메우려 두 배는 빨라진 버스의 속도. 중간에 지체되긴 했지만 비자 만료 전에는 네팔 국경에 도착할 듯 했다.

내가 여전히 얼굴 가득 미소를 띠고 있는데, 바로 그 순간, 쾅! 버스가 다른 버스와 정면으로 충돌했다. 좌석 위로 사람이 날아다니고, 금속 조각과 깨진 유리 조각이 비처럼 쏟아졌다. 섬뜩한 비명소리, 울음소리가 들려왔다. 그리고 기다란 금속이 번뜩 하며 눈앞을 스쳐 지나가더니 내 어깨, 부상을 당했던 바로 그 부위를 때렸다. 보호용 싸개가 벗겨진 상태였기 때문에 금속 조각은 마치 검처럼 날카롭게 내 어깨를 스치고 지나갔다.

예리한 창에 베인 팔에서는 감각이 전해지지 않았다. 남은 부분에서 피가 쏟아지는 느낌만 났다. 부상이 심각하냐고 물을 필요도 없었다. 당연한 것이었으니까. 팔이 잘려나간 게 분명했다. 팔이 어느 정도 남았는지 나 알고 싶었다. 내 위에 쓰러진 다른 사람들을 치우고 몸에 붙은 금속과 유리를 털어내는 데 한참이 걸렸다. 차마 팔은 확인하지 못했다. 너무 겁이 났기 때문이다. 하지만 무언가 익숙한 느낌이 들었다. 윙윙거리고 보글거리는 느낌, 따뜻한 호랑이 연고를 바른 듯 따끔거리는 느낌. 문득 궁금해지기 시작해 최대한 실눈을 뜨고 한 쪽 눈으로만 살펴봤다. 내 팔은 여전히 멀쩡하게 붙어 있었다.

내가 할 수 있는 일은 계속해서 쉴 새 없이 '고맙습니다, 고맙습니다, 고맙습니다.'를 외치는 것뿐이었다. 사고 후에도 거동이 가능했던 우리 버스 기사는 맞은 편 버스로 달려들어 상대 기사를 흠씬 패 주었다. 양쪽 버스 앞 유리가 폭삭 다 깨져 뻥 뚫렸었기에, 그저 운전석을 건너가 주먹질만 하면 되었다. 우리 버스 기사가 의식을 잃고 쓰러진 반대편 기사를 가격했다고 하는 것이 정확한 표현이겠지만.

난 내 짐을 들고 길가에 앉아 멀쩡한 팔을 감탄하며 바라보았다. 여기저기 멍이 들고 피도 났으며 입 안에 유리 조각도 씹혔지만, 그 어떤 현실도 팔이 멀쩡하다는 사실보다 더 놀랍지는 않았다. 아직 살아 있는 사람들은 나처럼 길가에 나와 앉았다. 나머지 사람들은 마침 버스에 타고 있던 의사의 도움을 받았다. 우리도 돕겠다고 나섰지만 밀려났다. 그래서 그냥 거기에 앉아 있었다.

나는 아무 도움도 안 되는 스스로에게 혐오감을 느끼며 앉아 있었다. 그러다 문득 생각이 바뀌었다. 이제 내 스스로의 운명을 개척해 나가야겠다고. 나는 절대 오지 않을 것 같은 다른 버스를 기다렸다. 그러다 국경마을로 간다는 현수막이 붙어 있는 지역 버스가 사고 현장을 천천히 지나가는 걸 발견했고, 온 힘을 다해 버스를 꽝꽝 때려 멈춰 세웠다. 만원버스는 예전에도 본 적 있었지만, 이건 차원이 달랐다.

바글바글 모여 있는 사람들 틈을 비집고 들어서는, 계기판 아래 금속버팀대 쪽에 끼어들었다. 나는 버스 기사의 얼굴을 마주보며 어쩔 거냐고 소리쳤다. 기사는 내 얼굴을 빤히 쳐다보더니 차 문을 닫고 출발했다. 지역 버스는 중간 중간 많이도 멈췄고 고속버스와는 비교도 안 될 만큼 느릿느릿 움직였다. 하지만 난 상관이 없었다. 움직이면 오케이였다.

하늘이 밝아지는 가운데 승객들은 잠이 들었다. 거기다 운전기사도 졸기 시작했다. 나는 꾸벅 거리는 기사를 지켜보며 이러다가 또 사고가 날지도 모르겠다고 생각했다. 발로 주변을 더듬거려 보니 작은 돌멩이들이 있었다. 나는 네 시간 내내 기사가 잠이 들었다 싶으면 그의 머리를 향해 조그만 돌멩이를 날렸다. 그리고 기사는 돌멩이를 맞을 때마다 에스프레소를 한 잔 먹은 것처럼 정신을 번쩍 차리고 운전을 계속했다.

드디어 국경 마을에 도착했지만 하루 종일 카트만두로 가는 버스를 기다려야 했다.

인도 비자가 만료되기 한 시간 전, 나는 네 번째 버스 지붕 위에서 짐에 둘러싸인 채 히말라야를 향해 달려가고 있었다. 또 무슨 사고가 일어날 지 몰라 끈으로 몸을 잘 묶었다.

네팔에 들어서자 빛의 축제인 디왈리의 밤이 개막되고 있었다.

나의 팔, 어쩌면 나의 삶까지 구원해 준 은혜로운 힘에 느낌표를 찍듯, 아름다운 빛의 도시가 나를 환영해 주었다. 온 마을이 초로 밝혀져 있고, 일렬로 늘어선 등불 덕분에 아름답게 빛났다. 별로 가득 찬 밤하늘에선 형형색색의 불꽃놀이가 밤새 이어졌다. 나는 버스 맨 앞줄에 앉아 그 모습을 감탄하며 지켜보았다.

06

흔듦

타이니가 안정을 찾았다. 다음 과제는 고양이 무리를 어떻게 보호할지였다. 길고양이 무리의 일에 개입하는 것 자체는 언뜻 옳은 행동처럼 보였지만, 어떻게 해야 그들에게 해를 끼치지 않고 정말 도움을 줄 수 있을지는 고민해야 할 문제였다.

몇 가지 일이 떠올랐다.

네팔의 외딴 수도원에서 자란 승려 친구가 있었다. 그는 수도원의 상태가 소박해야 높은 정신적 수준에 도달하기 좋다고 설명했다. 어느 날 서양인이 수도원에 나타나 그곳의 상황을 살펴보더니 도움을 주겠다고 약속했다. 그는 양수기를 준비해 와서 설치하고 수도원에 전기도 연결했다고 한다. 처음엔 승려들이 굉장히 기뻐했다. 하지만 머지않아 현대적인 편리함이 승려들의 열의를 앗아가 버렸다. 내 친구와 동료 승려들은 점점 의지를 잃어갔다. 얼마 안 가 대부분의 승려들이 떠나 버렸고, 그 수도원은 버려지게 되었다. 뭔가를 더 나아지게 하려는 노력이 때로는 독이 될 수 있다는 것이 승려 친구가 내린 결론이었다.

나는 늘 그 이야기를 기억하고 있었다. 행동을 하느냐, 하지 않느냐, 그것이 문제로다. 예전에 들었던 선의 가르침도 생각났다.

앞으로 가면 삶의 정수를 잃게 될 것이다.
뒤로 가면 진실에서 멀어질 것이다.
앞으로도 뒤로도 가지 않는다면 숨만 쉴 뿐
죽은 자나 마찬가지다.
말해 보라, 그대는 어떻게 하겠는가?

힌두교의 경전 바가바드기타Bhagavad Gītā에서는 '사람은 어떠한 보상도 기대하지 않고 행동해야 한다'고 하며 내가 겪는 딜레마를 다루고 있었다. 행동 자체를 위해 행동하는 것이 가장 순수한 형태의 행동이며 군더더기 또한 남기지 않는다고. 그렇기 때문에 순수한 행동은 그냥 일어난다. 행위자도 없고 자기 언급도 없다. 경기장에 나가 있는 선수에게 물어보라. 가장 완벽한 플레이는 그냥 벌어진다. 자아를 잃었을 때 생겨나는 것이다.

나는 이 말을 '내 집 현관문 앞에 무엇이 나타나든 그건 나의 것'이라는 뜻으로 받아들였다.

괜히 오래 생각하지 말자. 예술가가 그림을 그리고, 전사가 싸우고, 의사가 치료를 하듯, 뒤뜰에 도움이 필요한 고양이가 있으면 보살피면 된다. 누군가 나 대신 등을 쓰다듬어 줄 거라고 기대하지 말자. 내가 저 길고양이들을 보살피는 것은 이미 마련되어 있는 우주의 완벽한 설계 덕분이라고 생각하자. 어떠한 보상도 기대하지 말자.

한편 〈뉴요커〉지에서 봤던 만평도 생각났다.

거실에 중년 여성과 사자 한 마리가 나란히 앉아 있는 그림이었다. 여자가 사자에게 말했다.

"네가 정글에서 보냈던 시간이 네 삶에서 가장 즐거운 때였다고 말하면, 내 기분은 어떻겠니?"

나는 생각의 갈피를 잡기 어려웠다.

내가 행동을 하든 하지 않든, 그것이 초래할 수많은 결과가 머리를 어지럽혔다. 이도저도 못하고 고민하던 중 마침내 모든 게 명료해졌다. 내 행동을 이끈 생각은 단순했다.

핵심은 바로 이것이다. 해코지하는 놈들이 싫다!

나는 포식자가 고양이를 죽이는 꼴을 보고만 있지 않기로 했다. 적어도 내 뒤뜰에서, 내가 지켜보고 있는 때만이라도. 이렇게 결심한 뒤로 전의를 불태워 보려고 했지만 솔직히 도움은 되지 않았다. 마음은 다잡았지만, 모든 게 능력 밖의 일이라는 걸 모르지 않았기 때문이다.

그러나 나는 두려움을 느끼는 것이 무력감을 느끼는 것보다는 낫다고 생각했다. 적어도 포식자가 길고양이를 공격하려 할 때 내가 할 수 있는 일이 없다고 생각하면서 외면하는 일은 없게 할 참이었다.

한 가지는 확실했다. 이제 잠을 푹 자는 건 꿈도 꿀 수 없다는 것.

'그리고 밤은 사냥을 위한 시간이라는 걸 기억하라, 그리고 낮은 잠을 자기 위한 시간이 아니라는 걸 잊지 말라.' 키플링의 말이다.

우선은 주변 자연의 리듬에 민감하게 반응해야겠다고 생각했다. 결코 쉽지는 않겠지만 자연에 인위적으로 개입하는 것과 자연의 흐름에 맡기는 것 사이의 적절한 지점을 찾아야겠다고 결심한 것이다.

생각이 확실해지자 바깥에서 일어나는 일들이 만화의 한 장면들처럼 보이기 시작했다. 번들거리는 털의 라쿤과 코요테는 무릎 위에 매혹적인 애인을 앉혀 놓고 두툼한 시가를 피워 대는 악당 캐릭터처럼 보였다. 고양이들은 눈부신 햇볕에 일광욕을 즐기는 연약한 아가씨처럼 보였다. 나로 말할 것 같으면, 루니툰 만화에 등장하는 양치기 개 샘이었다. 늑대울프가 자기 양떼를 위협하면 한 방에 울프를 박살낼 능력이 있는 샘.

디즈니스러운 판타지를 계속 이어나가 보자면, 나는 닥터 두리틀처럼 환상의 솜씨를 가진 수의사를 만날 것이다. 그는 우리 고양이 무리에 생긴 어떤 건강 문제도 마법같이 치료해 줄 수 있는 사람이다. 아, 그리고 물론 그 은혜를 다 갚으려면 내가 복권에 당첨되어야겠지.

동물을 인격화하고 정글의 법칙을 낭만적으로 묘사하면 눈살이 찌푸려질 수도 있다는 걸 안다. 아프리카 사파리에 가 본 적 있는 사람이나 자연적인 서식지에서 사는 야생 동물들을 본 적 있는 사람에게 물어보라. 날 것 그대로의 자연이 얼마나 무자비하고 폭력적이며 잔혹할 정도로 피로 얼룩져 있는지. 귀여운 토끼는 뒤쫓아 오는 여우에게서 도망칠 가능성이 거의 없다. 자연 앞에 연민의 감정은 통하지 않는다. 고양이들에 대해서도 이런 관점으로 접근해야 했을지 모른다. 하지만 나는 자연에 개입하기로 했고, 적절한 개입은 필요하다고 믿고 있다.

어렸을 때 일이다. 여동생이 키우던 까만 쥐들이 갑작스러운 추위에 딱딱하게 얼어붙은 채 밖에서 발견되었다. 부모님은 그 쥐들을 내다 버릴 준비를 하셨고, 나는 그 전에 실험을 한 가지 해도 되겠냐고 물었다. 부모님은 허락하셨다. 부엌에는 어머니가 음식을 따뜻하게 보관하는 용도로 사용하는 적외선 등이 있었다. 나는 쥐들을 그 밑에 갖다 놓았다. 그러자 아주 천천히, 아이들의 만화 영화에서처럼, 쥐들이 움직이기 시작했다. 처음에는 다리부터, 다음엔 온 몸이 부드럽게 변했다. 이윽고 모두 눈을 떴다. 쥐들은 말 그대로 다시 살아난 것이었다. 몇 년 동안 수의사에게 이 이야기를 해 봤지만 명쾌한 설명은 듣지 못 했다. 부모님과 여동생이 목격하지 않았었다면, 나 스스로도 믿지 못했을지 모른다.

길고양이 무리를 돌보는 일이 어떤 보수나 혜택도 없이 24시간 이어지는 노력 봉사라는 건 누가 봐도 빤한 사실이었다. 소피와 헤더는 각자의 직업 생활이 우선이며 고양이에 대한 책임감 때문에 그들의 삶이 침해당하는 건 용납할 생각이 없다고 선언했다. 나는 그걸 탓할 마음이 조금도 없었다. 출근을 하지 않아도 되었기에, 고양이를 돌보는 일은 오롯이 내 소관이었다.

그런데 고양이에 대한 장기적인 계획에 있어서도 우리가 서로 다른 생각을 갖고 있다는 걸 알게 되었다. 어느 날 저녁, 소피와 내가 외출했다 집으로 돌아오는데 타이니가 이웃집 자동차 타이어 밑에 숨어 있었다. 우리를 발견한 타이니는 안도한 듯 우리 얼굴을 유심히 살펴보았다. 자신을 향한 우리의 감정이 바뀐 건 아닌지 궁금해 하는 눈치였다. 타이니는 어렸을 적 경험했던 유기를 다시 겪은 것 마냥 일종의 트라우마를 입은 듯 했다. 왜 그랬는지는 모르겠지만 난 소피에게 이렇게 말했다.

"베트남전 참전 군인들이 트라우마를 겪는 거랑 마찬가지일 거야."

그건 그렇고, 타이니는 왜 밖에 나와 있었던 걸까?

녀석을 데리고 집안으로 들어가자 헤더가 부엌에 있었다. 헤더는 우리가 고양이를 데려온 걸 보고 웃음을 터뜨렸다.

"타이니가 왜 밖에 있어?"

내가 물었다.

"고양이가 건강해지만 내보내기로 한 거 아냐?"

"뭐?"

"그 있잖아, 잡아서 치료하고 다시 놔 주는 거."

"타이니는 아니야. 이 애가 무슨 일을 겪었는지 알잖아!"

그제야 나는 깨달았다. 우리에겐 계획이 없었고 서로 이해하고 있는 내용도 다르다는 걸. 그리고 이건 매우 까다로울 수 있는 문제였다.

고양이와 관련한 모든 사건이 다 특별하고 우리가 도와줬던 고양이들 모두가 다 소중하지만, 우리가 집안에 데려다 키웠던 고양이 중에서 제대로 야생으로 돌아간 녀석이 한 마리도 없는 게 사실이다. 여기에는 여러 가지 원인이 있다. 고양이들이 야생성을 잃은 게 첫 번째 이유였다. 집에서 키우던 고양이를 밖에 내놓고 실험을 해 보면, 그들은 포식자들의 행동을 알아채지 못하고 결과적으로 공격받기 쉬운 대상이 된다. 밖에서 지내면 스트레스도 더 많이 받는 걸로 보였다. 그리고 다른 무리와 함께 같이 먹는 법, 그릇이 아니라 바닥에 음식을 놓고 먹는 법도 배워야 했고, 밤에는 안전하면서도 안락한 곳을 찾아 잠잘 곳도 마련해야 했다. 그리고 어쩌면 가장 중요한 것은 내가 그들과 사랑에 빠져 버렸다는 것이다.

일단 먹는 문제가 제대로 정리되면, 다음 임무는 고양이들을 포식자들로부터 안전하게 지키는 거라고 생각했다. 레오의 어미이자 암컷 우두머리였던 샴 고양이가 이웃집 앞뜰에서 알아볼 수 없을 정도로 짓이겨진 채 발견되기 전부터, 고양이들의 가장 큰 위협이 포식자들이라는 건 명백한 사실이었다.

나는 노련하고 요령 있는 레오의 어미가 죽을 정도면, 다른 고양이들이야 말할 것도 없을 거라고 확신했다. 내가 가장 처음으로 한 일은 뒷문이 있던 자리에 철망 문을 달아서 밤낮으로 뒤뜰에서 일어나는 일을 모니터할 수 있게 한 것이었다.

하지만 그것으로는 충분하지 않음을 이내 깨달았다. 고양이 무리에 섞여 들어가지 않고서는 밖에서 일어나는 온갖 사건을 온전히 파악할 수 없었던 것이다. 특히 밤이 되면 나는 고양이들과 함께 수풀 깊숙한 곳에 앉아 있곤 했다. 퀴퀴한 냄새가 나는 빽빽한 수풀 속은 온갖 생명체로 가득했다. 움직일 때마다 후두둑 이슬도 떨어지고 거미줄도 늘어졌다. 사랑하는 할아버지의 품에 안긴 걸음마를 뗀 아이처럼 흙냄새가 나를 완전히 에워쌌다. 꼽등이, 개미, 나방, 사마귀, 바퀴벌레, 무당벌레, 정체를 알 수 없는 온갖 곤충들. 어미 없이 다니는 아주 작은 주머니쥐도 발견했다. 이 조그만 녀석이 다른 동물을 피해 스스로를 보호한다는 건 불가능해 보였다. 자연은 어떻게 보면 어마어마한 믿음과 용기를 지닌 곳 같지만, 또 한편으로는 대놓고 가학적인 곳이기도 했다. 난 어느 쪽이 자연의 본모습인 건지 확신할 수 없었다. 하지만 내가 그 동물을 괴롭히지 않아야 한다는 건 확실히 알고 있었다. 마침 새끼 주머니쥐는 기다렸다는 듯이 조그맣게 재채기 하는 듯한 소리로 어미를 불렀다.

우리 뒤뜰에 어떻게 열대 우림 같은 조그만 땅덩이가 생겼는지 모를 일이다. 집 쪽으로 지나는 길에는 절대로 발견하지 못할 것이다. 하지만 뒤뜰로 이어지는 좁은 길을 따라 걷다 보면 곧 햇볕이 들지 않는 곳을 발견하게 된다. 가로 6미터, 세로 12미터 정도 되는 상대적으로 작은 땅 안에 온갖 식물이 자라고 있었다. 여러 가지 비 토착성 식물, 무수하게 많은 오래된 나무, 하얀 수액을 뿜어내는 빽빽한 담쟁이덩굴, 기름진 땅에서 영양분을 빨아들이는 큰 나무 아래 덤불까지. 그래서 일반적으로 옆집에서 들려오는 소리가 여기에서 다 흡수되어 사라져 버린다. 대신 벌레소리, 새소리 등 이곳을 집으로 삼고 있는 수많은 생물들이 끊임없이 바스락거리는 소리가 가득하다. 물론 길고양이 무리도 포함해서.

언젠가 원숭이들이 나타나 나뭇가지를 타고 이 나무에서 저 나무로 옮겨 다닌다거나, 이따금 코뿔소가 지나간다 해도 당연하게 느껴질 것 같았다.

우리 뒤뜰과 이웃집 뒤뜰 사이에는 아주 오래되어 썩은 나무 울타리가 있었지만 웃자란 덤불 때문에 완전히 가려져 보이지 않았다. 가끔 나는 손에 묻은 흙을 닦아내고 싶을 때만 울타리를 손으로 스윽 잡았다.

낮 동안 그곳은 수목원처럼 보였다. 하지만 밤에는 도처에 위험이 도사리고 있는 느낌이었다. 나는 고양이들의 환경에 직접 뛰어들어 그들의 반응을 유심히 살폈다. 어떤 소리에는 아무런 반응도 보이지 않았다. 하지만 어떤 소리에는 귀를 쫑긋거리고, 고개를 돌리거나, 당장이라도 뛰어 나갈 준비를 했다. 집에서 키우는 고양이들은 주변의 곤충만 봐도 놀라서 풀쩍 뛰어오를지도 모르지만, 이 길고양이들은 그렇지 않았다. 그저 편안하게 앉아 있을 뿐이었다. 무리의 주류들은 빵 굽는 자세를 하고 앉아 있는 걸 좋아했다. 고양이들은 내게서 몇 미터 떨어진 곳에서 등을 보이고 앉아 있었다. 고양이 심리학자의 말이 믿을 수 있는 거라면, 내게 등을 보인다는 건 나를 믿는다는 의미였다.

이윽고 길고양이 무리는 나의 존재를 개의치 않고 생활하기 시작했다. 물론 나는 그곳에 있었고 고양이들도 내가 거기 있다는 걸 정확하게 인지하고 있었다. 주변 상황을 계속 신경 쓰는 것이 고양이에겐 생존을 위해 필요한 자질이었다. 자신의 영역을 제대로 파악하고 있지 못하면 그들은 당장이라도 위험에 빠질 수 있었다. 죽음은 언제나 가까이에 있었고 고양이들도 그걸 알고 있었다. 인간도 마찬가지다. 다만 대부분의 인간은 그 사실을 부정하며 살고 있다. 모든 증거가 그 반대쪽을 가리키고 있는데도 인간의 자만은 우리가 영원히 살 것처럼 착각하게 만든다.

길고양이 무리가 나를 받아들였다고는 말할 수 없을 것이다. 내 존재를 그저 참아 주었다고 보는 게 맞다. 특히나 무리의 주류, 죽은 새끼 고양이 주변에 반원을 그리고 모여 앉아서 대놓고 나의 도움을 요청하던 그 고양이들이 그랬다. 고양이들이 늘 예민한 상태를 유지하는 것도 놀라웠지만, 비좁은 공간에서 고양이와 함께 지내다 보니 녀석들의 아름다움에 홀딱 반할 수밖에 없었다. 새카만 색, 호랑이 줄무늬, 샴 고양이, 토터셸, 회색, 흰색과 주황색 태비 등 풍성한 털이 아름다웠다. 게다가 그들의 침착한 태도 역시 매력적이었다. 길고양이 생활은 쉽지 않다. 부드러운 침대나 늘어져서 쉴 소파, 누워 있을 따뜻한 무릎도 없다. 그럼에도 불구하고 그들은 스스로, 그리고 서로 그루밍을 해 주며 단장을 한다. 그리고 자신감, 편안함, 뚜렷한 내면의 힘, 진실성을 품은 듯 움직인다. 움츠린 채 슬픈 눈으로 사람들을 빤히 올려다보는 학대받은 고양이와는 다른 모습이다.

다음으로 나를 놀라게 한 것은 각각의 고양이들이 분명하고, 복잡하며, 완성된 성격을 가지고 있다는 것이었다. 몇 년이 지난 지금까지도 나는 이 동물들, 살아 숨 쉬는 삶의 기적들을 보며 경이로워한다. 그들과 함께 있을 때면 이 놀라운 존재를 살아 움직이게 만드는 생명력의 속삭임이 느껴질 때가 종종 있다.

나는 중세 유럽에서 고양이가 거의 전멸했던 때가 있었다는 것을 알게 되었다. 그런데 현재 호주 정부가 이백만 마리의 길고양이를 도살하겠다는 계획을 발표하는 걸 보니, 어쩌면 정말로 역사는 반복되는 것 같다. (공정하게 말하면, 호주의 상황은 이보다 복잡하다. 호주에만 있는 몇 가지 독특한 종이 멸종되는 데 길고양이의 책임이 있기 때문이다.) 역설적으로 많은 나라에서 고양이들이 왕족과 같은 위상을 얻었을 때가 바로 중세 유럽이었고, 바로 그런 이유로 고양이들은 탄압을 받아야 했다. 원래는 무심함과 독립성, 밤에 돌아다니며 설치류를 잡는 능력, 예리한 시각, 과묵함 때문에 고양이들은 사람들의 칭찬을 받았다. 그러나 종교재판이 열리는 동안에는 바로 이런 특징 때문에 고양이들은 의심을 받게 되었다.

종교재판의 최초 목적은 순결파나 발도파 같은 이단이나 이교도 분파를 찾아내 다시 가톨릭교회의 영향 아래에 두기 위한 것이었다. 하지만 계획은 바뀌었고 교황은 이 종교 그룹을 아예 없애 버리기로 결정했다. 순결파에 대항한 알비파 십자군 병사 한 명이 교황 대리인에게 물었다. '진정한 가톨릭과 이단을 어떻게 구별할 수 있습니까?' 그러자 대리인이 대답했다. '모두 죽여라. 주님은 그분의 사람들을 알아보실 것이다.'

고양이에게는 안타까운 일이지만 이 이교도들은 길고양이를 무척 귀중하게 여겼고 그들과 밀접하게 연관되어 있었다. 고대 이집트에 근원을 두고 있는 분파의 경우에는 고양이를 숭배하는 경우도 있었다. 12세기 종교재판 시기 이런 정보가 번져나가면서 고양이들은 직접적으로 억압의 대상이 되었다.

이제 사회에서 고양이의 위치는 가톨릭교회의 교리에 따라 파악할 수 있다. 고양이의 무심함과 독립성에 대하여 교회는 창세기를 언급했다. 주님은 자신이 머릿속으로 생각하던 모습으로 남자와 여자를 만들어내고 나서 이렇게 말했다. '열매를 맺고 번식하라. 이 땅을 채우고 온 땅을 정복하라. 바다의 물고기와 하늘의 새와 땅 위에 움직이는 모든 살아 있는 것을 다스리라.' 주님에 의해 창조된 동물들은 인간에 의해 인간의 지배를 받도록 만들어졌다. 만약 인간에 의해 정복당하지 못하는 동물이라면 이 땅에 발을 들일 수가 없었다. 그리고 독립적인 동물인 고양이는 여기에 맞지 않았다.

어두워진 후 설치류를 잡을 수 있는 고양이의 능력은 두 가지 이유에서 면밀한 검토가 필요했다. 첫째, 고양이는 밤에 활동적이었다. 그리고 밤은 주님을 두려워하는 모든 짐승들은 잠을 자야 하는 시간이었다. 두 번째로 15세기 인쇄업자 윌리엄 캑스턴은 이렇게 썼다. '악마는 종종 죄인을 가지고 논다, 고양이가 쥐를 가지고 놀듯이.' 고양이를 악마와 비슷하게 본 것이다.

이렇다 보니 중세 유럽인들이 왜 고양이들의 눈은 악마의 그것처럼 번득이는가, 궁금해 했던 게 놀랍지도 않다. 고양이의 망막 뒤쪽에 반사판이라는 세포층이 있어서 그런 줄은 몰랐을 테니까 말이다. 고양이 꼬리

끝의 털은 지금도 '악마의 머리카락'이라고 알려져 있다. 그리고 한밤중에 울려 퍼지는 이 세상의 것 같지 않은 비명 소리와 울음소리 역시 상황을 더욱 악화시키기만 했다.

마침내 나는 고양이 무리의 일원으로서 빽빽한 덤불 밑에 숨어 지내는 그 자리 터줏대감이 되었다. 포식자들이 도사리고 있는 길이 바로 이쪽이었다. 코요테는 무서울 정도로 조용하게 움직였는데 다행히 이웃집 개들이 코요테의 존재를 내게 미리 경고해 주곤 했다. 라쿤은 발견하기가 더 쉬웠다. 녀석들은 육중한 몸으로 부산스럽게 움직였고, 사냥을 할 기대감에 흥분을 해서 자기들도 모르게 입 밖으로 이상하게 높은 떨림 음을 내고 다녔기 때문이다.

코요테나 라쿤 모두 나의 걱정거리였지만, 지금까지 희생된 고양이의 수를 다 따져 보면 라쿤이 더 최악이었다. 녀석들은 여섯 마리 정도가 팀을 이루어 사냥을 했다. 집 양쪽으로 조직적으로 달려들어 뒤뜰 한 가운데로 사냥감을 몰고, 고양이가 나무 위로 도망이라도 치면 나무 위로 뛰어 올라 나뭇가지를 마구 두들겼다. 라쿤은 때때로 자기 집에서 쉬고 있는 주머니쥐 가족을 놀래 주기도 했다. 그러면 끔찍한 운명을 맞은 주머니쥐들의 소름끼치는 비명 소리를 들을 수 있었다.

나는 우리 집 양쪽 끝, 북쪽 통로와 남쪽 통로에서 눈을 떼지 않았다. 가끔 몸은 벽 뒤에 숨기고 얼굴만 빠끔 내민 채 우리 고양이 무리를 관찰하는 코요테를 목격하기도 했다. 멀리 마을까지 내려오느라 녀석들은 배가 고팠기에 어떤 위험이라도 기꺼이 감수할 준비가 되어 있었다. 우리는 고양이에게 먹이를 주고 난 뒤, 남은 것을 늘 말끔하게 치웠다. 그러니 코요테가 뒷마당에서 노리는 건 사료 찌꺼기가 아니었다. 살코기였다. 북쪽 통로에서 코요테를 발견하면 남쪽도 확인해야 했다. 가끔씩 다른 코요테가 거기 숨어 있는 경우도 있었기 때문이다. 포식자가 한 마리 늘면 문제는 갑절로 커지는 법이다.

나는 조용히 기다리면서 고양이 무리 중 누구라도 코요테의 냄새를 맡거나 그들의 존재를 알아차리지는 않았는지 살폈다. 가끔 코요테가 가까이 왔는데도 고양이들이 모를 때가 있었다. 그럴 때 코요테가 공격하려고 하면 나는 벌떡 일어나 팔을 뻗고 가슴을 내밀어 내 몸을 최대한 크게 만들고 들고 있던 막대기를 휘둘렀다. 필요하다면 물뿌리개 호스까지 잡을 준비가 되어 있었다. 코요테들은 늘 눈이 배로 커져서는 깜짝 놀라 도망쳤다. 나는 우리 뒷마당에서 사냥을 하는 건 어림없는 짓이라는 걸 알려주고 싶었다. 더 이상 공짜 식사는 없다고.

라쿤은 내가 좀 더 대비했어야 했다. 그들의 공격은 더 역동적이었고 계산되어 있었으며, 기본적으로 힘과 속도가 대단했다. 녀석들은 고양이뿐만 아니라 사람에게도 위험할 수 있었기 때문에, 놈들이 높은 소리로 떨림음을 내기 시작하면 난 바로 고양이들을 놀래줘서 숨게 만들었다. 울타리를 따라 뛰며 들고 있던 막대기로 나무 울타리를 마구 때리는 동시에 라쿤이 쫓아올 걸 대비해 도망갈 퇴로를 생각했다. 그러노라면 〈겟 쇼티〉라는 영화에 나오는 칠리 파머리라는 캐릭터가 떠올랐다. 그가 발코니에서 떨어져서 거의 죽을 뻔한 후였다.

여자 친구가 물었다.

"그 위에 있으니까 안 무서워?"

그가 대답했다.

"당연히 무섭지."

여자 친구가 또 물었다.

"그렇게 안 보이는데."

그러자 그가 대답한다.

"아까는 무서웠는데, 지금은 아니야. 내가 얼마나 오랫동안 무서워했으면 좋겠는데?"

고양이들을 보고 군침을 흘리는 코요테를 발견할 때면 평정심을 잃고 말았다는 것을 인정한다. 하지만 저 굶주린 놈들에게 너무 많은 고양이를 잃었고, 용서할 수가 없었다. 그것이 사냥꾼이든 사냥감이든, 지진이든 토네이도든, 내가 제어할 수 없는 그 어떤 자연의 힘이든지 간에. 내가 자연을 재단한다는 것이 얼마나 어리석은 짓인지 이성적으로는 알고 있었다. 하지만 내 마음은 그렇지 않았다. 내 심장은 여전히 고통받고 있었다.

이런 불편한 마음을 들개에게서도 느꼈던 적이 있었다.

네팔에 있을 때였다. 카트만두 계곡 너머로 짙은 안개가 내리는 추운 저녁 무렵이면 들개가 마치 자기들 집인 양 무리를 지어 마을로 다가왔다. 그 개들은 사람을 보고 꼬리를 흔들고 빙글빙글 도는 유의 개가 아니었다. 스테로이드를 맞은 거리의 싸움꾼들처럼 온 마을을 누비고 다니는 피에 굶주린 반 늑대 개. 피하는 게 상책이었다.

택시도 끊긴 지 몇 시간이 지난 깊은 밤, 나는 몇 킬로미터를 걸어 집으로 가고 있었다. 안개가 낀 어둡고 구불구불한 좁은 골목은 그냥도 지나다니기 힘들었다. 그런데 주변을 배회하던 들개 떼가 사람의 체취를 맡는다면 상황은 더 심각해진다.

들개를 처음 만난 건 친구와 함께 걷고 있을 때였다. 멀리서 사나운 으르렁거림이 들려오더니 점점 가까워지고 있었다. 그런데 소리는 이내 잦아들었고, 친구와 나는 안도의 한숨을 내쉬었다.

사실 녀석들은 다른 곳으로 가 버린 게 아니라 공격 태세를 갖추고 있던 거였다. 우두머리 개가 흙바닥에 발톱을 긁은 다음 전속력으로 돌진했고, 뒤 따르던 부하 개들이 헤드라이트를 끄고 질주하는 자동차처럼 달려와 우리에게 몸을 내던졌다. 우리는 머지않아 묵사발이 되고 말 거였다. 내 친구는 내 앞을 가로막고 서서 개들의 공격을 온 몸으로 막았다. 개들은 소리 없는 사무라이처럼 내 친구를 덮쳤다. 친구는 온 몸을 흔들며 방어하다가 무심코 우두머리 수컷의 주둥이를 발로 찼다. 우두머리는 깽깽 소리를 지르며 물러났고, 다행히 나머지 개들도 그를 따라갔다. 하지만 여러 군데 끔찍이 물린 친구는 결국 병원으로 가게 되었다.

마을 사람들은 길에서 들개를 만났을 때 어떻게 하는 걸까? 난 그들을 쫓아다니며 방법을 알아내기로 했다. 주민들은 하울링이 저 멀리서 들리면 길가에 있는 돌멩이를 주워서 소매 안에 숨겨 놓았다. 그런 다음 들개들이 주변에 모여들면 최대한 힘껏 돌멩이를 던졌는데, 우두머리 수컷을 겨냥하는 것이 빠른 진화에 도움이 되었다. 그들은 놀랍도록 정확하게 돌멩이를 던졌다. 날이 밝은 다음에 눈에 띄는, 눈 주변이 붓고 이마가 부풀어 올라 돌아다니는 대장 개가 그 증거였다.

나는 개에게 돌멩이를 던지고 싶지는 않았다. 대신 효과가 있을 것 같은 다른 아이디어를 생각해 냈다. 나는 내 아이디어를 실험해 보기로 했다. 그 후 밤중에 집에서 멀리 떨어진 곳에 혼자 있는데 개들이 다가오는 소리가 들려왔다. 나는 셔츠 안에 돌멩이를 숨기고 개들을 기다렸다. 으르 렁거리는 소리가 멈추고 개들이 공격하기 직전, 나는 몸을 흔들어 셔츠 안에 숨긴 돌멩이들로 달그닥거리는 소리를 냈다. 나에게 무기가 충분 히 있다는 걸 알려준 것인데 효과가 있었다. 놈들은 위험을 무릅쓰고 돌 을 맞기보다는 곧바로 꽁무니를 뺐다.

반대로 내가 살던 순례지에서는 들개를 숭배했다. 자신이 상대하고 있 는 이가 진정 누구인지 아무도 장담할 수 없기 때문에 지각 있는 만물을 소중히 여겨야 한다는 입장이었다.

주로 힌두교를 믿는 네팔인들은 특히 티하르라는 5일간의 가을 축제 동 안 개들을 공경한다. 티하르는 분명 일 년 중 가장 중요한 축제의 날이 다. 좀 더 자세히 설명하자면 어둠 위의 빛, 무식 위의 지식, 악 위의 선, 절망 위의 희망을 축하하는 축제라고 할 수 있다. 이 기간 동안, 힌두교 도들은 자신들이 믿는 온갖 신뿐만 아니라 주변에 함께 있는 동물까지 모두 숭배한다.

이날은 개에게 화관을 씌워 주고 이마에 붉은 점을 찍고 특별한 음식을 대접한다. 개는 힌두교 관련 설화에서 천국과 지옥의 수호자로, 또 천국 의 통치자 인드라를 돕는 역할로 등장한다.

정의로운 왕 유디시티라도 마하바라다로 알려진 대서사시에서 천국에 들어가기 전에 개를 두고 가라는 인드라의 요구를 거절했다. 이야기는 다음과 같다.

인드라가 유디시티라에게 말했다.

"모두가 천국에 들 수는 없다. 저 개는 늙고 쇠약해서 아무 쓸모가 없지 않느냐."

"그렇다면 저 역시 천국에 가고 싶지 않습니다. 저 개는 땅에서 저의 충직한 동료였습니다. 아무리 천국이 즐겁다한들 사랑하는 동료를 잃은 슬픔은 그 무엇으로도 보상할 수 없습니다."

더 감정적으로 변한 유디시티라는 말을 이었다.

"저 개는 버려져야 할 짓이라고는 아무것도 하지 않았습니다. 저 개가 천국에 갈 자격이 없다면, 저 역시 마찬가지입니다."

"그만하라!"

인드라가 소리쳤다.

"그 누구도 너만큼 빼어난 자가 없었다, 유디시티라! 너는 지금 도덕성 시험을 통과했느니라."

유디시티라와 그의 개 이야기와 크게 다르지 않은 전설이 티베트 불교에도 있다. 정신적 스승 쿡쿠리파는 수풀 속에서 굶주리고 있던 암캐 한 마리를 돌봐 주었다. 극진한 간호 덕에 개는 건강을 회복했다. 쿡쿠리파가 금욕 수행을 했던 12년 동안 둘은 동굴에서 함께 지냈다. 그의 정신적인 업적을 알아본 선녀가 이제 하늘로 올라와 천상의 모든 즐거움을 즐기라며 쿡쿠리파를 초대했다. 그는 승낙하고 하늘로 갔지만 정든 개가 자꾸 눈에 밟혔다. 위에서 내려다보니 개는 굶주린 채 슬퍼하고 있었다. 그는 떠나지 말라는 선녀의 간청에도 불구하고, 동굴로 돌아가 개와 함께 살아가는 걸 택했다. 다시 돌아온 걸 기뻐하던 와중에, 쿡쿠리파는 실수로 자기 개를 할퀴고 말았다. 그러자 갑자기 개가 사라지고 그 자리에 여신이 나타났다. 그녀는 개를 위해 천국행을 포기한 그를 칭찬하며 천국의 기쁨보다 더 위대한 것이 있다고 설명했다. 여신은 마지막 속박의 끈을 푸는 법을 알려주었고 그는 비로소 완벽한 깨우침을 얻을 수 있게 되었다.

그러다 보니 이런 일이 생기는 것도 전혀 놀랍지 않았다. 티베트 불교도들이 많이 사는 우리 동네에 도시 노동자들이 와서 독약으로 들개 무리를 죽이려고 했다. 그러자 마을 사람들이 개를 살리기 위해 나섰다. 도시 사람들이 개에게 독약을 먹이면 숨어 있다가 바로 달려가서 개가 약을 뱉어낼 수 있게 했다. 매번 성공하지는 않았지만 그런 식으로 많은 개의 목숨을 구해 냈다. 살아남은 개 중 하나는 마을의 마스코트가 되었다. 비록 피부병에 걸리긴 했지만 풍성한 금빛 털을 가진 그 개는 역시나 떠돌이 개였다. 독약이 중추신경계에 영향을 줬는지 녀석은 걸을 때마다 술취한 것처럼 다리를 떨고 일자로 똑바로 걷지도 못했다. 하지만 그는 왕 대접을 받았다. 밤에는 베고 잘 수 있는 부드러운 베개가 있었고, 마을 사람들은 형편이 허락하는 한에서 최고의 음식을 먹였다.

그렇게 흔하지 않은 마을의 마스코트를 추억하며 나는 고양이 무리와 함께 익숙한 자세로 편하게 앉아 있었다. 우리는 울타리가 쳐진 뒤뜰 안 정글에서 수없이 많은 저녁 시간을 함께 보냈다. 나는 겉보기에 대수롭지 않은 조그만 것들에 감탄하게 되었다. 고양이들이 쓰레기통에서 주워온 조그만 천 조각은 편히 기대 쉴 왕좌가 됐고, 부서진 나뭇가지는 반려동물 용품점에서 파는 그 어떤 장난감도 부럽지 않은 놀잇감이 되어 주었다.

몇 주, 몇 달이 흘렀다. 나는 고양이들과 마음이 통하게 되었다.

이제 슬쩍만 봐도 고양이가 아픈지 아닌지, 이 문제가 즉각적인 주의가 필요한 것인지 아니면 저절로 해결될 문제인지를 알 수 있었다. 종종 포식자들의 위협이 있기는 했지만, 그래도 내가 그들과 지내는 시간이 많아질수록 그 횟수는 줄어들었고, 밤에는 확실히 조용해졌다. 가끔 이국적인 새들이 날아와 꽥꽥 거리는 경우가 있어 확인해 보니 야생 앵무새들이었다. 이렇게 수많은 야생동물들이 이 나라에서 두 번째로 인구가 많은 도시에 거주하고 있다는 게 역설적이었다.

서로 전혀 다른 세계가 우리 집 뒤뜰 속에 숨어 있는 소용돌이, 길들여진 것과 길들여지지 않은 것들의 교차지점에서 만나는 것처럼 보였다. 길고양이들은 내 마음속 길들여지지 않은 부분을 자극했다. 그리고 나는 우리 모두에게 그런 길들여지지 않은 부분이 존재할 수 있다고 생각한다. 그리고 각자가 자신의 마음속에 존재하는 야생성을 인지하고 있든 아니든 간에, 그것이 우리가 누구인지 정의내리는 데에 도움을 준다고 믿는다.

이웃들은 정돈되고 깨끗한 외관을 지키려고 하지만 정말 중요한 것은 각자 집안에서 일어나고 있는 일이다. 마당의 풀을 계속 깎아주는 것과 원시적인 뇌를 억누르는 것은 완전히 다른 일이다. 특히나 대부분의 사람이 매일 같이 보는 텔레비전 쇼, 영화, 다른 미디어로부터 방대한 영양을 흡수했다면 더욱 그렇다. 원시적인 뇌는 뇌 중에서 가장 오래된 부분이고 생존이 걸려 있을 때 쉽게 방아쇠가 당겨진다. 싸울지 도망갈지를 선택할 때, 힘이 정의라는 걸 깨달았을 때, 나와 남이 대척될 때처럼 말이다. 파충류의 뇌는 자기 세력권을 주장한다. 돌아다니며 살고 싶어 하는 뇌도 있다. 그럼에도 우리는 누군가 이 사실을 더 이상 비밀로 숨기지 못하고 자기 안의 야생성을 발현시키면 짐짓 놀란 척을 한다. 매일 드러나는 폭력적이고 충격적인 뉴스들이 바로 그런 이유로 생겨나는데도.

부정적인 영향은 긍정적인 것보다 사람의 정신에 훨씬 깊은 영향을 주는 듯하다. 부정적인 경험에 의한 트라우마는 평생을 갈 수도 있지만 즐거운 경험은 거의 그런 경우가 없다. 이것은 심지어 언어에도 반영이 되었다. 감정과 관련된 전체 영어 단어 중 3분의 2가 부정적인 것이다. 그리고 성격 특성과 관련된 단어 중 4분의 3이 부정적인 것이다. 이 편향된 비율은 인간의 관계에도 깊이 영향을 줄 수 있다. 세계적으로 유명한 관계 및 결혼 전문가 존 가트맨은 상호 관계에서 긍정적인 것과 부정적인 것의 비율이 적어도 5대 1은 되어야 한다고 주장했다. 비율이 그것보다 낮아진다면 관계를 지속하기 어려울 수도 있다고 했다.

뇌가 방어쇠 역할을 한다면 원시적인 감정의 원천은 아랫배에 있다. 그런 이유로 대부분의 사람은 안전할 때는 가슴 상부로 얕게 숨을 쉰다. 반면 가슴 위는 그대로 두고 횡경막이 움직일 정도로 깊은 숨을 쉬면 종종 무의식적인 행동의 원동력이 되는 숨은 야생의 원천을 자극할 수 있다. 사람들이 최대한 열심히 노력하면서도 스스로를 파괴하는 행위를 하는 이유를 여기에서 찾을 수 있다. 각자가 살고 있는 삶은 선택에 의한 것이 아니라 절충에 의한 것이다. 여기서 그들은 자신들의 가장 깊은, 근거 없는 공포를 알아볼 수 있다. 지금껏 자기들을 괴롭혀온 이름 모를 모호한 공포가 사실 상상에 지나지 않는다는 것을 깨달을 수 있다. 어쩌면 무서울 수도 있겠지만 존재 깊숙한 곳까지 심호흡을 함으로써 모르던 것을 알게 될 수도 있다. 동양 전통 무술에서 일본어로는 하라, 중국어로는 단티앤이라고 알려진 아랫배는 사람 몸에서 진정한 힘의 중심이다.

도마복음에서 '네 안에 있는 것을 내어놓으면 그것이 너를 구할 것이다.

네 안에 있는 것을 내어놓지 않는다면, 내어놓지 않은 그것이 너를 멸할 것이다.'라고 한 것처럼.

나는 정기적으로 야생 동물을 죽이는 집에서 자랐다. 매달 해충 구제업자가 방문했던 것만 봐도 확인할 수 있는 사실이다.

내가 네팔로 이사하고 나서야 알게 된 사실이지만 당시 나는 제대로 준비가 되어 있지 않았다. 난 얼마동안 르카처에서 온 티베트 가족과 함께 살았다. 부인의 남동생은 네팔과 티베트를 잇는 주요 무역로에 작은 국수 가게를 운영하고 있었는데, 거기서는 툭빠라고 불리는 티베트 전통 누들 수프를 주로 팔았다.

우린 툭빠를 엄청 많이 먹었고, 재미삼아 "툭빠 맘보 투나 쿡파 차기 레." 즉, "툭빠를 너무 많이 먹으면 미쳐버릴 지도 몰라."라는 말을 많이 했었다. 네팔 사람들은 내가 가게에 들르는 걸 무척 좋아했다. 나는 네팔에 가기 전에 티베트 말을 배웠었는데 하필 그게 고어였다. 영어로 치면 엘리자베스 시대 영어 같은 거라고나 할까. 그래서인지 나는 그곳의 웃음거리, 어릿광대가 되어 버렸다. 내가 티베트 말로 뭐라고 하기만 하면 다들 눈물을 줄줄 흘리며 소리를 지르며 웃어댔다. 그리고 "또 해 봐! 또 해 봐!"라며 애원했다.

그 국수 가게에 처음 갔을 때, 나는 동굴처럼 어두운 실내에 눈을 적응시켜야 했다. 마침내 나는 조그만 탁자 네 개가 있는 걸 확인하고 한 곳에 자리를 잡았다. 내 자리 주변이 뚜렷이 보이게 되자 마주하고 있는 벽이 꿈틀꿈틀 움직이는 것이 보였다. 난 벽에 얼굴을 가까이 가져다대고서야 그 움직임의 정체를 알아차렸다. 바로 온 벽이 거대한 바퀴벌레로 가득 차 있었던 것이다. 바닥에서 천장까지 그리고 벽의 한쪽 끝에서 다른 쪽 끝까지.

난 밖에 있는 보건국 등급표를 확인하지 않고 들어왔음을 깨달았다. 그 순간 내가 더 이상 캔자스에 있는 게 아니라는 사실이 피부에 와 닿았다. 나는 너무 어안이 벙벙해서 아무 반응도 하지 못했던 걸로 기억한다. 잠시 후 정신을 차린 나는 생각하기 시작했다. 그리고 내가 아는 한, 이 곳은 나름 국수 가게로는 명소이며 다른 곳으로 가 봤자 상태가 더 나쁠 수 있다는 사실을 떠올렸다. 상상하기 힘들지만 분명히 가능성은 있었다. 결국 나는 이 안에 유령 같은 건 없다는 사실을 유일한 위안으로 삼기로 했다. 유령이 없다는 건 높이가 1미터도 채 되지 않는 가게 출입구만 봐도 알 수 있었다. 보통 유령은 허리를 굽히지 못하니까 말이다.

이런 생각들에 잠겨 있다가 문득 덤불 속에서 부스럭 거리는 소리가 들려 고양이들이 무슨 반응을 보이나 살폈다. 고양이들은 별로 걱정하지 않는 것 같았다. 그래도 나는 살그머니 일어나 유심히 귀를 기울였다. 길고 하얀 코, 까만 구슬 같은 눈을 발견하고서야 나는 안도의 한숨을 쉬었다. 그냥 주머니쥐였다. 고양이들은 주머니쥐들이 나무속에 집을 짓는 모습을 굉장히 오랫동안 지켜보았다. 주머니쥐는 시력이 굉장히 나쁘기 때문에 고양이들도 그들의 긴 뒷발톱, 분홍색 발가락, 먹이를 찾아 조금씩 움직일 때마다 울타리를 꽉 움켜쥐고 있는 날카로운 앞발톱 등을 코앞에서 마음 편히 지켜볼 수 있었다.

나는 주머니쥐를 (이 지역에 엄청 많은 스컹크처럼, 특히 스컹크 새끼는 얼마나 깜찍한지 모른다.) 걱정할 것 없는 귀여운 녀석으로 생각하고 있다. 우리 집 안에서 키우는 고양이들도 나와 같은 생각인 듯했다. 녀석들도 이 신기한 동물을 더 잘 보겠다고 뒷문 철망에 기어 올라가곤 했다. 하지만 주머니쥐도 어떤 환경에서는 날카로운 이빨이 가득한 위험한 동물로 돌변할 수 있는 녀석들이다.

몇 년 후, 우리는 길고양이 새끼 세 자매를 구조해서 안전하게 집 안으로 데려와 키우게 되었다. 우리는 매일같이 신선한 공기도 마시고 운동도 하라는 뜻에서 고양이들에게 줄을 매어서 데리고 나갔다. 그러다 종종 근처에 살고 있는 주머니쥐 커플을 발견했다. 그럴 때마다 그들은 이상한 나라의 앨리스에 나오는 하얀 토끼처럼 집 주변으로 허둥지둥 도망을 쳤다. 자기들이 어디로 뛰는지, 달려가는 곳에 고양이가 있는지, 나무 둥치가 있는지, 스프링클러 꼭지가 있는지 신경도 쓰지 않고 마구 달려가 범퍼카처럼 쿵 부딪혔다.

난 뒤뜰에서 야생 동식물들과 함께 있는 것이 편안했다. 그리고 예전에도 보통 야생에 있을 때 마음이 편안했었다는 사실이 떠올랐다.

네팔에서 순례지에 대해 연구하던 첫 해 겨울, 강력한 눈보라가 치는 어느 날 나는 히말라야 수도원에 다다랐다. 매우 중요한 장소였기에 조사를 마치려면 적어도 일주일 정도는 거기서 머물러야겠다고 생각했다. 그리고 책임자 승려에게 그곳에서 머물러도 될지 물어보았다. 그는 수도원이 작아서 이미 모든 방이 다 찼다며 미안해 했다. 하지만 다른 두 사람 중 한 명과 방을 나눠 쓰는 건 가능하다고 말했다.

한 명은 소박한 수도승으로 매우 차분하고 조용하며 사색적이었다. 또 다른 한 명은 저 멀리 몽골과 국경을 마주한 티베트 자치주 고록의 전사였다. 그의 방을 슬쩍 들여다보니 윗옷을 벗은 남자가 부서진 창문 틈으로 들어와 쌓인 눈 위에 앉아서 바퀴 모양 경전을 돌리며 묵주를 만지고 있었다. 아늑한 여름날인 듯 편안해 보였다. 그는 '뻐꾸기 둥지 위로 날아간 새'라는 영화 속에서 나온 듯 나를 쳐다보았다.

승려는 나를 잡아끌더니 고록 사람들은 폭력적이고 흉포할 수 있다고 경고했다. 고록이란 말 자체가 목 베기라는 의미를 담고 있었다. (고go는 '머리', 록lok은 '쳐내다'라는 뜻.) 승려는 무슨 이유로든 저 사람과 다툼이 일어난다면 나는 죽은 목숨이나 마찬가지라는 사실을 내게 알려주려고 애썼다. 물론 나는 고록인을 선택했다.

고록인과 시간을 보내는 동안, 모든 일들이 순조롭게만 진행되었다. 그는 절대 잠을 자지 않았다. 나는 자꾸만 자다 깨다를 반복했다. 창유리가 없을 뿐만 아니라 매서운 추위나 눈보라를 막아줄 것이 아무것도 없었기 때문이다. 내가 보기에는 그가 그저 환기를 위해 스스로 창문을 부숴버린 게 분명했다.

바람을 흠뻑 맞으며, 불그레한 가슴 피부에 꽂아놓은 달라이 라마 핀을 자랑하며, 또 시간을 재듯 시계 초침처럼 일정하게 묵주를 딸깍딸깍 하며 고록인은 나를 밤낮으로 빤히 쳐다보았다. 내가 쓱 쳐다볼 때마다, 그는 불꽃이 튀는 눈빛으로 나를 쳐다보고 있었다. 꿰뚫어보듯 날카로운 눈을 반짝이면서. 그의 사나운 표정에서 의미를 읽어내는 것은 불가능했다.

07

V 나는 당신이 행복했으면 좋겠어

일단 고양이들을 책임지기로 한 이상, 조만간 수의사의 도움을 필요로 하게 되리란 걸 알고 있었다. 아, 그것도 한 명이 아니라 여러 수의사들. 솔직히 말해, 좋은 수의사를 만나는 건 쉬운 일이 아니다. 옐프 지역 기반 소셜 네트워크. 맛집뿐만 아니라 미용실, 세탁소 등 다양한 상점 정보를 알 수 있는 서비스—옮긴이에서 동물 병원 리뷰를 쓱 훑어 보기만 하면 전국에 문제 있는 동물병원이 얼마나 많은지 알 수 있다.

많은 리뷰를 살펴본 결과, 문제는 두 가지로 압축될 수 있었다. 하나는 의료 서비스가 열악하거나, 아니면 요금이 바가지거나. 열악한 의료 서비스는 둘 중에서 조금 더 주관적인 것일 수 있다. 나는 수의사가 중과실만 저지르지 않는다면 그 정도는 너그럽게 봐줄 수 있다. 왜냐하면 수의사란 뭐가 문제인지, 어디에서 통증을 느끼는지, 뭘 먹고 마시거나 삼켰는지 직접 말을 못 하는 환자를 다뤄야 하기 때문이다. 반면 바가지요금은 참기 곤란하다. 반려동물이 심각하게 아프거나 부상을 당했을 때는 그 주인 역시 가장 취약한 상태이기 마련인데 그때를 노려 일어나는 일이기 때문이다.

예전에 우리가 '기적의 수의사'를 만나기 전 일이다. (그렇다. 우린 정말 그런 분을 만났다.) 우리 고양이 한 마리가 어떤 증상을 보였는데 그 증상으로 예상할 수 있는 질병이 세 가지였다. 그리고 세 가지 중 두 가지가 100퍼센트 치명적인 것이었다. 나는 여러 수의사에게 고양이를 데려갔는데, 필요한 검사를 하는 데 5,000달러 이상이 들고, 거기에다 예비 수술이 필요할 수도 있는데 그러면 추가 비용이 또 들 거라고 했다. 나는 진심으로 그들이 농담을 하는 줄 알고 씨익 미소를 지었다. 하지만 미소는 되돌아오지 않았다.

"왜 제 고양이가 죽어 간다는 사실을 알아내기 위해 그 많은 돈을 써야 하는 거죠?"

내가 물었다.

"당신이 알고 싶어 할 줄 알았는데요."

이게 그들의 대답이었다.

나는 그들이 그런 논리로 얼마나 많은 사람들에게 사기를 쳤을지 궁금해 하며 비난조로 이렇게 말했다.

"이건 어떤가요. 제 고양이가 치명적이지 않은 질병에 걸렸다 치고 치료를 해 주세요. 고양이가 회복되면, 다행인 거죠. 만약 회복을 못 하면, 어떻게든 죽을 상황이었다는 거니까 할 수 없고요. 어때요?"

수의사는 마지못해 동의했고, 나는 150달러를 지불하고 동물 병원을 나설 수 있었다. 결국 고양이는 살아남았고, 내 은행 잔고도 살아남았다.

어쨌든 우리는 특별한 수의사가 필요했다. 곤경에 처한 우리 기분을 헤아려 주고 길고양이 치료를 싫어하지 않을 사람. 그리고 바라건대 우리 예산 내에서 치료를 해 주고, 비싼 치료를 받을 일이 생겼을 때 할부로 결제를 해 줄 사람. 우리는 지역 수의사 리뷰를 찾아 인터넷을 샅샅이 뒤졌다. 턱없는 가격을 청구하는 것 외에 주된 불만 사항은 환자를 대하는 태도가 좋지 않다는 것이었다. 비싼 가격이야 따로 설명이 필요 없다. 하지만 환자를 대하는 태도는 훨씬 개인적이다. 수의사가 고객과 그 고객의 반려동물을 제대로 이해하지 못했다고 생각해서 그렇게 느낄 수도 있는 것이기 때문이다.

우리 동네에서 높은 평가를 받은 동물 병원은 모두 예약이 꽉 차 있었다. 하지만 나는 마음에 드는 한 곳을 발견했다. 그 수의사에 대한 평가는 굉장히 다양했다. 그를 좋아하는 사람도 있었고 증오하는 사람도 있었다.

그와 문제가 있는 평가자들은 같은 불만을 공유하고 있었다. 환자가 마음에 들지 않으면, 환자와 반려동물에게 불만스러운 서비스를 해 준다는 것이었다. 하지만 또 격렬하게 그 의사 편을 드는 사람의 말에 의하면, 환자가 마음에 들기만 하면 이보다 더 좋은 의사는 없다고 했다. 이 사람이야말로 내 스타일이었다.

나는 그 수의사를 만나기 위해 예약을 했다. 그리고 접수 담당자 스테이시에게 지금 아픈 동물은 없지만 의사를 한번 만나 보고 싶다고 했다. 병원 건물 자체는 다소 낡아 보였지만 마음에 들었고, 내부는 무척 깨끗했다. 전체적으로 시설은 꽤 컸는데 수술용 부속 건물과 장기 입원하는 동물용 공간이 따로 있었다. 이층으로 되어 있는 수술용 부속 건물은 주건물 뒤에 숨어 있는 듯 울퉁불퉁한 나무들 틈에 가려져 있었고, 고딕 양식처럼 보이는 창살 있는 작은 창문이 나 있어서 프랑켄슈타인의 실험실처럼 보였다. 거긴 볼 때마다 섬뜩했다. 왜 그런지 나도 모르겠다.

나는 복도를 지나 수의사 사무실로 안내를 받았다. 의사가 자리에 없어서 나는 그의 책상 맞은편에 자리를 잡고 앉았다.

책상 위에는 사진 액자가 무척 많았는데 사진 속의 사람들 수로 보아 상당한 대가족인 것 같았다.

벽에 걸린 졸업장을 보니 그는 동남아시아에 있는 대학에서 교육을 받았고, 햇수를 계산해 본 결과 지금 나이는 대략 60대라는 것을 알 수 있었다.

닥터 V는 큰 소리로 인사를 하며 방으로 들어왔고, 우리는 악수를 했다. 그는 나에게 자리에 앉으라고 하고는 자기도 책상 앞에 앉았다. 그는 마치 처음 온 사람처럼 자기 사무실 안을 쓱 훑어보았고, 그러다가 몇 차례 나와 눈이 마주쳤다. 나의 분위기를 체크하고 있는 게 분명했다.

나는 그의 가족에 대해 질문했다. 가족들이 잘 지내는지, 고향에는 얼마나 자주 가는지, 조만간 또 갈 계획이 있는지 등. 그는 일 년에 두 번은 가려고 노력한다고 대답했다. 이곳에서 크게 성공하고 명성을 얻었으니 가족들이 무척 자랑스러워하겠다고 했더니 그가 활짝 미소를 지었다.

그 역시 내게 부모님에 대해 질문하며 그들이 행복한지 물었고, 나는 그렇다고 대답했다. 그는 내게 형제자매가 있는지, 결혼은 했는지, 애는 있는지 궁금해 했다. 나는 결혼한 적도 없고 자식도 없다고 대답했다. 그러면서 평생 사랑할 수 있을 것 같은 사람을 만나지 못했다고 했다. 다양한 해석의 여지를 남겨둔 것이다. 내가 누군가를 평생 사랑하는 게 불가능한 사람이라는 뜻도 되고, 사랑할만한 누군가를 찾지 못했다는 뜻도 되니까.

우리는 반려동물에 대해서는 아무 말도 하지 않았다. 단 한 마디도. 잠시 후 우리는 그저 조용히 앉아서 한동안 창밖으로 흔들리는 나무를 쳐다 보고 있기도 했다. 그는 다시 나를 흘깃 쳐다보았다. 아마도 내가 지루해하고 있는지 궁금한 모양이었다. 그는 웃으며 자리에서 일어났고 나도 따라 일어났다. 우리는 악수를 했고 그가 방 밖으로 나를 안내하며 윙크를 했다. 내가 마음에 들었음을 알 수 있었다.

그리고 지체할 시간이 없었다. 앞에서도 언급했듯, 아름답고 희귀한 순백색 새끼 길고양이(20년 동안 그런 하얀 고양이는 딱 두 마리밖에 보지 못했다.)가 이웃집 쓰레기통에서 닭 뼈를 꺼내 먹다 질식해서 죽은 일이 있었다. 나중에 알았지만 제때 녀석을 잡아서 제시간에 수의사에게 데리고 가기만 했더라면 녀석의 목숨을 구할 수 있었을 것이다. 목구멍 안에 밀어 넣어 목에 박힌 불순물을 제거할 수 있는 기구가 있기 때문이다. 하지만 안타깝게도 그 새끼 고양이는 병원에 데려가기도 전에 이미 숨을 거두고 말았다.

보살피던 고양이가 죽으면 나는 어김없이 무기력함을 느꼈고, 지켜 주기로 약속했지만 그러지 못했다는 사실 때문에 깊은 슬픔에 빠져 괴로워했다. 그럴 때면 나는 부처와 겨자씨 이야기를 떠올리기도 했다. 끼사 고따미라는 여인은 하나뿐인 자식을 잃었다. 슬픔에 정신이 나간 여인은 죽은 아이를 감싸 안고, 아이를 치료할 약을 줄 수 있는 사람을 찾아 돌아다녔다. 한 이웃이 부처에게 가 보라고 권했다. 부처는 끼사 고따미에게 죽은 자가 없는 집에 찾아가서 겨자씨를 받아오면 아이를 치료할 약을 준비해 주겠다고 말했다. 그녀는 집집마다 돌아다녔다. 사람들은 기꺼이 그녀에게 겨자씨를 주고 싶어 했지만 죽음과 관련 없는 집이 단

한 곳도 없었다.

그녀는 삶의 덧없음을 깨달았고, 사랑하는 이들을 잃은 다른 사람들에게 공감했다. 그리고 마침내 자기 자식을 땅에 묻을 수 있었다.

이 이야기가 도움이 안 될 때는 예전에 한 번 들었던 구절을 떠올렸다. '탄생을 보며 울고, 장례식을 보며 크게 기뻐하라.' 어미 길고양이가 자기가 낳은 새끼 고양이들을 자랑하는 걸 보면서 우리가 기뻐하듯이 사람들은 새로운 생명을 보며 크게 즐거워한다. 하지만 사실상 새로운 영혼은 아무런 보장도 없이 불확실한 세계에 발을 들이는 것이다. 게다가 얼마나 빨리, 어느 정도의 크기일지는 모르는 일이지만, 탄생 이후에는 반드시 고통이 따르게 된다. 하지만 죽음을 거쳐 영혼은 드디어 자유로워지며 그 근원으로 돌아가게 된다. 이게 어느 정도 맞는 말 같아서 나는 위안을 얻는다. 최악으로 괴로운 순간에는 어떤 위안이라도 다 환영이다.

질식해 죽은 새끼 고양이 일을 계기로 나는 길고양이의 먹이에 대해서도 신경을 써야겠다고 결심했다. 먹을 것을 찾아 쓰레기를 뒤져야 한다면 앞으로도 언제든지 위험이 따를 수 있었고, 그게 아니더라도 고양이들의 털만 봐도 녀석들이 제대로 된 영양을 공급받지 못하는 게 명백했기 때문이다. 줄지어 있는 거버 이유식 앞에서 뭘 골라야 할지 몰라 어리벙벙한 아빠처럼, 나는 근처 펫츠마트_{반려동물용품점 이름—옮긴이}에서 바닥에서 천장까지 무수하게 쌓여 있는 고양이 사료들을 하나씩 들여다보고 있었다.

나는 나이 많은 라틴계 아주머니 옆에 서 있었다. 화요일이었는데도 마치 막 교회를 다녀온 듯한 옷을 입고 있었다. 아주머니의 카트는 고양이 물건으로 가득했다. 캔 사료, 건식 사료, 장난감, 조그맣고 맛있는 간식까지. 그녀는 선반에 놓여 있는 캔 상표를 살피며 손에 쥔 쿠폰 한 움큼과 비교하고 있었다.

고양이를 무척 많이 키우나 보다며 말을 걸었다. 아주머니는 아니라며 고개를 저었다. 자기 고양이는 아니지만 고양이들이 자신에게 의지를 한다고 했다. 그리고 자기는 혼자 사는데 근처에 사는 길고양이들에게 먹이를 주기 시작했다고 설명했다. 가족이나 친구도 없이 살다가 고양이를 돌보는 데에서 사는 보람을 찾았다고 했다.

흠, 전형적인 캣 레이디로군, 하고 나는 생각했다. 그리고 나와 비슷한 그녀의 이야기가 불편하게 들리기 시작했다.

나도 일요일에 입을 가장 멋진 옷을 입고 화요일에 외출하기 시작하면 내 상태를 걱정해야 할지도 모르겠지만, 아직은 괜찮은 것 같다고 생각했다. 아주머니는 자기 이야기를 계속했다. 자기가 이 고양이들을 보살피기 전에는 이웃들도 친절했다고 한다. 하지만 이제는 그 이웃들이 보란 듯이 일주일에 한 마리씩 고양이를 죽여서는 시체를 그녀 집 앞에 두고 간다는 것이었다. 그녀는 생활보호 대상자인데 보조금이 부족해서 고양이를 계속 돌보는 건 고사하고 자기 생활비도 어떻게 충당해야 할지 모른다고 푸념했다. 결국 고양이들을 버려두고 이사를 해야 할지도 모른다는 이야기였다.

나는 안락사를 시키지 않는 동물 보호소에 고양이들을 맡기는 게 어떻겠냐고 제안했다. 그러면 고양이들도 안전하고 이웃 간의 갈등도 없을 테니까 말이다.

아주머니는 내가 하는 말을 새겨듣는 것 같지 않았다.

때로는 스스로의 문제가 너무 크게 느껴져서 다른 어떤 것도 끼어들 틈이 없을 때가 있는 법이다.

나는 아주머니의 카트를 슬쩍 살폈다. 특히 건식 사료를 어떤 걸로 샀는지 보았다. 그리고 나도 똑같은 걸로 샀다.

사흘도 채 지나지 않아 타이니는 심각한 변비에 걸렸다. 넷째 날, 타이니는 아무것도 삼키지 못했다. 젠장! 심한 경우에 변비 걸린 고양이는 당장 수의사에게 데려가야 한다. 몸속에 쌓인 독소 때문에 목숨을 잃을 수도 있기 때문이다.

그리하여 나는 의사로서 닥터 V를 처음 경험하게 되었다.

동물 병원에 전화를 했더니 당장 고양이를 데려오라고 했다.

닥터 V는 위급한 상황, 적어도 나는 위급하다고 생각하는 상황에서도 여전히 느긋한 태도를 유지했다. 그의 태도는 제1, 2차 세계 대전을 모두 겪은 위생병 같았고 상상할 수 있는 고양이의 부상은 모두 겪어 본 사람 같았다. 결코 듣고 싶지 않을 이야기들 —새끼 고양이의 머리를 제자리로 올려놓기, 꼬리를 제 위치에 달기, 다리 결합, 보철 삽입, 파편으로 인한 상처…… 그 무엇도 그를 당황하게 만들 수 없었다.

닥터 V는 타이니의 배를 가볍게 어루만졌지만 마사지로는 상태를 완화시킬 수 없었다. 그의 말로는 고양이가 충격을 받은 것 같다고 했다. 그러고는 밤새 타이니를 지켜봐야 할 것 같다면서 진료실을 나갔다. 나는 그가 한 말이 무슨 뜻인지 궁금해 접수 데스크에 있는 스테이시에게 달려갔다.

"아, 아마 고양이에게 관장제를 몇 차례 주실 것 같아요. 그리고 변비가 나을 때까지 밤새 지켜보고 싶으신가 보네요."

"밤새요?"

"네, 밤새."

스테이시가 키득거렸다.

저 키득거리는 웃음은 무슨 의미인 걸까? 뭔가 밤새도록 한다는 건 너무 돈이 많이 들지 않을까? 호텔은 보통 비싸다. 익일 배달 우편도 싸지 않다. 하지만 병원에서 하루 묵는 건 앞서 말한 것들보다도 훨씬 값비싸다.

"밤새 입원을 하면 진료비는 얼마나 나올까요?"

나는 돈은 별 문제가 아니라는 듯 자연스럽게 툭 물었다.

스테이시는 또 키득거렸다. 뭔가 아는 눈치였다.

"의사 선생님이 얼마를 청구하실 지는 두고 봐야 해요."

나는 그게 무슨 뜻인지 궁금했다. 일요일 밤에 배관공을 부르면 부르는 게 값이듯 이곳도 어림잡아 대강 청구를 하는 걸까? 그럼 관장제는 가격이 얼마나 할까? 스테이시에게 싼 약을 주는 건 아닐까? 여기서 내가 뭐라고 참견을 해야 하나?

나는 다음날 타이니를 데리러 왔다. 닥터 V는 안 보였지만 타이니는 상태가 좋아 보였다. 삑삑 거리듯 우는 걸 보니 나를 봐서 반가운 모양이었다. 나는 고양이를 들여다보며 프랑켄슈타인의 실험실에서 밤새 무슨 일이 있었는지, 프랑켄슈타인의 조수 이고르가 타이니를 잘 보살펴준 건지 궁금해 했다. 그리고 드디어 청구서가 나왔다. 세 장이나 되는 청구서를 들여다보며 스테이시는 또 키득거렸다. 세 장? 하룻밤에? 혹시 의사가 청구서에 만화를 잔뜩 그려놓은 건 아닐까? 아니면 똑같은 게 세장인가?

"우와, 세 장이나 되네."

스테이시가 큰 소리로 혼잣말을 했다.

아무래도 내 얼굴이 창백해진 모양이었다. 스테이시가 날 보며 의자에 앉겠느냐고 물은 걸로 봐서.

"음, 선생님이 환자분을 무척 좋아하나 봐요. 이것 좀 보세요."

여태껏 들어본 적도 없는 약 이름이며 무슨무슨 처치를 했는지가 쭉 적혀 있었다. 그리고 그 옆에 쓰여 있는 요금을 보자 모스크바에서 항공 화물로 받은 캐비어 가격을 보는 듯 이국적인 느낌이 들었다. 그리고 맨 밑에 아주 긴 숫자와 소수점 바로 아래에 아주 낯선 글자가 쓰여 있다. 할인! 무려 70퍼센트의 할인이 적용되었다. 나는 어리둥절한 표정으로 스테이시를 쳐다보았다.

"저도 놀랐어요!"

스테이시가 말했다.

내가 할 수 있는 말이라고는 할인을 해 줘서 정말 고맙다는 말 뿐이었다. 그러고 나서 다음 주에 또 네 마리의 고양이가 똑같이 변비에 걸렸고, 다들 똑같이 입원을 하고 같은 치료를 받았다. 닥터 V는 그때마다 똑같이 할인을 해 주었다.

네 번째 방문 때, 닥터 V는 나를 빤히 쳐다보더니 물었다.

"정말 변호사가 아닌 거 확실해요?"

난 변호사가 아니라고 말했지만, 그는 믿지 않았다. 농담을 하는 건가 싶어 그의 얼굴을 쳐다봤지만 웃음기가 없었다.

그가 말했다.

"당신은 변호사인 게 분명해요. 그러니까 여기 데려오는 고양이마다 이렇게 배에 똥이 가득 차 있지."

우리는 같이 웃음을 터뜨렸다. 나는 내가 만약 변호사였다면 매번 후하게 할인해 줄 필요도 없었을 거라고 말했다. 그리고 진심으로 고맙다고 인사했다. 그는 상냥하게 감사 인사를 받아들였다. 그의 너그러움이 나에게 얼마나 소중한지 그는 다 알고 있는 눈치였다. 나로서는 고양이의 생사가 그에게 달려 있었다.

닥터 V 그리고 스테이시와 친해지자, 의사에게 물어볼 것들까지 스테이시에게 편하게 물어볼 수 있게 되었다. 나는 우리 고양이들이 왜 다들 소화 불량을 겪었는지가 궁금했다. 스테이시는 무슨 사료를 먹이는지 상품명을 묻더니, 웃으며 고개를 끄덕였다.

"집에 돌아가시거든 성분표를 한번 보세요. 아마 주성분이 옥수수 가루일 거예요. 어떤 고양이 사료라도 곡류가 주성분이면 고양이는 변비에 걸리게 되어 있어요. 고양이는 육식동물이에요. 탄수화물은 필요가 없죠. 단백질 외의 것들은 다 용량을 채우기 위한 것일 뿐이에요."

자연적이거나 건강에 좋은 대체 식품이라고 내세운 것들도 실제로는 고양이에게 위험할 수 있다고 설명했다. 심지어 동물 단백질도 그 종류가 무척 다양할 수 있다고 했다. 예를 들어 닭 가슴살이나 다리 살 대신 닭 부산물(무엇을 말하는지 알고 싶지도 않을 것이다)을 넣기도 한다는 것이다. 그런 것들도 건조시키기 전에는 단백질 무게로 계산되기 때문에 사료의 전체 용량 중에서 동물 단백질이 얼마나 큰 비율을 차지하는지를 살펴봐야 한다고 조언해 주었다.

나는 당장 스테이시가 추천해 준 제품(퓨리나 원)으로 사료를 바꿨다. 그 사료에는 고품질의 단백질뿐 아니라 세 가지 종류의 어유도 포함되어 있었다. 사료를 바꾼 후에는 변비에 걸리는 고양이가 한 마리도 없었다. 퓨리나 원은 내가 할인 품목 코너에서 처음 샀던 사료보다 훨씬 비쌌지만 그럴만한 가치가 있었다.

고양이들은 더 이상 탈이 나지 않았다. 그리고 얼마 지나지 않아 고양이들의 털에서 전에는 본적 없던 윤기가 흐르기 시작했다. 마침내 적절한 영양 공급을 받게 된 것이다.

공개적으로 선언한 적은 없지만 길고양이 무리의 삶에 개입하게 된 이후로, 나는 이 고양이들을 위해서라면 무슨 일이든 할 수 있다는 걸 알게 되었다. 창피를 당한다 해도 상관없었다.

나는 점성술을 좀 볼 줄 알았다. 1990년대 말 친구와 점심을 먹다가 지나가는 말로 당시 행성의 정렬 상태에 비추어 보아, 나스닥 지수가 최고점을 찍었으니 투자자들은 가진 주식을 매각하거나 떨어지는 주식을 빨리 팔아서 손해를 최소화하는 게 좋을 거라고 말했었다. 그런데 이 말이 소문처럼 번져 갔고 결국 할리우드 자금 관리인의 귀에까지 들어갔다. 곧장 내 휴대폰이 울리기 시작했다. 유명한 사람들이 내게 상담을 받고 싶다며 전화를 걸어 오기도 했다. 나는 글쟁이라고 말하며 상담을 거절하려고 했지만 사람들은 나의 대답을 겸손의 뜻으로 받아들였다. 나에 대해 아는 게 없으니까.

하지만 고양이를 먹여 살려야 했던 나는 그들을 위해 별자리를 봐 주었다. 뜻밖에도 그것은 예전에는 접근이 제한됐던 할리우드 엘리트들과 나 사이에 다리를 놓아줄 마법의 열쇠였다. 변변찮은 시나리오 작가로는 할 수 없던 일을 변변찮은 점성술사로는 할 수 있게 되었다. 이런 사태 전환이 너무나 전형적으로 할리우드스러워서 나는 구역질이 날 지경이었다.

나는 개인적으로 별자리를 봐 주었을 뿐 아니라 할리우드 파티에 점성술사로 고용되기도 했다. 일단 파티에 가면 하다 하다 지쳐서 별이 보이지 않을 때까지, 별을 보려면 얼굴을 한 대 제대로 맞는 수밖에 없을 때까지 일을 해야만 했다. 한 번은 파티 주최자가 나에게 터번을 쓰라고 한 적도 있었다. 나중에 오스카상을 받겠다는 포부를 가진 여배우의 점괘를 읽어 주던 중이었다. 그 매혹적인 신인 여배우는 침대에 누워서 나를 보고 있다가 침대로 끌어들이더니 다리로 나를 감싸 안고 놓아 주지 않았다. 하지만 내 시나리오를 읽어 볼 의향이 있던 사람은? 단 한 명도 없었다.

그 무렵 한 영화 제작자 사무실에서 있었던 일이다. 오스카상 수상 감독과도 같이 일하는 그 제작자는 태평양이 내려다보이는 고급 고층 건물 특실을 사무실로 쓰고 있었다. 별자리는 여러모로 이 남자에게 입 관련 문제가 있음을 보여 주고 있었다. 혹시 이에 문제가 있는 걸까? 턱? 화성이 이쪽에 영향력을 행사하고 있으니까 피와 관련 있을 수 있다. 그러면 아마 잇몸? 하지만 그는 모든 걸 부인했다.

아, 드디어 나의 정체가 드러났구나. 감사합니다. 나는 사과하면서 방을 나가려고 일어서는데 그의 입에서 피가 한 줄기 흘러나오는 게 보였다. 내가 그를 빤히 쳐다보았다.

"왜요?"

그가 물었다.

"아, 아무것도 아닙니다."

"왜 그러는데요?"

"아, 지금 입에서 나오는 피가 제가 말씀 드린 그게 아닐까요?"

"아니, 아니에요. 이건 그냥 알레르기예요. 원래 있던 거라고요."

네, 알겠습니다.

별자리 운세를 본 후 사교적인 인사말을 주고받으며 나는 엄청난 프로젝트를 진행 중이라는 이야기를 꺼냈다. 혹시 그가 듣고 싶어 하지는 않을까?

"음, 됐어요."

그는 내 시나리오는 궁금해 하지 않았지만 나를 메이저 제작 회사로 초대했다. 특수효과 감독의 별자리를 봐 달라는 것이었다. 그가 궁금한 건 딱 한 가지, 바로 영화 프로젝트의 생존 가능성이었다. 스튜디오가 영화 준비 단계에서 이미 수천만 달러를 써 버렸다고 했다. 그가 제휴 협약을 맺은 날짜를 말하자, 나는 나스닥 붕괴 때처럼 사실을 알아버렸다. 이 프로젝트가 망하게 될 거라는 걸.

그가 협약을 맺은 날짜는 점성학상으로 볼 때 아주 끔찍한 날로, 해가 떠오른 게 신기할 정도로 최악의 날이었다. 나는 그에게 대비책으로 숨겨놓은 다른 프로젝트를 조용히 찾아보라고 일러주었다. 그리고 지금 이 프로젝트는 미뤄지게 될 거라고 아주 확신에 차서 조언했다. 그가 아예 끝장난 거냐고 묻기에 그건 아니라고 대답했다. 일 년 반 정도 후에 다시 살아날 테고, 그때까지 이 프로젝트를 미루지 않고 서두르면 기대한 수익에 절대 미치지 못하는 결과가 나올 것이라고 말했다. 그리고 이 프로젝트에 대한 책임을 위임해서 예견된 실패에 덤터기를 쓰지 않도록

하라고 일러주었다.

한 달 후, 스튜디오는 정말로 그 프로젝트에서 손을 뗐다. 그리고 그는 내 조언을 받아들여서 다음 영화 준비에 들어갔고 조용히 자기 팀도 빼왔다. 그는 마냥 신이 났다.

"어떻게 감사 인사를 하죠? 제가 뭐 해 드릴 건 없을까요?"

그가 물었다.

"제가 쓴 시나리오를 읽어 보시겠어요?"

"아, 그건 싫어요."

하지만 일 년 반 후 (기존의 프로젝트가 사실상 다시 살아났을 때), 내 조언에 따라 다른 이들을 책임자로 위임한 (그래서 실제로 실망스러운 박스 오피스 성적에 대한 책임도 다른 이들이 지게 되었다.) 그 간부가 주요 영화 스튜디오 한 곳의 대표와 나의 만남을 성사시켜 주었다. 그 대표라면 내 시나리오를 빛 보게 해 줄 수 있을 것 같다면서 말이다.

그 대표의 오래되고 유명한 이력, 엄청난 성공을 차치하고서라도, 그가 다음 작품으로 무엇을 고르든지 상관없이 모든 권한이 그에게 있다고 했다. 그는 내 프로젝트에 홀딱 반했고, 실화에 바탕을 두었다는 사실 때문에 더더욱 눈길이 간다고 했다.

이 일을 계기로 나는 조지 루카스 밑에서 일하는 사람의 별자리를 봐 주기 위해 샌프란시스코로 가게 되었다. 마린 카운티에 있는 스카이워커 목장에 초대되어 〈스타워즈〉 프리퀄 마지막 편인 〈시스의 복수〉를 보게 되었다. 구불구불한 초록 언덕과 숲 사이에 위치한 스카이워커 목장은 참으로 놀라웠다. 본관 맨션은 조지 루카스 영화의 진정한 박물관으로, 스타워즈 영화 1편에 등장하는 오리지널 광선검을 포함해 소도구와 의

상이 전시되어 있었다. 아치형 스테인드글라스 창문이 있는 도서관 역시 근사했다. 이렇게 일하기 좋은 곳이 또 있을까 싶었다. 지나다니는 한 사람, 한 사람의 얼굴에는 지워지지 않을 것 같은 미소가 새겨져 있었다. 그 다음 주 나는 루카스필름 직원과 가족, 친구들을 위한 〈시스의 복수〉 프라이빗 시사회에 초대되었다. 그 후 나는 루카스필름이 금문교 옆 프레시디오 카운티에 새로운 보금자리를 개업할 때도 갔다. 시설이며 개업을 위한 전시 모두가 엄청나게 인상적이었다. VIP가 앉아 있는 각 테이블에 식사가 차려졌고 조지 루카스 본인을 포함한 업계 사람들이 다 모여 있었다. 아, 게다가 우리는 로봇이 서빙하는 전채요리까지 맛볼 수 있었다.

샌프란시스코에서 로스앤젤레스로 운전해서 돌아오는 길에, 나는 할리우드의 막강한 사람들이 나의 점성술을 인정하기보다는 오히려 나의 정직함을 좋아한다는 사실을 깨달았다. 나는 그들에게 다른 사람들은 감히 하지 못할 말들을 할 수 있었다. 나는 별자리를 읽어 주는 것이기 때문에 겁낼 게 없었다. 개인적인 의견이 아니었으니까 말이다. 만약 내 프로젝트를 선보이는 자리였다면 나도 오금이 저렸을 것이다. 하지만 나는 완전히 자신감 넘치는 태도를 유지하는 게 가능했다. 할리우드의 유명 브로커들에게 실제로는 별 볼일 없는 사람이라는 말도 대놓고 할 수 있었다. 예스맨들에게 둘러싸여 고함을 치며 허세를 부리는 것도 사실은 심층적인 자신감 부족을 숨기기 위한 속임수라는 걸 나는 알고 있었다.

내가 이렇게 유명한 사람들과 접촉하고 그들과 친하게 지낼 수 있게 된 것은 운이 좋았기 때문이라고 생각한다. 나는 A급 유명인들과 레스토랑에서 식사를 하고, 그들의 집을 방문했다. 〈투나잇쇼〉를 백스테이지에서 보고, 출연자 대기실에도 들어가 보고, 잘 익은 과일이 가득 담긴 그릇에서 포도를 따 먹으며 생각나는 사람들에게 모두 전화해서 내가 어디 있는지를 뽐내기도 했다. 그게 지루해지면 메이저 영화를 촬영중인 방음 스튜디오에 들렀다가 쇼가 끝날 때 쯤 다시 돌아와, 제이 레노와 밴드 리더인 캐빈 유뱅크스와 인사를 하면서 최고의 쇼였다고 말했다. 제이와 동료들이 물었다.

"누구세요, 도대체 여기서 뭐하시는 건데요?"

하지만 이런 즐거움도 잠시였다. 나는 정신을 차렸고 내가 이 세계에 끼어든다는 건 턱도 없는 일이라는 걸 깨달았다. 나는 그저 고용인일 뿐이었다. 언제라도 취소 가능한 임시 비자를 갖고 있는 몸이었다. 내 전화기는 당장 내일이라도 울리지 않을 수 있었고, 정말로 그런 일이 일어났다. 내 친구는 차라리 잘된 일이라고 말했다. 할리우드는 나를 파괴할 수도 있다고.

"어떻게 해서든 네게서 돈을 뜯어내려는 세 명과, 건방진 애들 한 무더기, 궤양 여섯 개가 생길 뻔 했어."

친구 말이 맞는 것 같았다. 하지만 사는 게 그런 거지.

욕망이란 강력한 동기 부여 인자이자, 엄청난 함정이다.

예전에 만났던 한 스승은 욕망을 배고픔에 빗대어 설명했다. 정작 우리는 살코기가 떨어져 나간 삶의 뼈다귀를 씹고 있으면서도, 우리가 추구하는 모든 것이 만족감을 주리라는 헛된 기대를 갖고 산다는 것이었다. 나는 상상 속에서, 공중에 세워놓은 모래성 안에서, 보편적인 여덟 가지 고통에 휘둘려 살고 있었다는 걸 깨달았다. 우린 칭찬받으려 하고 비판받는 건 두려워한다. 명성을 좇으면서 불명예는 꺼린다. 무언가 얻으려 하면서 잃는 것은 무서워한다. 행복을 추구하면서 고통은 겁낸다.

나는 샌프란시스코에서 출발해 늦은 밤에 집에 도착했지만 나의 가족들, 한 무리의 길고양이들이 있는 밖으로 나가 보지 않을 수 없었다. 나는 밤공기를 마시며, 내가 영화판에서 쫓고 있던 성공은 한순간 반짝 하는 덧없는 것임을 생각했다. 이곳, 친구들이 있는 이 덤불 속이야말로 정말 내가 있어야 할 곳이었다. 물론 이 결론은 굉장히 쉽게 내린 것이었다. 왜냐하면 내게는 달리 선택의 여지가 없었으니까.

점성술도 물론 재미있는 일이었지만 일이 꾸준히 들어오지 않아 각종 청구서, 매달 들어가는 고양이 사료 값, 동물병원 진료비는 계속 쌓여갔다. 그리고 우리가 구해 준 새끼 고양이들 사이에 바이러스가 퍼져 녀석들은 일주일 동안 병원에서 링거 주사를 맞아야 했다. 그리고 다섯 마리는 동물 집중 치료실에서 닷새를 보냈다.

그날 저녁 나는 매춘을 시작해야 하나 생각했다. 정말로 심각하게 고민하던 중 문득 좋은 생각이 떠올랐다. 상품 거래! 몇 년 전에 해 봤던 일이었다.

얼핏 이해가 안 겠지만, 나는 글쟁이에 점성술사일 뿐 아니라 상품 무역업자이기도 했다. 차입금이 많이 필요한 상황에서 에너지, 금속, 가축, 육류, 농산물 시장에서 거래를 하는 건 그물 없이 외줄타기를 하는 것과 마찬가지다. 나는 내가 기억하는 것보다 더 자주 처참한 실패를 겪어 보았고, 그 결과 나는 계속해서 돈을 잘못 걸다가 자폭해 버린 타락한 노름꾼과 다를 게 없다는 걸 깨달았다. 나와 거래를 했던 중개인들 사이에서 나와의 거래가 아직도 입에 오르내린다는 걸 알고 있다. 역사에 길이 남을 끔찍한 거래였다.

사실 나는 내가 어떤 거래를 하든 모든 중개 회사에서 반대하리라는 걸 확신하고 있다. 그동안 수많은 실패를 했기 때문에 반대 지표가 되어 버린 것이다.

상품 거래는 위험하다. 리스크가 무척 클 수 있다.

상대적으로 적은 투자금, 예를 들어 오천 달러 정도가 있다면 십만 달러 정도의 거액을 차입금으로 이용하여 투자를 할 수 있다. 이것은 거래가 잘 풀리면 효과가 있다. 하지만 시장이 당신에게 등을 돌리면, 당신은 더 이상의 손실을 막을 것인지 아니면 시장이 돌아서기를 기다릴 것인지 재빨리 결정해야 한다. 상황이 급변하는 시장에서는, 당신이 소액만 투자했다 해도 매순간 수천 달러 이상의 가치를 낼 수 있는 가능성이 있다. 천 달러, 이천 달러, 6개월 분량의 고양이 사료, 당신은 어떻게 하겠는가? 오천 달러, 칠천 달러, 1년 치 동물 병원비를 걱정하지 않아도 되는 즐거운 상황까지…….

특정한 상품 시장이 그날의 제한 기준을 바꾸면 당신이 어떤 거래를 하고 있느냐에 따라서 최악의 상황이 될 수도, 최상의 상황이 될 수도 있다. 이것은 '가격변동한도'라고 불린다. 커피에 서리, 곡류에 가뭄, 오렌지 주스에 냉동, 육류에 광우병……. 이런 무서운 사건들 때문에 시장에 가격변동한도가 생길 수 있다. 심각한 사건이라면 며칠 동안, 심지어 몇 주간 변동한도가 고정되어 버릴 수도 있다.

어쨌든 가격변동한도가 일어나면 들어가지도 나오지도 못하는 상황이 발생하는 것이다. 당신이 어떤 거래를 하고 있느냐에 따라 결과는 당신에게 이로울 수도 해로울 수도 있다. 40센트 변동이 한 계약 당 2천 달러의 손실이나 이익을 가져온다 치자. 만약 열 개의 계약을 한 상태라면? 하루에 2만 달러를 잃을 수도 혹은 딸 수도 있다는 말이다.

만약 당신이 심각한 손해를 봤다면, 알래스카로 가는 첫 화물선을 찾아보고, 모기지 증서나 자동차 계약서를 챙기는 게 좋다. 둘 다 잃을 수도 있으니까. 심지어 자동적으로 거래를 끝내버리는 손실 중지 거래, 그러니까 갖고 있던 걸 모두 팔아치워 버리는 수법도 가격변동한도 안에서는 힘을 못 쓸 수 있다.

그러면 중개 회사에서는 이른 아침부터 무서운 마진콜을 걸어온다. 투자원금에 손실이 발생했으니 이를 보전해야 한다면서 말이다. 점심시간이 될 때까지 중개 회사에게 시달리지 않으려면 손실을 만회하기 위해 그날이 가기 전에 입금을 해야만 한다.

하지만 아무리 그래도 그게 매춘을 하는 것 보다는 낫지 않은가. 내가 다시 계약을 하겠다고 했더니 중개인은 히죽거렸다.

"물론 우린 당신을 기억하고 있답니다."

뒤에서도 웃는 소리가 들렸다. 하지만 뭐, 그 정도 일에 꿈쩍할 내가 아니었다.

나는 철망문 밖에 있는 길고양이들을 내다보았다. 고양이들은 밥 주는 시간인 줄 알고 몰려와서는 서로 몸을 부비고 있었다. 앞에 놓인 빈 사료 봉투를 보며, 나는 웃음소리를 무시하고 천 달러를 송금하겠다고 말했다.

더 큰 웃음소리가 들려왔다.

"저희도 기대하겠습니다."

이번 챕터는 고양이들을 물고 빠는 내용이기 때문에 비위가 약한 사람에겐 맞지 않을 수 있다는 걸 미리 알려드린다.

여기까지 책을 읽으면서 아직 내가 제정신이 아닌 것 같다고 생각한 적이 없더라도, 이 챕터 끝에 가서는 역시 제정신이 아닌 게 분명하다고 확신하게 될 것이다.

인기 뮤지컬 〈캣츠〉의 기반이 됐던 시인 T.S. 엘리엇의 독창적인 작품 〈지혜로운 고양이가 되기 위한 지침서〉에는 이런 내용이 나온다. 모든 고양이들은 세 개의 이름을 가진다. 평소 부르는 이름, 개성 있는 독특한 이름, 상상도 못할 비밀 이름. 우리 고양이들 이름도 비슷한 과정을 거쳤다. 나는 고양이들의 상황 파악을 위해 녀석들의 이름을 지어 주는 거라고 말했지만, 사실은 거짓말이었다.

내게 삶의 목적을 안겨 준 이 놀라운 생명체들과 우리의 관계를 존중하는 뜻에서 나는 그들에게 이름을 지어 주고 싶었다. 게다가 동물에게 이름을 지어 주는 데에는 역사적으로 선례가 있는 듯 했다. 알렉산더 대왕의 애마였던 부케팔로스, 우주 비행사 침팬지 햄, 토토, 샤무, 래시. 오리

어리 부인의 젖소도 이름이 있었을 게 분명하다. 폴 리비어가 빌린 말에게도 분명히 이름이 있었을 것이다.

동물에게 이름을 지어 주는 건 구약 성서에도 언급되어 있다.

하느님이 말했다.

"인간이 고독하게 있는 건 좋지 않다. 내가 그에게 도움이 될 협조자를 만들어 주겠다."

그러면서 하느님은 들판에 온갖 동물을, 하늘에 온갖 새를 만들어 인간에게 주며 인간이 그것들을 어떻게 부르는지 지켜보았다. 인간이 그 모든 생물을 어떻게 부르든 간에 그것이 그들의 이름이 되었다. 인간은 모든 가축, 날아다니는 모든 새, 들판에 있는 모든 동물에게 이름을 지어 주었다.

이 성서 구절을 유대교 신비주의에서 해석한 걸 보면 아담이 동물들에게 지어 준 이름은 단순히 무작위로 고른 게 아니라 셰키나(신의 임재), 즉 신의 피조물이라면 누구에게나 신이 깃들어 있다는 사상에 바탕을 두고 지은 것이라 한다. 이것은 고대 인도의 전례용 문자인 산스크리트어에서도 마찬가지다. 산스크리트어에서는 이름이란 의도적인 것이며, 그 이름 지어질 사물의 영적인 기운과 교감하는 예언자가 지어 주는 것이라 했다. 그렇게 정해진 이름을 부름으로써 사람은 그 언급된 대상을 세상에 드러내 보인다. 그것이 질료적 대상이든 신의 임재이든 말이다.

불행하게도 현대인들 대부분은 자연의 영적인 기운, 즉 사물의 진동을 읽어 내지 못하지만 그렇다고 해서 그런 영적인 진동이 일어나지 않는 것은 아니다. 너무 미약해서 우리가 알아채지 못한다 해도 지구상에 있는 모든 것들은 나름의 방식으로 진동하고 있다. 이 보이지 않는 분위기와 파동을 수량화하는 방법도 있다. 예를 들어 싸이매틱cymatics은 고운 모래나 액체에 나타나는 패턴을 통해 소리를 시각화하는 연구이다.

좀 더 단순하게 말해 보자.

혹시 이름이 같은 사람끼리 비슷한 성격을 가진 걸 본 적 있는가? 아니면 직접 그 사람을 만나기도 전에 이름만 듣고도 그가 싫어지거나 좋아진 적이 있는가? 그렇다면 그것은 이름이 가진 고유의 진동이 어느 정도 그들의 성장 과정에 영향을 주었기 때문이라고 할 수 있다. 반복적으로 같은 생각을 하면 우리가 어떻게 변할지 생각해 보라. '네 생각이 네 자신이다.' 그리고 '네가 생각하는 것, 그것이 네가 된다.' 같은 말이 확실한 추론 없이 괜히 나온 것이 아니다.

우리 고양이들의 이름은 깊은 통찰력이나 물리학에 의존해 짓지는 않았다. 이름 짓는 과정에 심오한 의미 같은 것도 전혀 없었다. 대개 색깔이나 성격적인 특이성이 영감을 주었을 뿐이다.

아담이 동물에게 이름을 지어 주었던 선례를 보며 기뻐하던 와중에, 나는 그가 시작한 전통에 단점이 있다는 걸 깨달았다. 우리가 고양이들에게 이름을 지어 주는 바람에, 우리가 그들을 마음대로 제한하고 분류하게 되는 건 아닐까? 거칠고 자발적이고 놀라운 고양이들에게 편안한 프레임을 씌우는 게 아닐까? 나는 그들이 우리의 반려동물이 되는 걸 원치 않았고, 반려동물처럼 다루고 싶지도 않았다. 나는 우리의 관계가 늘 새롭고 놀랍기를 바랐다. 나는 길들인 동물은 원하지 않았다. 닐 게이먼의 ≪코렐라인≫이라는 책에서 이렇게 말하던 고양이가 생각났다. "당신들은 이름이 있어요. 그건 당신들 스스로가 누군지 모르기 때문이에요. 우린 우리가 누구인지 알기 때문에 이름 같은 게 필요 없죠."

하지만 고양이들이 이름이 있으니 매년 상당한 기대를 모으는 키티 오스카 어워드, 줄여서 '코스카' 어워드를 치르기가 편해졌다.

매년 소피와 헤더 그리고 나는 최고로 똑똑한 고양이, 가장 발전한 고양이, 최고로 매끄러운 털을 가진 고양이, 눈이 가장 예쁜 고양이, 최고의 어미 고양이, 가장 귀여운 낮잠 장소 그리고 최고의 꼬리 등을 투표했다. 수상 부문이 총 다섯 페이지 정도나 되었다. 하지만 이 코스카 어워드를 모두 다 기대하며 좋아한 것은 아니다. 타이니는 코스카를 아주 싫어했다. 녀석은 자기가 어떤 부문의 후보로도 오를 수 없다는 걸 이미 아는 눈치였다.

그래서인지 녀석은 늘 누가 투표를 하기 전에 투표용지를 갈기갈기 찢어놓았다. 그래서 우리는 일부러 타이니가 반드시 1등을 할 수 있는 수상 부문을 만들어 넣었다. 그러자 신기하게도 타이니는 마지못해 참아주는 눈치였다. (우리가 새로 만든 부문이 '가장 성질 더러운 고양이', '다른 고양이들에게 가장 심술궂은 고양이'인지도 모른 채 말이다.) 개인적으로 코스카 시즌에는 편파적이지 않은 시선을 갖는 게 여간 어려운 일이 아니었다. 내가 수상 부문에 상관없이 모두 프린세스에게 투표를 하는 걸 보며 소피와 헤더는 날 놀렸다. 프린세스에게는 왕족 같은 위풍당당함이 있었다. 게다가 죽을 뻔한 끔찍한 경험을 겪고도 살아남은 고양이라 나는 프린세스에게 홀딱 반해 있었다. 나도 어쩔 수가 없었다.

T. S. 엘리엇이 맞았다. 우리 고양이들도 대부분 여러 개의 이름을 갖고 있었다. 가장 흔하게 부르는 건 타이니였지만, 티나, 로레타, 차르노프스키 부인, 파코이마, (끔찍하게 말썽을 부릴 때는) 헤즈볼라, 슈레더, 소피아로도 불렸다. 타이니를 위해 작곡한 곡도 한두 개가 아니었다.

마찬가지로 우리가 주로 코지라고 부르던 하얀 얼룩 고양이는 종종 코코미나즈로 불리었다. 다음이 '코코 미나즈를 위한 발라드' 1절이다.

> 코코는 페코스 서쪽에서 가장 예쁜 소녀,
> 다 큰 남자를 울리는 걸로 유명하지,
> 고급 드레스를 입고 치렁치렁한 머리카락을 뽐내면,
> 남자들이 차례차례 무릎 꿇고 청혼하지.

'다 큰 남자를 울리는' 부분은 실제 사건을 바탕으로 만들어졌다. 코지가 새끼였을 때의 일이다. 포식자가 나타나 코지들의 형제들을 잡아갔고 코지도 하마터면 목숨을 잃을 뻔 했다. 우리는 코지를 안전한 집 안으로 옮겨 주었지만, 어느새 사라진 녀석은 이틀 동안 돌아오지 않았다. 나는 코지도 죽었다고 확신하며 몇 시간 동안 눈물을 흘렸다. 내 눈물은 코지를 위한 것이었지만, 몇 년 사이 목숨을 잃었던 수많은 고양이들을 향한 억눌린 슬픔이 갑자기 터져 나온 것이기도 했다. 괴로움이 너무 커서 더 이상 가슴 속에 담아둘 수 없었던 것이다.

없어진 지 이틀 째 되는 날 늦은 아침, 내 상태는 엉망이었다. 나는 눈물을 흘리며 밖으로 나갔다. 그런데 문 바로 앞에 스노우화이트가 와 있었다. 보통은 숨어 지내는 샴고양이 어미가 나를 기다리고 있었다는 듯 집 앞에 나타난 것이다. 나는 눈을 꼭 감았다. 그리고 바보 같이 보이겠지만, 코지의 어미인 스노우화이트에게 코지를 다시 데려와 달라고 부탁했다. 고양이들은 말보다 이미지에 더 잘 반응한다는 말을 들었기에, 코지가 집 안에 있는 이미지를 스노우화이트에게 텔레파시로 보내려고 노력했다. 그날 저녁 이상한 소리가 들렸다. 고양이 소리라기보다는 꿀꿀거리거나 킁킁거리는 소리에 가까웠다. 스노우화이트가 그런 소리를 낸 적은 그 이후로 한 번도 없었다. 사실 녀석을 알고 지낸 이후로 녀석이 소리를 내는 건 들어본 적이 없었다. 딱 그날 밤이 처음이자 마지막이었다.

밖을 내다보자 스노우화이트가 보였다. 그리고 발치에 조그만 코지도 함께 있었다. 어미는 나를 빤히 쳐다보더니 자기 새끼 쪽으로 고개를 돌렸다. 나는 천천히 손을 뻗어 코지를 안아 올리고는 집안으로 데리고 들어갔다.

그 이후로 적어도 열두 차례 정도 같은 일이 벌어졌다. 보살피던 고양이가 탈출했거나, 무리에서 사라진 고양이가 있을 때면 우리는 다른 고양이들에게 도움을 구했다. 그러면 가끔 하루가 걸릴 때도 있었지만, 보통은 몇 시간 내에 고양이들은 없어졌던 녀석을 우리에게 데리고 왔다.

만약 환생이라는 것이 실제로 있다면 코지 미나즈는 할리우드 여배우의 환생일게 거의 확실하다. 코지는 마릴린 먼로와 같은 아름다움과 매력을 지녔으며 아이라이너와 립스틱을 바른 듯 외모가 뛰어났다. 팜프파탈의 완벽한 본보기랄까? 이 매력 넘치는 하얀 태비 고양이는 목이 쉰 듯 가냘프게 야옹 소리를 내는 법을 터득했고, 우리의 관심이 필요할 때는 언제나 그 소리를 이용했다.

코지는 부동산 거물이기도 했다. (의인화한 것이냐고? 딱히 그런 건 아니지만, 내가 코지에게 이런 질문을 했다는 건 인정한다. "그 멋진 코트는 어디서 샀어, 자기? 삭스 백화점에서?") 코지는 차고에 있는 상자들을 나름대로 배열해서, 전망 좋은 가장 높은 자리에 여러 개의 방을 마련했다.

그 앞에 초록색 천을 깔아서 언덕 위 대저택 앞에 깔려 있는 초록 잔디밭을 흉내 내기도 했다. 결과적으로 다른 고양이들은 질투하면서 코지의 집을 넘봤지만, 그럴수록 녀석은 더 크고 더 좋은 집을 꾸밀 뿐이었다.

고양이 소개

20년 넘게 보살폈던 많은 고양이들 중 몇 마리를 여기에 자세히 소개해 보려 한다. 이 고양이들은 우리와 친밀하게 교류했던 녀석들이다. 보통 길고양이들은 사람들과 친밀하게 지내지 않지만, 이 고양이들은 우리와 유대 관계를 쌓았다고 말할 수 있을 정도다. 아직도 나는 녀석들이 내 쪽을 향해 한두 번쯤 윙크를 날리는 걸 봤다고 확신한다. 게다가 어떤 의미 있는 눈빛을 보낸 건 한두 번 이상이었다고 생각한다.

그랑담 *Grande Dame*

그랑담은 20여 년 전에 처음 만났다. 샴 품종이 섞여 있는 녀석은 누가 봐도 암컷 우두머리였다. 그랑담과 그녀의 친구, 덩치 큰 주황색 태비 고양이인 모리스는 우리가 길고양이 무리의 삶에 관여하기 시작한 그 옛날부터 가계도의 꼭대기에 있는 녀석들이었다.

5년 후 이웃집 잔디밭에서 코요테에게 처참하게 당한 그랑담을 발견했다. 죽기 전 그 녀석은 길고양이 역사에서 독보적인 존재, 마블을 낳았다.

마블 혹은 마블의 유령 *Marble / Ghost of Marble*

마블은 힘세고 튼튼한 암컷 토터셸로 넓적한 얼굴과 꿰뚫어보는 듯한 깊고 현명한 눈빛을 갖고 있었다. 자기 새끼를 헌신적으로 돌보았기에 '코스카 어워드'에서 '최고의 어미상'을 받았다. 이건 이전에도, 그 이후에도 없던 수상 부문이었다. 마블이 세상을 뜨던 날, 마블은 죽었다기보다 성인의 신분을 얻어 하늘로 올라간 것 같았다. 그러니 몇 년 후 울타리에서 한참 떨어진 덤불 속에 마블이 다시 나타났을 때 우리가 얼마나 놀랐을지 상상해 보라.

누가 봐도 마블이 다시 나타난 모습이었기에 우리는 녀석을 마블의 유령이라고 부르기로 했다. 녀석은 무리에 다시 합류했지만 우린 그게 진짜 고양이었는지 아니면 환영이었는지 아직도 확신할 수 없다.

마블의 유령이 돌아온 이후, 무리의 역학이 바뀌었다. 옛날엔 마블에게 납작 엎드렸던 우두머리 암컷들이 이제는 자기들의 권력을 주장하고 나섰기 때문에, 마블은 따돌림을 받게 되었다. 마블이 낳은 새끼들 중에서 무리에 특히나 중요한 역할을 했던 게 네 마리다. 그레이, 섀도우, 크레이지, 스노우화이트.

그레이 *Baby Gray*

그레이는 타이니의 어미로, 타이니는 새끼일 때 어미에게서 버림받았다. 다시 기력을 회복해서 이제는 만만찮은 고양이가 된 타이니는 자기를 버렸던 엄마를 절대 용서하지 않았다. 그레이가 밖에 나와 있을 때면 타이니는 틈만 나면 어미를 때렸다. 타이니 외에 우리에게 선물을 가져다 준 길고양이가 딱 한 마리 있는데 그게 그레이였다. 쥐를 갖다 줬냐고? 아니, 옷가지와 아이 장난감이었다! 녀석은 찰리와 프린세스도 낳았는데, 이 두 고양이는 무리의 역사에 매우 의미 있는 역할을 했다.

다른 많은 어미들과 마찬가지로 그레이도 새끼를 많이 잃었다. 가끔 녀석은 새끼가 아직 살아 있는 것처럼 목덜미를 물고 다녔다. 우리가 죽은 새끼를 치워 주려고 하면, 어떻게 알고 나타나 다른 데로 옮겨 버렸다. 그러던 그레이는 공격을 받아서 죽을 뻔 했다. 다음 날 아침 녀석은 다친 앞발로 자기를 그렇게 물어뜯은 폭행범을 보란 듯이 가리켰다. 그리고 매일매일 자기 발이 천천히 낫고 있는 모습을 우리에게 보여 주었다. 그레이는 헬로키티 일본에서 개발한 아기 고양이 캐릭터로, 세계에서 가장 비싼 캐릭터로 알려져 있다. 처럼 생긴 세 마리의 귀여운 새끼도 낳았다.

헬로키티들은 무슨 이유에서였는지 내 목소리를 듣자마자 나와 친해졌다. 녀석들은 울타리에 바짝 붙어서 포개 있을 때가 많았다. 자기들 딴에는 숨었다고 생각하겠지만 사실 조그맣고 복슬복슬한 뒤꽁무니가 훤히 다 드러나 있었다.

그러다가 녀석들은 내 목소리가 들리면 후다닥 나를 향해 달려왔다. 우리는 헬로키티들을 집안으로 데려와 실내에서 키워야 하나 심각하게 고민했다. 하지만 녀석들은 여전히 어미와 유대 관계가 좋았기 때문에 우리는 그들을 운명에 맡기기로 했다. 어느 날 멀리 이웃집 뒤뜰로 놀러갔던 고양이들은 돌아오는 길을 찾지 못했다. 나는 내 목소리로 녀석들을 꾀어 보려고 해 봤지만 딱히 효과가 없었다. 이웃집의 빽빽한 수풀 속에서 놀고 있는 모습을 본 게 마지막이었다. 그리고 얼마 안 되어 그들은 사라졌다.

새도우 Shadow

무리가 모계 중심이라 수컷이 오래 머무르는 일은 거의 없었다. 새끼가 어느 정도 크면 나타났다가, 제 발로 무리를 떠나거나 다른 수컷에 의해 쫓겨났다. 무리에 남아 있던 몇 안 되는 수컷은 소극적이고 굉장히 온화한 성격을 지닌 녀석들이었다. 섀도우는 새카만 수컷으로 스노우화이트와 친한 친구였다. 평생을 무리에서 조용히 지내다 감염으로 죽었다.

크레이지 *Crazy Calico*

크레이지는 오래 살진 못했지만 정말 특이한 녀석이었다. 그 녀석처럼 미친 고양이는 본 적이 없었다. 그 애가 아마 사람이었다면 우린 당장 날카로운 칼부터 숨겼을 것이다. 녀석에겐 쉬운 일이 없었다. 새끼를 낳는 것도 문제였다. 녀석은 새끼를 잡아먹으려는 못된 습성을 갖고 있었다. 우리가 아는 한 실제로 새끼를 먹지는 않았다. 왜냐하면 녀석이 낳은 새끼 고양이들이 기형이거나 너무 약했기 때문이다. 어쨌든 녀석은 그냥 정신이 이상했다.

제 어미 손에 죽을 고비를 넘긴 새끼들은 안타깝게도 곧 포식자들의 사료가 되었다. 그중에서 한 녀석이 기적적으로 대학살을 겪고도 살아남았다. 하지만 부상까지 피하지는 못했다. 녀석은 나무 위로 도망치는 법을 배우기 전이었고 결국 한쪽 눈을 잃었다. 우리는 그를 애꾸눈 잭이라고 불렀다.

애꾸눈 잭 *One-Eyed Jack*

아동복지센터에서 시찰을 나와야 할 정도로 이상한 어미에게서 태어난 탓에 잭 역시 광적인 에너지가 넘쳤다. 녀석은 나무 위로 숨어 올라가 거기에 자기만의 둥지를 틀었다. 녀석이 우리 쪽을 내려다볼 때면 멀쩡한 한쪽 눈을 사용하기 위해 머리를 갸우뚱 해야만 했다.

그러던 어느 날 애꾸눈 잭은 타이니를 만났다. 사나운 타이니는 무리와 사이가 좋지 않았고 친구도 하나 없었다. 잭 역시 친구가 없었는데 이상하게도 타이니를 보자마자 반가워했다. 둘은 킁킁거리며 냄새를 맡았고, 희한하게도 곧바로 친구가 되었다. 함께 햇볕을 쬐고 나뭇가지 사이에서 술래잡기를 했으며 심지어 같이 낮잠도 잤다. 우리는 애꾸눈 잭을 대단히 좋아했지만 안타깝게도 녀석의 삶은 그리 길지 않았다. 어느 날 포식자에게 희생당하고 말았다.

스노우화이트 *Snow White*

스노우화이트는 심오하고 조용한 성격에 눈부시게 아름다운 샴고양이였다. 딸인 코지를 우리에게 다시 데려왔을 때를 빼고는 한 번도 문제를 일으킨 적이 없었다. 목에 있는 어슴푸레한 무늬는 샴고양이들에게 많이 있는 것인데, 고양이에 대한 민간전승에 따르면 신이 자신을 존경하라며 고양이들을 들어 올리다가 엄지손가락 지문을 남긴 거라고 한다. 스노우화이트는 수컷 태비 고양이 찰리와 친하게 지냈다. 같이 산책을 하고 식사를 하는 동안 몸을 부비고, 찰리의 품에 안겨 긴 낮잠을 잤다. 녀석은 캘리비, 재규어, 부츠, 밴딧, 피에르, 코지 등 아름다운 고양이들을 많이 낳았다.

캘리비 *Caliby*

캘리비는 자기 이름처럼 캘리코(삼색이)랑 태비(얼룩무늬)가 섞여 있다. 체구가 작은 편이고 온순한 편이라 다른 덩치 크고 무서운 고양이들보다 오래 살았다. 하지만 짜증이 나면 어깨를 한껏 부풀리고 심술궂은 짓도 할 줄 알았다. 캘리비는 유난히 운이 좋았다. 우선 포식자들의 손쉬운 먹잇감이 되기 충분했음에도 마지막까지 살아남은 주요 멤버 중 하나가 되었다. 또한 소피의 엔진룸에 숨어서 48킬로미터 떨어진 소피의 직장까지 갔다. 그렇게 아홉 시간 동안 엔진룸에 있다가 어디 한 군데 다친 곳 없이 집으로 돌아왔다. 그날 밤 소피는 차에서 내리다가 엔진 부근에서 희미한 고양이 울음소리를 듣고 무슨 일이 생겼음을 직감했다. 혹시나 끔찍한 광경을 보게 될까 봐 두려웠던 소피는 차마 자기 손으로 후드를 열지 못하고 나에게 부탁했다. 엔진 후드를 열자 편안해 보이는 고양이가 들어 있었다. 다친 곳 하나 없이 멀ㄷ쩡했지만 캘리비는 다른 것보다 배가 고파서 울고 있었다.

부츠 _Boots_

스노우화이트의 또 다른 자식인 부츠는 빽빽한 청회색 털에 하얀 발을 자랑했다. 부츠는 무리 안에서도 가장 겁이 많은 고양이였다. 아웃사이더의 딸이라는 걸 생각하면 이해가 된다. 내가 잠시 이 동네를 떠났을 때 수컷 회색 얼룩무늬 아웃사이더가 나타났다. 새로운 고양이가 가족으로 합류하면 흥분이 되기도 하고 동시에 신경이 곤두서기도 한다. 혹시 새로 온 녀석들이 무리의 화합을 깨뜨리는 건 아닐까? 잘 적응하고 받아들여질까?
나는 신참 고양이에게 아웃사이더란 이름을 붙여 주었다. 블라인드 틈으로 보니 아웃사이더는 무리와 최대한 멀리 떨어져서 잔뜩 기가 죽은 얼굴로 앉아 있었다. 녀석은 자기가 무리에 속할 수 없다는 걸 알고 있었다. 우리가 아무리 도와주려고 해도 소용이 없었다. 아웃사이더는 결코 무리와 어울리지 않았고 그러려고 노력조차 하지 않았다.

부츠는 원치 않았지만 아빠인 아웃사이더에게서 그런 소외감을 물려받았다. 우리는 녀석을 환영해 주려고 최대한 노력을 했다. 하지만 아직도 녀석은 다른 고양이들과 따로 먹이를 줘야 사료에 입을 댄다. 놀랍게도 어느 날 부츠는 새끼를 한 마리씩 물고 나타나 우리에게 선보였다.

우리는 충격에 빠졌다. 부츠가 임신한 줄 전혀 몰랐을 뿐만 아니라, 녀석이 수컷이라고 확신하고 있었기 때문이다. 부츠가 데려온 새끼들은 눈에 띌 정도로 예뻤다. 예상했던 대로 녀석들은 아주 연약했고 우린 그들을 지키기 위해 불침번을 서서 혹시나 녀석들을 물어갈 포식자가 나타나면 겁을 줘서 쫓아냈다. 하지만 깜빡 조는 틈에 라쿤이 나타나 아름다운 히말라얀 샴을 훔쳐갔고 나머지도 대량으로 죽음을 맞았다. 그중에서 아름다운 삼색 고양이 한 마리가 살아남았는데 우리는 녀석을 크리스라고 불렀다. 우리는 크리스도 목숨을 잃을까 봐 집안으로 데리고 들어왔다. 밤새도록 부츠와 크리스는 뒷문을 사이에 두고 서로를 불러댔다. 하지만 우리는 여러 차례의 경험으로 알고 있었다. 새끼 고양이를 안전하게 하는 게 소음을 견디는 것보다 훨씬 의미 있는 것이라는 사실을. 우리는 낮 동안은 크리스를 밖에 풀어 놓아서 어미와 함께 있게 하고 밤이면 집안으로 불러들였다. 지금은 부츠도 다른 포식자의 공격으로 세상을 뜬 상태다.

크리스 *Chris*

무리에서 유일하게 완벽한 삼색 고양이였던 크리스는 주황색, 갈색, 검은색 얼룩을 덧댄 하얀 옷을 입은 모습이었다. 나는 종종 녀석에게 옷이 이것밖에 없냐고 묻기도 했다.

크리스는 새끼 때부터 곤경에 빠진 다른 고양이들을 잘 보살폈다. 다른 고양이가 지붕 위에서 옴짝달싹 못하거나 어딘가에 빠져서 갇혀 있으면, 크리스는 울타리 위에서 왔다 갔다 하며 우리의 시선을 끌었다. 명견 래시의 고양이 버전이랄까. 다른 고양이가 수술을 받고 집으로 돌아오면 크리스가 달려와 친구를 핥아 주었다. 고양이가 케이지 안에 있어도 철망에 주둥이를 바짝 대고 안에 있는 다친 고양이를 살펴보곤 했다. 그리고 케이지 옆에 누워서 밤새 동료 고양이 곁을 지켜 주었다.

가장 놀라운 것은 크리스가 보살펴 준 고양이 중에는 서로 사이가 좋지 않은 상대도 있었다는 것이다. 크리스는 위기의 순간에는 편견을 갖지 말아야 한다는 것을 알고 있었던 것이다.

817

어느 날 한 번도 본 적 없는 커다란 수컷 삼색 고양이가 마치 자기 땅인 듯 우리 뒷마당에 어슬렁어슬렁 나타났다. 그 색깔 조합이 크리스와 똑같아서 우린 녀석이 크리스의 아빠일 거라고 확신했다.

새끼 고양이들의 아빠가 자기 아이들을 확인하기 위해 한두 번씩 다시 나타나는 건 흔치 않은 일이었다. 나는 남몰래 녀석을 뒤쫓아 가 보았고, 녀석이 진입로를 지나 길을 건너더니 나무를 타고 올라가 이웃집 2층의 열린 창문으로 들어가는 걸 목격했다. 그 집 옆쪽에 커다란 검은색 글씨로 817이라는 숫자가 적혀 있었다. 그날부터 녀석은 817로 불렸다.

녀석은 주목할 만한 존재였다. 그 이유인즉슨 대부분의 삼색얼룩 고양이가 암컷이었기 때문이다. 그리고 간혹 있는 수컷 삼색얼룩이도(X염색체가 하나 더 있는) 클라인펠터 증후군 때문에 불임이었다. 새끼를 낳을 수 있는 수컷 삼색얼룩 고양이는 기본적으로 전례가 없었다.

주니어와 베이지 *Junior and Beige*

한배 새끼들 중 가장 덩치가 작았던 주황색 태비 고양이 주니어는 버릇없기로 유명했는데, 자기 주변에 음식이 얼마나 있든 상관없이 다 자기 것으로 만들었다. 먹이를 최대한 많이 입에 넣고 우적우적 씹으며 네 다리로 최대한 음식을 막아서서 다른 고양이들이 접근하지 못하게 했다. 뒤뜰 전체가 자기 영역이라도 되는 양, 다른 고양이가 끼어들라 치면 쉬지 않고 으르렁거리거나 쉭쉭 거렸다.

어느 날 주니어가 새끼였을 때 어쩌다 10미터 높이의 전신주 위에 올라가게 되었다. 주니어가 결국 어떻게 내려왔는지 우리는 아직도 그 비밀을 알지 못한다.

베이지는 주니어와 한배 형제였다. 베이지는 태어나자마자 곧장 사라졌다가 몇 년 후 다 자란 수컷의 모습으로 다시 나타났다. 무리에 남아 있는 수컷은 고작 세 마리 뿐이었는데 그중 한 마리가 베이지였다. 베이지는 매너도 좋고 잘생긴 고양이다. 길고양이지만 마블처럼 장난감 쥐가 달린 막대기 놀이를 좋아한다. 내가 장난감을 갖고 뒤뜰로 나가면 다리를 쭉쭉 펴는 스트레칭을 하며 놀 준비를 한다.

찰리와 프린세스 *Charlie and Princess*

찰리와 프린세스는 그레이가 낳은 새끼들 중 살아남은 두 마리다. 그중 프린세스는 오래 살지 못했다. (자세한 이야기는 16챕터를 보면 된다.) 이 형제들 중에는 우리가 패치라고 불렀던 아름다운 삼색 고양이가 있었다. 그레이는 새끼들을 에어컨 실외기 뒤쪽에 두었다. 공격에 취약한 장소였기에 우리가 몇 차례나 자리를 옮겨 보려고 했지만 소용이 없었다. 어느 날 밤 패치가 공격을 당하자, 우리는 남은 두 마리를 집안으로 데리고 들어와 찰리와 프린세스라고 이름을 붙였다.

찰리는 우두머리로 성장해서, 암컷과 수컷 모두에게서 사랑받았다. 찰리가 나타나면 모든 고양이들이 흥분했다. 찰리는 매력적이고 친근하며 배려가 많았다. 찰리는 크면 클수록 주황색이 점점 더 선명해져서 눈도 주황색이 되었다. "네가 주황색을 좋아했으면 좋겠군, 찰리."가 자주 하던 농담이었다. 찰리는 단단한 근육을 자랑했고 굉장히 힘이 세고 용감했다. 하지만 별 것도 아닌 작은 것에 겁을 먹을 때도 많았고 그럴 때면 부들부들 떨면서 우리 쪽으로 달려왔다.

찰리의 여동생 프린세스는 말 그대로 우리가 죽음의 문턱에서 구출했다. 라쿤이 프린세스를 물고 가려는 것을 우리가 겁을 주어 떨어뜨리게 만든 것이다. 놀랍게도 녀석은 다친 곳 없이 멀쩡하게 살아남았다. 프린세스는 의붓자매인 타이니에게 강한 유대감을 갖고 있었다. 하지만 그 감정이 상호적인 것이라고는 할 수 없었다. 밤에 같이 자라고 욕실에 넣어 두면, 타이니는 늘 우리를 불안한 눈빛으로 쳐다보았지만 프린세스는 너무나 만족스러운 표정이었다. 그리고 완전 편안한 자세로 타이니의 몸에 바짝 붙어 웅크리고 잤다. 아침이 되어 화장실 문을 열어 주면 타이니는 기다렸다는 듯이 밖으로 뛰쳐나왔지만 프린세스는 타이니를 보내기 싫어했다.

다른 수컷들

817외에도 거쳐 간 수컷들이 여럿 있다. 녀석들은 출장 외판원처럼 무리의 암컷들과 잠자리를 가지고는 곧장 도망쳤다.

실베스터, 미드나이트, 그레이, (찰리와 똑같이 생긴)도플갱어, 스파이, 클라운, (늘 피부병을 달고 사는)스크래피, 대드, 더그 등이 있다.

그중에서 더그는 타이니의 아빠다. 그는 예고도 없이 우리 집 뒤뜰로 달려 들어와 팔을 쫙 펼친 채 울타리 밑으로 뛰어들었다. 낚아챌 수 있는 거라면 뭐든 죽일 기세였다. 물론 고양이를 잡으려는 건 아니고 거기 살고 있을지 모를 다른 동물이나 쥐를 말하는 거다.

고양이들에게 이름을 지어 주자 그들과의 관계가 더욱 확실해지는 듯한 기분이 들었다. 고양이들은 자기 이름에 반응을 해 주는 일도 없었고 억양이나 발음을 알아듣지도 못했다. 그러므로 이런 나의 감정은 일방적인 게 분명하다. 그럼에도 불구하고 내 견해로는 그들에게 이름을 붙여 주는 것이 우리의 관계를 완전히 바꿔 놓았다고 본다. 그저 공존하는 사이에서 서로가 서로에게 깊이 관여하는 사이로 변한 것이다.

우리가 고양이에게 느끼는 유대관계는 역사적으로 전례가 있다. 만 년 쯤 전 비옥한 초승달 지대에서 고양이들은 단순히 기능적인 존재였다가 반려동물로 받아들여졌다. 기원전 2천년 경에는 쌓아놓은 식량을 지킬 뿐만 아니라 종종 집안으로 들어오는 독사나 전갈로부터 사람들의 목숨도 지켜 주었다. 고대 이집트에서는 집에서 키우는 반려동물로 환영받았지만, 서양에서 고양이들이 실내 반려동물이 된 것은 새로운 현상이라고 할 수 있다. 냉난방 장치의 등장, 고양이 모래의 발명과 함께 이런 현상이 시작된 것은 불과 50년 정도밖에 되지 않았다.

고양이 키우기는 비교적 단기간에 유행이 되었다.
지금은 미국 가정의 3분의 1이 고양이를 키운다. 미국에만 대략 1억 마리의 고양이가 집안에서 살고 있다. 그리고 비슷한 수의 길들여지지 않은 고양이가 야생에서 살고 있을 것으로 짐작된다.
그러나 미국의 길고양이들은 이탈리아의 길고양이만큼 유명인사의 지위를 누리고 있지는 않다. 이탈리아에서는 길고양이들이 '생명 문화유

산'으로 여겨져서 '다섯 마리 이상의 고양이들이 도시 서식지에 함께 살고 있으면 그들을 억지로 옮기거나 쫓아낼 수 없는 법안'이 만들어져 있다. 로마만 해도 30만 마리의 길고양이들이 2천 개 이상의 무리를 짓고 살고 있다고 한다.

로마 시의회도 이 고양이들의 강력한 지지 세력이다. 시의회에서는 이 고양이들을 고대 유적이라고 인식하면서 이렇게 말한다. "고대부터 이 도시와 밀접한 관계가 있었던 이 고양이들에게 우리는 뿌리 깊은 애정을 느낀다." 그들은 2001년 콜로세움, 로마 광장, 토레 아르젠티나 같은 곳에 사는 고양이들을 도시의 '생명유산'이라고 명명하기도 했다.

토레가 살해당했던 바로 그 장소인 토레 아르젠티나에서는 로마의 오래된 신전 사이에서 길고양이 수백 마리가 살고 있다. 이 고양이들의 조상은 수천 년 전 제국이 멸망한 후에도 살아남아 안전한 장소로 옮겨와 살았다. 전통적으로 이 고양이들은 가타레라고 불리는 고양이 관리인, 보통 마을의 늙은 부인들의 보살핌을 받으며 살아왔다. 가장 유명한 가타레는 이탈리아 영화배우 안나 마냐니로 고양이들에게 먹이기 위해 파스타 냄비를 들고 나오는 일이 자주 있었다고 한다.

오늘날 서양에서 고양이들은 아주 편한 삶을 살고 있지만 고대 이집트에서는 먹고 살기 위해 일을 해야 했다. 파라오의 곡물저장고는 세금으로 받은 곡물로 가득했고, 남아도는 곡물을 지키기 위해서는 왕실의 고양이들에게 일을 시키는 수밖에 없었다. 백성들이 자기들도 고양이를 달라고 요구하며 반란을 일으키는 것을 원치 않았기에 파라오는 모든 고양이들에게 반신반인의 지위를 내렸다.

평범한 인간은 반신반인을 소유할 수 없었다. 그 권리는 오로지 파라오만 가질 수 있었다. 고양이를 신격화함으로써 파라오는 모든 고양이들을 단번에 도용할 수 있었다.

그의 백성들은 이제 낮에는 이 반인반신을 보살피고, 저녁이 되면 이들을 왕실의 곡식 저장소로 데리고 가고, 아침이 되면 다시 이들을 데려와야 하는 의무를 갖게 되었다 이렇게 함으로써 그들은 왕실의 안녕에 기여할 뿐만 아니라 세금 공제도 받을 수 있었다.

이제 고양이는 신의 지위를 얻었기에 새로운 규칙이 시행되었다. 고양이를 죽이거나 다치게 한 장본인은 사형에 처해졌다. 만약에 고양이가 자연적인 원인으로 죽으면, 성직자는 그 죽음이 정말로 자연사인지를 밝히기 위해 고양이 시체를 해부하라는 요구를 받을 수도 있었다. 가정에서 고양이가 죽으면 애도를 표하기 위해 가슴을 치고 눈썹을 깎는 등 과하게 애도를 표했다. 상주의 눈썹이 다시 날 때까지 애도 기간은 이어졌다. 집에 불이라도 나면 고양이를 가장 먼저 구해야 했고 다른 입주자 구조는 그 이후였다.

이집트에서 고양이를 없애는 것은 파라오에게서 고양이를 훔치는 것과 동급일 정도로 (죽음이 걸려 있을 정도로) 불법임에도 불구하고, 고양이들은 여전히 자유를 찾아 떠났다. 오로지 이 문제를 해결하기 위해 정부 부처가 만들어졌고, 요원들을 다른 나라로 보내 이집트를 빠져나간 고양이들을 찾아서 돌아오게 했다.

이집트인들은 고양이가 땅에서 곡식만 지킬 수 있을 거라고 추정하는 실수를 했다. 물에서는 왜 못하겠는가? 고양이는 나일 강을 오르내리는 선박 안 식료품점도 지킬 수 있었다. 이론적으로 아주 멋진 생각이었다. 그렇게 배로 뛰어드는 고양이, 다른 선박으로 옮겨 다니는 고양이를 더 이상 막지 않았다. 기원전 5백 년, 이제 고양이들은 지중해를 통해 주변 모든 국가로 이민을 가게 되었다.

그러나 중세에 들어 사정이 달라졌다. 만약 당신이 고양이 관련 주식을 살 수 있었다 치면, 이제 주식을 헐값에 내놓고 손을 떼야 할 때가 되었다. 12세기 초에 수백만 마리의 고양이들이 악마와 손잡았다는 이유로 학살을 당했기 때문이다. 그러나 유럽은 고양이를 없애서 이득을 보는 대신 고통을 겪었다. 14세기 중반, 흑사병으로 유럽 인구의 3분의 1이 목숨을 잃었다. 설치류에 기생하는 벼룩이 흑사병을 옮기는데, 그런 설치류를 죽일 고양이가 없었으니 흑사병은 훨씬 쉽게 퍼져 갔던 것이다.

중세에 고양이들이 겪은 수난의 시대는 13세기 중반 종교 재판 기간 동안 그레고리 9세 교황이 열었다고 할 수 있다. 그는 교황 칙서에서 검은 고양이를 악마와 동일시했다. 그 결과 검은 고양이를 없애 버리려는 움직임이 미친 듯이 번져나갔다. 사람들은 고양이가 없어야 가정과 거주지에 악령이 침투하지 않을 거라고 믿었고, 고양이를 키우는 사람은 마녀로 몰았다. 유럽에서 이후 500년간 이어진 고양이 대량 살상이 이런 식으로 시작되었다.

교황 인노첸시오 8세는 이런 광란의 대학살에 기름을 부었다. 그는 1484년 칙령에서 모든 고양이는 불경스러운 존재이며 고양이를 키우는 주인은 마녀임에 틀림없으므로 고양이와 주인을 함께 화형에 처해야 한다고 말했다. 이 시기에 벌어진 고양이 학살은 유례가 없을 정도였다. 특히 검은 고양이는 더욱 그랬다. 그런 이유로 오늘날에도 유럽에서는 검은 고양이를 찾아보기 힘들다.

17세기에는 기계론이 유행했다. 또한 우주를 기계론적인 원리의 개념으로 해석하는 과거의 환원주의 철학이 다시 발달했다. 이는 세상에 만연한 고양이 대학살이 어떻게 용인되었는지를 부분적으로 설명할수 있을지도 모른다. 르네 데카르트가 제시한 데카르트의 철학에 따르면 동물들도 근본적으로 기계였다.

데카르트는 물질세계의 작용에 대해 아주 자세하게 설명한 자기 사상을 출간할 계획이었다. 하지만 그는 갈릴레오가 받았던 온갖 비난을 인지하고 있었고, 유사한 기독교적 반응에 대한 걱정 때문에 역작, 〈세계〉를 출간하지 못하고 있었다. 데카르트 사후에 발간된 〈세계〉를 보면 여전히 동물 기계론이 포함되어 있다고 알려져 있다.

데카르트는 저서에서 동물이란 지각이 없으며, 영혼이 없는 까닭에 근본적으로 로봇과 같은 존재인 것으로 상정했다. 생각을 하지도 판단을 하지도 언어를 가지지도 못한다. 자의식도 없고 감정도 없다. 자각이 있는 것처럼 행동하지만 사실 그들의 반응은 단순히 기계적인 것이다. 이런 반응은 '인공적인 것보다 훨씬 더 훌륭'하지만 그럼에도 불구하고 기계의 반응이라는 것이다.

그와 그의 추종자들은 실험을 바탕으로 이런 결론을 내렸다. 그 실험이라는 것은 동물들을 극단적인 방법으로 고문하는 것이었다. 그들은 동물들을 고문했을 때 나온 반응이 기름칠이 필요한 톱니바퀴, 수리가 필요한 기계의 반응과 같다고 결론지었다. 동물들은 지각이 없고 고통도 느끼지 못하기 때문에 고양이를 학살한다고 해도 아무런 문제될 것이 없다고 주장했다.

고양이 학살자들은 점점 도덕적인 죄책감을 느끼지 않게 되었다. 하지만 학살 후 100년이 지나자 그들은 자신들과 흑사병 사이에 있었던 유일한 장벽을 파괴하고 있었다는 걸 깨달았다. 불법적으로 몰래 고양이를 키우는 집에만 흑사병이 퍼지지 않는 걸 보고 나서야 사람들의 고양이에 대한 인식이 변하기 시작했다. 이런 현상에 대한 소문이 퍼지자, 기본 전제에 대한 재고가 촉발되었고 결국 범인으로 지목할 것은 고양이가 아니라 쥐라는 결론을 내리게 되었다.

고양이를 죽이기 위해 제정된 법이 폐지되고 대신 그들을 보호해야 한다는 칙령이 내려졌다. 그리고 당연히 모두들 고양이를 다시 원하게 되었다. 고맙게도 고양이는 다산하는 동물이었고 멸종 위기까지 갔음에도 불구하고 다시 그 수가 늘어나기 시작했다.

그러나 데카르트의 저서에 앞서 회의론은 이미 시작되고 있었다. 그들은 고양이를 향한 폭력에 반대하는 목소리를 내면서 정말로 성서에 그런 내용이 있는지 의문을 가졌다. 16세기에 미셸 드 몽테뉴는 인간이 동물보다 더 우월하다는 가정에 이의를 제기했다.

그는 에세이에 이렇게 썼다. "고양이와 놀고 있노라면, 내가 고양이를 데리고 노는 건지 고양이가 나를 데리고 노는 건지 알 수 없다. 우리는 놀이를 통해 서로를 즐겁게 해 주고 있다."

기원 몇 백 년 전 바다를 통해 해외로 나간 고양이들은 편안한 삶을 보냈다. 쥐를 잡는 능력을 인정받은 고양이들은 페니키아인과 로마인들의 배에 탈 수 있었고, 그렇게 로마 제국의 손에 이집트, 영국을 포함한 유럽 대부분이 멸망하는 모습을 지켜볼 수 있었다.

영국에 도착한 후 특정한 고양이 종이 스칸디나비아로 옮겨갔다. 바이킹들은 비잔틴 동쪽에서부터 통상 항로를 따라 여행하다가 이 특정 품종을 노르웨이에 전파시켰다. 바이킹들도 쥐를 잡을 용도로 고양이들을 배에 태우고 다녔기 때문이다. 방수가 되는 이중 털을 가진 이 덩치 큰 고양이들은 바이킹에게 사랑받았고 북유럽 전설에도 등장하게 된다. 사랑의 여신 프레이야의 썰매를 끌 정도로 힘이 어마어마했던 이 고양이들은 토르조차 들어 올리지 못할 정도였다고 한다. 오늘날 노르웨이숲 고양이로 알려진 이 품종은 근육이 굉장히 발달했고 힘이 세고 튼튼했기 때문에 바이킹에게 굉장히 잘 어울렸고 그들에 관한 신화에도 등장할 수 있었다. 데인인 9~10세기에 걸쳐 잉글랜드에 침입한 노르만인~옮긴이 역시 이 고양이들에게 경외감을 표하며 숲의 여 정령이라고 불렀다.

고양이들이 항해하는 배에 타는 것은 아주 일반적인 일이 되었다. 고양이들은 크리스토퍼 콜럼버스가 아메리카 대륙에 갈 때도 함께했고, 심지어 루이 14세는 모든 배에 고양이 두 마리를 태우고 다녀야 한다는 법을 만들어야 한다고도 했다. 유럽이 아메리카를 식민지화 하는 시기에는 다지증(발가락 수가 평균 이상으로 많은 증상) 고양이가 특별히 쥐를 잘 잡는다고 밝혀져 선호되었다. 이는 식민지가 처음 건설됐던 아메리카 동해안에 다지증 고양이가 빈번하게 나타나는 이유가 되었다.

고양이를 배에 태우고 다니면 여러가지로 도움이 되었기 때문에 이제 이것은 일종의 관습이 되었다. 미국 해군에서도 웹사이트에 배에 태우는 고양이, 즉 쉽캣shipcat 들의 사진과 이름을 올려 그들의 봉사정신을 기리기도 했다.

야생에 있던 고양이들을 꾀어 배에 태울 때부터 쉽캣과 선원 간에는 공생 관계에 대한 협정이 맺어진다. 고양이는 예비 식량을 지키는 대신 손쉽게 먹이를 얻어먹을 수 있게 된다. 항해하는 배에서는 고양이들이 쥐로부터 식량을 지켜 줄 뿐만 아니라, 쥐가 옮길 수 있는 질병으로부터 선원들을 보호해 주기도 한다. 쥐를 통제할 수 있으면 밧줄, 돛, 삭구를 갉아 먹힐 위험도 덜 수 있었다. 하지만 고양이를 통해 얻을 수 있는 것은 그 이상이다. 분석적이고 심지어 미신적이기도 한 내용이지만, 고양이의 기분을 살펴서 날씨를 예측한다거나, 고양이들이 털을 결 반대로 핥는 걸 보고 우박을 동반한 폭풍이 임박했는지 가늠하는 것 등이 그런 것이었다.

고양이와 선원의 관계는 더 깊어졌다. 쉽캣은 동료이자 배의 마스코트로 여겨졌다. 또한 고양이는 예쁘고 천진난만하며 똑똑하고 따뜻한 존재였다. 전쟁이 한창일 때나 날씨가 최악일 때, 또는 항해가 길어져서 지쳤을 때 고양이는 집을 생각나게 하는 존재가 되어 주었다.

1943년 3월, 유진 클랜시와 다섯 명의 선원들은 북대서양에서 어뢰 공격을 당해, 56일간 구명보트를 탄 채 쉽캣 메이지와 함께 표류했다. 클랜시는 이렇게 말한다. "메이지가 함께 있지 않았다면 우리는 미쳐 버렸을 것이다. 우리는 끔찍한 현실을 완전히 잊고 메이지를 쓰다듬는 특권을 가지려고 쟁탈전을 벌였다. 메이지는 체온 저하와 뱃멀미를 겪는 우리에게 마치 엄마와 같은 위안이 되어 주었다."

이런 영웅적인 쉽캣에 대한 이야기는 아주 많다. 예를 들어 영국 군함 애머시스트의 선원들은 1949년 중국 포병대에게 포위당했다가 양츠 강에서 좌초했다. 그들은 자신들이 살아남은 게 검은 색과 흰색이 섞인 쉽캣 사이먼 덕분이라고 말했다. 사이먼은 배가 다 수리되는 석 달 동안 쥐로부터 식량을 지켜 주었다.

게다가 시련을 겪는 동안 선원들의 사기를 북돋아주는 역할도 했다. 전투 중에 심각한 부상을 당했는데도 불구하고 사이먼은 자기 임무를 소홀히 하지 않았다. 결국 사이먼은 그런 영웅적인 행동 덕분에 빅토리아 십자 훈장에 맞먹는 디킨 메달을 수상했다. 하지만 안타깝게도 영국으로 돌아온 후 부상으로 사망하고 말았다.

유-보트라는 이름의 고양이는 2차 세계 대전 동안 영국 해군 함정에 타서, 항구에 도착할 때마다 상륙 허가를 받았다. 유-보트는 육지에서 며칠을 보내다가 배가 출항하기 직전에 딱 맞춰 돌아왔다. 어느 날 유-보트는 점호 시간까지 돌아오는 데 실패했고, 배는 출발할 수밖에 없었다. 배가 부두를 떠나기 시작하자 부두를 달려 내려오는 유-보트가 목격되었다. 녀석은 배를 향해 목숨을 건 멀리 뛰기를 했고 승선에 성공했다. 유-보트는 아무 일도 없었다는 듯이 갑판에서 몸단장을 했다고 한다. 행운의 부적이 돌아온 것에 선원들이 무척 기뻐했다고 소문으로 전한다.

고양이를 행운의 부적으로 여기는 것은 쉽캣과 관련하여 고대 전통을 반영한다. 어떤 뱃사람들은 고양이 꼬리에 모아져 있는 마법으로 폭풍우를 일으킬 수 있다고 믿었다.

다른 미신에 따르면 고양이가 갑판에 있는 선원에게 다가가면 상서로운 징조지만, 반쯤 오다 멈추거나 되돌아가면 불운이 찾아온다고 믿었다. RMS 아일랜드의 여제 호에 탔던 선원들은 이 특정한 미신을 믿을 수밖에 없었다. 주황색 태비 쉽캣인 에미는 1914년 5월 28일까지 한 번도 항해를 빠진 적이 없었다. 그러나 어느 날 에미는 이상한 행동을 하기 시작했다. 출발하기 전에 자꾸 배에서 내리려고 애를 쓰던 에미는 결국 육지로 뛰어내리는 데 성공했다. 당황한 선원은 에미를 다시 배에 태우려고 온갖 노력을 다 했지만 결국 배는 에미 없이 출발하고 말았다. 부둣가 오두막 지붕 위에서 퀘벡을 떠나는 배를 지켜보고 있는 모습이 에미의 마지막 모습이었다고 전해진다. 다음 날 이른 아침, 아일랜드의 여제호는 세인트로렌스 강 하구에서 안개를 뚫고 지나가던 석탄 운반선과 충돌하여 침몰했고 천 명 이상의 희생자를 낳았다.

〈에일리언〉이라는 1979년 영화에서는 쉽캣에 대한 오마주가 그려졌다. 엘렌 리플리 준위가 키우는 고양이, 존스라는 이름의 연한 적갈색 태비 고양이는 쥐를 잡기 위해 우주선에 같이 탔다. 영화를 소설로 각색한 작품의 작가에 따르면 고양이는 긴 우주여행에서 선원들에게 휴식과 즐거움을 주기 위한 역할도 한다고 했다. 리플리와 존스는 하이퍼슬립 상태로 57년간 함께 격리되어 있었는데, 둘의 모습은 반려동물과 그 주인을 함께 매장했던 고대의 무덤을 연상시켰다.

고양이는 어떤 배에 타든 선원들의 환심을 샀다. 이슬람 세계에서도 그것은 예외가 아니었다. 고양이는 특히 중동 지방에서 학자들에게 숭배를 받았다. 이슬람 신비주의자 수피교도들이 리드미컬하게 경전을 읊는 소리를 디키르라고 부르는데, 이슬람 사람들은 고양이가 갸르릉 거리는 소리를 디키르와 비교했고 초창기 이슬람 병원에서는 이 소리를 치료 목적으로 사용하기도 했다.

여기에는 그럴듯한 이유가 있었다. 대부분의 고양이들이 갸르릉거리는 소리의 진동수는 동화성 진동수인 20에서 50헤르츠이고 때로는 140헤르츠까지 올라간다. (동화 호르몬은 단백질 합성, 근육 증강, 인슐린 분비를 자극한다.) 최근의 과학 연구에 따르면 이 진동수는 질병의 치유를 촉진한다고 한다. 고양이의 갸르릉거리는 소리는 환자의 혈압을 낮추고 스트레스를 덜어 주며 감염, 부기, 연조직 부상을 치료하는 데도 효과가 있다. 또한 고양이를 키우는 사람은 심장 마비와 졸도의 위험이 40퍼센트나 적다고 한다. 그렇다면 수의사들의 속담도 사실일 수 있다. "고양이 한 마리와 부서진 뼈 한 무더기를 한 방에 넣어두면, 뼈가 알아서 다 붙을 것이다." 뼈 치료 역시 고양이가 갸르릉거리는 그 진동수에 자극을 받기 때문이다. 데이비드 호킨스의 의식 지도에 익숙한 사람이라면 알겠지만, 그는 고양이들이 갸르릉거리는 소리를 500헤르츠, 무조건적인 사랑의 떨림으로 추정하고 있다.

이슬람 문화권에서 고양이들은 삶의 변화를 일으키는 촉매제로도 알려져 있다. (마호메트의 언행록인) 하디스에 등장한 일례를 살펴보자.

> 문법학자 이븐 밥샤드(Ibn Babshad)는 친구와 함께 카이로의 모스크 지붕 위에 앉아서 음식을 먹고 있었다. 고양이 한 마리가 지나가기에 그들은 음식 한 조각을 떼어 주었다. 고양이는 음식을 물고 달려가더니, 또 다시 나타나고 다시 나타나고를 반복했다. 학자들은 고양이를 쫓아가 보았다. 그리고 고양이가 근처 집 지붕 위에 앉아 있는 눈 먼 고양이에게로 달려간다는 걸 알아냈다. 고양이는 힘없는 눈 먼 고양이 앞에 먹을 것을 내려놓았다. 밥샤드는 눈 먼 짐승을 향한 신의 보살핌에 감동을 받고, 자기가 가진 모든 것을 포기하고 가난하게 살다가 1067년, 세상을 떠날 때까지 전적으로 신을 믿고 의지했다.

수피교도 지도자인 샤이흐 아부 바크르 알 시블리에 관한 이야기도 있다. 이 사람은 945년에 죽었으나 친구의 꿈에 나타났다.

그에게 알라가 무얼 해 주더냐 물었더니 그는 천국 입장을 허가해 주더라고 대답했다. 그리고 알라가 이렇게 물었다고 한다. "너에게 왜 이런 은총을 내리는지 이유를 알겠는가?" 샤이흐 시블리는 자신이 행했던 종교적 선행을 모두 열거했지만 그 어떤 독실한 행동도 알라가 원하는 대답이 아니었다. 이윽고 알라가 그에게 물었다. "그 날을 기억하느냐? 바그다드에서 눈 오던 어느 추운 날, 너는 코트를 입고 지나가다가 아주 조그만 새끼 고양이가 담장 위에서 추위에 떨고 있는 걸 발견했지. 그리고 너는 그 고양이를 따뜻한 코트 안에 품어 주지 않았느냐? 이 새끼 고양이 덕분에 우리는 너를 용서한 것이다."

마호메트는 고양이를 굉장히 좋아했다고 알려져 있다. 특히 설교를 할 때에도 무에자라는 고양이를 무릎 위에 앉혀 놓았다고 한다. 그는 심지어 고양이가 마시던 물로 세정식을 했고, 이는 보통 청결하지 못한 행동이라고 여겨졌다.

마호메트는 고양이가 자기 망토 위에서 새끼를 낳는 것도 허락했고, 가장 좋아하는 기도 예복 위에서 무에자가 자고 있으면, 고양이를 깨우느니 차라리 예복 소매를 잘라 버리는 편을 택했다.

마호메트가 정말로 '고양이에 대한 사랑이 믿음의 한 측면'이라고 말했는지는 모르겠다. 하지만 하디스에는 고양이에게 할큄을 당한 나머지 고양이를 가두고 먹이를 주지 않았던 여인이 지옥에서 영원토록 고문을 당했다는 내용이 나온다. 이는 이슬람 세계에서 고양이에 대한 평가가 어땠는지를 반영하는 예라고 할 수 있다. 역설적으로 바로 이 시기에 유럽에서는 고양이들이 학살을 당하고 있었다. 마호메트가 고양이와 친밀했고 하디스에도 고양이 이야기가 자주 등장한다는 이유만으로 오늘날에도 무슬림들은 대개 고양이를 무척 좋아한다.

마호메트는 심지어 자신의 친구인 압드 알 샴에게 아부 후라이라 _{고양이의} _{아버지}라는 별명을 지어주었다. Cat이라는 단어가 아랍어 Qit에서 기원한 것임에도 불구하고, 아부는 자기 수컷 새끼 고양이에게 깊은 애정을 갖고 늘 가방에 넣어서 데리고 다녔기에, '수컷 새끼 고양이(후라이라)'라는 이름을 대신 얻게 되었다.

전설에 따르면, 아부의 새끼 고양이가 치명적인 독사로부터 마호메트의 생명을 구했다. 마호메트는 고마운 마음에 고양이의 등과 이마를 쓰다듬었다. 그리하여 모든 고양이들에게 정위반사 _{떨어져서도 자기 발로 착지를 할 수} _{있게 몸을 똑바로 세울 수 있는 능력}의 축복을 베풀었다. 그리고 고양이들의 이마에 있는 줄무늬는 마호메트의 손가락 자국이라는 믿음이 있다.

이 이야기는 기독교 민속에서는 다소 다르게 알려져 있다. 사탄이 구유에 있는 아기 예수를 죽일 목적으로 독사를 보냈으나 고양이가 그 독사를 해치웠다. 그래서 성모 마리아가 고양이에게 축복을 내렸다고 한다. 또 다른 이야기에서는, 구유에 누워 있는 아기 예수가 감기에 걸려 떨고 있었다. 그의 울음소리를 들은 얼룩무늬 어미 고양이는 아기 예수 옆에 누워 그를 따뜻하게 해 주었다. 고마움의 뜻으로 성모 마리아는 고양이의 이마를 쓰다듬었고, 고양이 이마에 M자 자국이 남았다. 그래서 아기 예수를 돌본 어미 고양이의 후손들은 모두 성모 마리아의 표식을 갖고 있다고 한다.

고양이는 중국과 일본에서도 사랑받는다.

농경의 신이 고양이로 묘사될 뿐만 아니라, 양피지와 실크에 수채화로 아주 정교하게 그린 그림 중에서도 고양이의 중요성을 보여 주는 것들이 있다. 고양이는 반려동물로서 왕궁에서 살기도 했다.

풍요와 병충해 관리와 관계가 있는 중국의 여신 이수의 초상화는 고양이의 모습으로 그려져 있다.

고대 중국 신화에 따르면 이 땅을 처음 창조한 신들은 자기들이 만든 세상이 원활히 잘 돌아가는지 감독할 누군가가 필요했다. 피조물들을 다 고려해 본 결과 신들은 감독 역할을 이수라는 여신, 즉 고양이에게 맡기기로 했다. 이수와 동료 고양이들은 반갑게 그 제안을 받아들였다. 그리고 보답으로 발언권을 갖게 되었다. 그들이 이 세상을 누비자 세상의 질서가 유지되었다. 그러다 이수가 우연히 벚나무를 보게 되었다. 이수는 거기서 잠시 낮잠을 자기 위해 몸을 웅크리고 있다가 자신을 향해 다가오는 신들을 발견하고 헐레벌떡 일어났다. 신들은 이수가 자는 사이에 온 세계가 혼돈에 빠졌다며 그녀를 원망했다. 그녀는 다시는 그런 일이 일어나지 않을 거라고 사과하며 약속했다. 그런데 벚 나무는 어서 그늘에 와서 잠을 자라고 이수를 꾀더니 잠든 이수의 얼굴 위로 부드러운 꽃잎을 흩날렸다. 그녀는 다시 한 번 신들의 질책을 받았다. 이수는 근무 시간에는 절대 잠을 자지 않겠다고 굳게 맹세했지만, 떨어지는 벚꽃 잎에 정신이 팔려 꽃잎을 쫓아 풀쩍풀쩍 뛰어다녔다.

고양이가 세계의 질서를 유지하는 것은 불가능하다는 걸 깨달은 신들은 고양이들에게서 발언권을 빼앗아 그것을 인간에게 주었다. 그리고 그 책임도 인간에게 맡겼다. 그래도 신들이 처음 선택한 것은 고양이였기에 그들은 고양이에게 태양의 움직임을 관할하는 임무, 즉 시간 기록의 임무를 내려 주었다. 그래서 오늘날에도 몇 시인지 궁금한 사람은 고양이의 눈을 들여다보면 알 수 있다는 말이 있다.

일본에서 고양이는 실크를 만드는데 사용되는 벌레를 보호하는 용도로 인기를 얻게 되었다. 타시로지마 섬 가운데에는 조그만 고양이 사원이 있다. 그리고 이 섬은 18세기 중반부터 누에를 키우기 시작했다고 한다. 이 사원은 쥐로부터 누에 농장을 보호하는 고양이의 능력을 기리고 있다. 오늘날 이 섬에는 사람 수보다 고양이 수가 더 많다.

이 섬 사람들은 고양이들이 날씨 패턴을 예측하는 데 도움이 될 뿐만 아니라 행운과 번영을 가져다준다고 생각한다.

고양이가 갖고 있는 신비한 측면은 바케네코 전설에도 담겨 있다. 바케네코란 고양이가 일정한 나이까지 살았을 때 비로소 변신할 수 있는 초자연적인 생물이다. 바케네코는 꼬리가 하나 더 자라나고 똑바로 설 수 있으며 인간의 언어로 말할 수 있다고 한다. 보아하니 이 전설은 고양이에게 매료된 사람들에 의해 만들어진 것인 듯하다. 그들에게는 하루 중 시간대에 따라 고양이의 홍채 모양이 변한다는 사실, 고양이를 쓰다듬을 때 털에서 정전기가 튀는 것, 고양이가 생선 기름을 핥는 것, 소리 없이 걷는 능력, 사람들이 다루기 힘들다는 점, 발톱과 이빨이 날카로운 점 등이 다 신기했던 모양이다.

물론 19세기 말 일본에서 시작된 마네키네코라는 대중문화도 있다. 손 흔드는 고양이(사실상 오라고 손짓하는 고양이)의 기원에 대해서는 서로 다른 민간 설화들이 있다. 그래도 유명한 인물들이 이 손짓하는 고양이 덕분에 목숨을 구한다는 내용은 비슷하다. 유명한 인물은 고양이가 불러서 다가가고 원래 그들이 있던 자리에는 벼락이 떨어졌다. 그래서 지금도 마네키네코는 행운의 부적으로 여겨지고 있다. 어떤 사람들은 헬로키티의 기원이 마네키네코라고 믿는다. 하지만 헬로키티 작가인 유코 시미즈는 사실 루이스 캐롤의 〈거울 나라의 앨리스〉 앞쪽에 등장하는 장면, 앨리스가 키티라고 부르는 고양이와 노는 장면에서 영감을 받은 것이라고 말했다. 이 모든 내용이 사회적 커뮤니케이션과 관련이 있지만 아이러니하게도 헬로키티에겐 입이 없다. 유코 시미즈는 그 이유를 고양이는 마음으로 이야기하기 때문이라고 설명한다.

"새끼 세 마리가 더 나타났어. 수도꼭지 옆에, 쓰레기통 옆에, 우리 집 뒤뜰에 한 마리씩 있어. ……잠시도 가만히 있지를 않아. 화분은 다 넘어지고, 사방에 개미야. 타이니는 지금 막 사료 먹은 걸 토했고, 다들 난간 위에서 발톱을 갈고, 새로 태어난 새끼들은 밖에서 울고 있으니, 가능한 한 집에는 늦게 들어오도록 해. 여긴 진짜 완전 엉망이야!"

- 2009년 8월 12일,
소피가 외출했을 때 내가 소피에게 보낸 문자 메시지

비밀리에 고양이 가족을 돌보려면 생각보다 어려움이 많다. 새로 태어난 새끼들을 이웃들에게 자랑할 수도 없고, 가족에게 비극이 일어나도 위로받을 수도 없다.

고양이들이 안 보여도 아무 관심 없는 척 행동해야 한다. 이웃이 지켜보고 있을 지도 모르기 때문이다. 고양이들을 먹이고 돌보는 것도 숨어서 해야 한다. 수의사에게 데리고 가는 것 역시 엿보는 눈을 피해서 날이 어두워졌을 때 하거나 자동차 뒷자리에 있는 가림막을 씌운 케이지에 고양이를 숨겨서 움직여야 했다. 건사료가 들어 있는 커다란 봉지, 18킬로그램이나 되는 고양이 모래, 캔사료도 12개들이 키친타올 뒤에 숨겨서 서둘러 집에 들여야 했다.

그리고 고양이들도 배워야 할 게 있었다. 이웃집 부엌문이 쾅 닫히는 소리가 나면서 슬리퍼를 끌고 오는 소리가 들리면, 당장 흩어져야 한다는 것이었다. 뒷문이 끼익 열리고 잇따라 쇠줄이 풀리는 소리가 들리면 옆집 핏불테리어가 달려올 거라는 것도 알고 있어야 했다. 그게 뭔지 모르고 있다가는 개에게 큰일을 당할 수도 있었다. (그리고 이웃들은 왜 개를 풀어 주면 늘 울타리 쪽으로 달려가는지 이해하지 못 할 것이다.) 모든 일들은 비밀리에 진행되어야 했다. 늙거나 병든 고양이가 죽어서 무리를 떠날 경우에도 아무에게 들키지 않고 처리해야 한다. 누구도 발견할 수 없게, 시체 썩는 냄새가 풍기지 않게. 이웃들에게 나는 찰스 린드버그였고, 비밀리에 가족을 꾸리고 있었다.

길고양이들에게 먹이를 주기 시작한 후로, 석 달에 네 마리 정도씩 태어나는 새끼들이 더 건강해지고 튼튼해지는 걸 확인할 수 있었다. 나는 하루에 두 번, 뒷문 밖에 있는 콘코리트 판 앞에 고급 사료를 준비해 주었다. 그리고 주말이나 공휴일에는 특별히 캔사료를 주기도 했다. 나는 사료를 일부러 뷔페식으로 띄엄띄엄 펼쳐서 주었다. 혼자 먹는 걸 좋아하는 고양이들의 습성에 맞춘 것이다. 그리고 물그릇도 항상 깨끗하게 채워 놓았다. 고양이들이 식사를 마치면 콘크리트 판 위에 음식 부스러기가 남지 않도록 청소했고, 밤에는 그 부근을 물로 씻어 내렸다.

나는 고양이 사료를 사기 위해 한 달에 200달러를 쓰고 있었다. (고양이들을 돌보는 책임은 동거인들과 함께 나누고 있었지만, 고양이 화장실 청소, 음식, 동물병원 청구서는 꼼짝없이 내가 모두 책임지고 있었다.) 나는 고양이들이 밥을 먹는 모습을 보며 장난치는 걸 좋아했다. "내가 너희를 먹이고 지키려고 뼈 빠지게 일하는데, 너희는 고맙다는 말도 안 하는구나. 심지어 눈도 안 맞춰 주네."

이제 충분한 영양 공급을 받아서인지 튼튼해진 어미들은 예전처럼 새끼를 버리지 않았다. 하지만 크레이지의 미친 짓은 여전했다.

내가 집을 비운 어느 날, 소피는 철망으로 된 문 옆을 걸어가고 있었다. 그때 크레이지가 빙글빙글 돌며 비명을 지르더니 사방이 뻥 뚫린 곳에서 새끼를 출산했다. 크레이지는 급히 한 마리를 잡아먹더니 (혹시 새끼가 아니라 태반이었을까?) 탯줄에 매달린 나머지 새끼들을 질질 끌고 달아났다.

소피는 정확하지는 않지만 이런 식으로 말했다.

"그냥 보는 것 말고는 아무것도 할 수 없었어."

밤늦게 집에 돌아왔을 때 크레이지는 여전히 탯줄에 엉켜 있는 새끼들을 끌고 다니고 있었다. 그래서 새벽 한 시에 나는 날카로운 칼을 난로 열로 소독한 뒤 조심스럽게 그들에게 다가갔다. 크레이지는 내가 도우러 왔다는 걸 아는 모양이었다. 왜냐하면 평소에 녀석은 내가 가까이 다가가는 걸 절대로 허락하지 않았기 때문이다. 나는 탯줄 중에서 이미 마른 부분을 찾아서 잘라 주었다. 마침내 새끼들은 어미에게서 자유로워졌고, 어미는 바로 도망쳐 버렸다. 나는 자르고 난 나머지 탯줄이 갓 태어난 새끼를 휘감아서 녀석들을 질식시키고 있다는 걸 깨달았다. 나는 새끼들의 목과 몸에 있는 탯줄을 잘라서 풀어 주었다. 대신 직접적으로 새끼들을 건드리지는 않으려고 주의를 기울였다.

처음 고양이들에게 관여를 할 때는 엄청난 일처럼 보였을 일이 이제는 그냥 당연한 일이 되어 버렸다. 감당하지 못할 일이 아무것도 없었다. 고양이들의 죽음을 막을 수 있는 거라면 뭐든 할 수 있었다.

다음날 아침 크레이지는 자기 새끼들과 함께 있었다. 만사가 무사한 것처럼 보였다. 그것도 잠시, 크레이지는 새끼들의 목덜미를 물고 각종 도구들이 들어 있는 정리함 위로 풀쩍 뛰어 올라갔다.

그리고 상자에 나 있는 구멍 안으로 새끼를 한 마리씩 집어넣었다. 새끼들을 안전하게 지키려는 의도였던 것 같다. 나는 고개를 저으며 조용히 밖으로 나가 크레이지와 툭 터놓고 대화를 했다.

"여기 넣으면 새끼들이 밖으로 나올 수 있겠니?"

내가 묻자 크레이지는 나를 빤히 쳐다보았다.

"게다가 네 앞발이 고무처럼 늘어나지도 않는데 새끼들을 어떻게 꺼낼 작정이야?"

녀석은 내 말에 고민이라도 하는 것처럼 정리함을 쳐다보았다.

"게다가 네가 새끼들을 집어넣은 저 구멍으로는 새끼들이 기어 나올 방법이 전혀 없단 말이야."

벌써부터 새끼들은 어미를 부르고 있었다. 크레이지는 정리함 위로 뛰어 올라가 구멍 안을 들여다보았다. 그리고 자기가 곤경에 처한 걸 눈치챈 모양이었다. 솔직히 나는 안심했다. 새끼들을 손이 닿지 않는 곳에 두면 당분간은 포식자들의 공격을 피할 수 있기 때문이다.

하지만 새끼들에겐 영양분이 필요했다. 그래서 나는 크레이지가 지켜보는 가운데 쇠 지렛대를 가지고 와서 집 옆쪽 벽감 안에 붙어 있는 정리함을 부수어 열었다. 마침내 새끼들을 꺼낼 수 있게 되자 나는 내 체취가 남지 않도록 키친타올을 이용해 고양이들을 꺼냈다. 새끼들은 24시간도 안 되는 시간 동안, 질식해서 죽을 뻔하고 구멍에 빠져 죽을 뻔했다. 아홉 개인 목숨 중에서 벌써 두 개를 쓴 것이다. 나는 혹시나 다른 어미 고양이가 똑같은 짓을 할까 봐 새끼 고양이가 빠지더라도 언제든 쉽게 꺼낼 수 있게 정리함을 부분적으로 손봤다.

나는 크레이지를 유심히 지켜보았다. 그러나 녀석의 번득이는 눈빛이 나를 걱정스럽게 했다. 크레이지는 새끼들이 울어도 반응하지 않았다. 그래서 최근에 새끼를 낳았다가 잃어서 아직 젖이 나오는 암컷 옆에 새끼들을 밀어 넣고 옆에서 관찰했다. 암컷은 새끼들을 제 새끼마냥 돌봐주었다. 크레이지는 만족한 듯 어슬렁거리며 돌아다녔고, 우리는 크레이지의 새끼들이 온전하게 살아남을지 어떨지 운에 맡겨 보기로 했다.

그날 밤, 이웃집 개들이 자꾸만 잇따라 짖어댔다. 아마 포식자들이 나타난 모양이었다. 밖으로 달려 나가자 코요테 무리가 보였다. 놈들은 조심스럽게 천천히 다가오다가 한 집을 선택하면, 그 집 진입로를 향해 속력을 높여 달려들었다. 코요테들은 그렇게 사라져서 먹이를 찾다가 다시 길에 나타났다. 그리고 다른 집 진입로로 또 달려들었다. 마침내 놈들이 내 쪽을 보더니 몸을 웅크렸다. 우리 집 쪽으로 오면 어떻게 되는지 아는 눈치였다. 나쁜 놈들.

하지만 코요테들은 우리 바로 옆집까지 들이닥쳤다. 옆집에서 키우는 고양이가 마침 밖에 나와 있었다. 이 고양이는 태어나서 코요테를 처음 본 나머지 신기해 하면서 침을 질질 흘리며 엎드려 있는 야생 동물들을 향해 조심스럽게 다가갔다. 하지만 내가 달려들어 놈들을 흩어놓았다. 코요테들은 잔뜩 겁을 먹고 달아났다.

이제 길고양이 무리는 충분한 영양을 섭취했고 상대적으로 포식자들에게서도 안전한 생활을 하게 되었다. 나의 가장 큰 꿈은 내가 지켜주지 않아도 새끼 고양이들이 안전하게 지내는 것이었다. 어미들은 보통 눈에 띄지 않는 곳에서 새끼를 낳았다. 출산할 때가 다가오면 눈에 띄지 않는 깊숙한 덤불 속, 종종 뒷집 울타리 옆에 출산용 은신처를 준비했다. 그러다 새끼들이 충분히 자랐다고 여겨지면, 데리고 나와 우리에게 선보였다. 어미는 자랑스러워하며 마치 전시를 하듯이 새끼들을 늘어놓았다. 그런 날은 잊을 수가 없다. 조그만 하얀 머리가 풀밭으로 쏙 튀어나오고 다음엔 주황색 머리, 다음엔 까만 머리. 생생한 새로운 생명, 가능성의 세계. 그리고 내게 찾아오는 위궤양.

은신처에서 지내는 동안에는 새끼 고양이들이 안전하게 살 수 있었다. 하지만 우리 집 쪽 울타리로 나오면, 즉 무성한 덤불이 성긴 지점으로 나오면 새끼들은 공격에 취약해졌다. 내가 지켜보니 어미들은 밤에는 고양이들을 태어난 장소로 다시 데리고 갔다가 낮 동안에는 꺼내 놓는 듯 했다. 그래서 나는 15센티미터 폭의 눈비막이를 사서 우리 집 주변 울타리 밑에 부착했다. 이 장치가 땅과 울타리 사이의 틈을 막아 주어 새끼 고양이가 통과하는 게 불가능해졌다. 그리고 난 우리 뒤뜰과 커다란 바위 뒤 정글 사이에 가끔 생기는 커다란 구멍도 메워 버렸다. 어미들은 울타리를 넘어서 우리 뒷마당으로 들어올 수 있었지만 새끼 고양이들은 그럴 수 없게 되었다.

나는 늘 하던 대로 고양이들의 아침밥을 챙겨 주었고, 그러는 사이 새로 태어난 새끼 고양이들은 철판 뒤에서 어미를 불러댔다. 그러면 나는 구멍에 놓아둔 돌을 치워서 새끼들이 우리 뒤뜰로 와서 어미와 함께 있을 수 있게 해 주었다. 밤에 어미가 새끼들을 다시 데리고 가면 구멍은 다시 막았고, 이런 사이클은 새끼들이 충분히 클 때까지 반복되었다. 어미를 찾는 새끼들의 목소리가 들리지 않게 되면 드디어 내 할 일이 끝났다는 걸 알 수 있었다. 2미터 높이 울타리 위에서 나를 훔쳐보고 있는 조그만 머리와 앞발을 발견하면, 이제 새끼들도 자기 의지로 울타리를 오를 수 있다는 뜻이었다.

내가 24시간 내내 고양이들을 감시할 수도 없었고, 더 이상 새끼들의 접근도 막을 수 없었으므로 이제 포식자들로부터 고양이들을 지킬 다른 방법을 찾아야 했다. 스프링클러를 작동시켜 보았다. 하지만 땅만 질척해지고 지저분해지기만 했다.

캘리포니아 북부에서 말을 키워본 적 있는 내 친구는 쿠거가 망아지를 공격해서 곤란했던 이야기를 해 주었다. 친구는 마구간 주변에 지역 동물원에서 얻은 사자 소변을 흠뻑 적신 건초 더미를 넣어놓았고, 그 결과 쿠거 문제를 완벽히 해결했다고 한다. 실제로 피마트Pee Mart 같은 곳에서는 사자나 다른 포식자들의 소변도 쉽게 구할 수 있었고 라쿤 억제 스프레이도 팔았다. 나는 그런 것들을 사용해 볼까 하는 생각도 했지만 고양이들에게 해를 끼치지는 않을까, 고양이들이 방향 감각 혼란 같은 고충을 겪지 않을까 걱정이 되어 실제로 쓰지는 않았다.

하지만 한 가지는 확실히 해결했다. 옆집 아파트에 사는 꼬맹이들이 최근에 내 고양이들-그렇다, 그들은 이제 '내' 고양이가 되었다-을 향해 플라스틱 병을 던지거나 고양이를 놀리는 일이 있었다. 나는 울타리를 기어올라서 꼬맹이들이 우리 뒤뜰을 염탐하는 행동을 엄격하게 금지시켰다.

그리고 왜 저런 조그맣고 소중한 동물들에게 그런 짓을 하느냐고 물었다. 녀석들은 반항적인 태도만 보일 뿐 아무 대답도 하지 않았다.

그들을 보니 녀석들만 할 때의 멍청이 같던 내 모습이 떠올랐다. 어쩌면 지금도 여전히 멍청이일지도 모르겠지만……. 나는 그냥 어떻게 되는지 궁금해서 도마뱀을 새총으로 쏘아 죽였던 소년이었다. 그리고 귀찮으면 키우던 까만 토끼 썸퍼에게 밥을 주는 것도 걸렀다. 나는 내 자신에게 화가 났고, 동물들에게 비열한 짓을 했던 나의 어린 시절을 떠올리게 하는 꼬맹이들에게도 화가 났다. 나는 울타리 밑에 눈비막이 장치를 덧댈 때 썼던 큰 가위를 들고 아파트 단지로 가로질러 갔다. 나는 큰 가위를 휘두르며, 누구네 애들인지는 모르겠지만 우리 고양이들을 건드리지 말라고 소리를 질렀다. 사람들이 블라인드 틈으로 밖을 내다보았다. 내가 몹시 심하게 화를 내자 어떤 사람들은 밖에서 놀던 자기 아이들을 안으로 불러들였다. 그리고 아이들이 고양이를 괴롭히는 일은 다시는 일어나지 않았다. 확실히, 크레이지가 나에게 나쁜 영향을 준 것 같다.

그런 터무니없는 행동은, 고맙게도 나에게 반성할 기회를 주었다. 나는 여태껏 살면서 수많은 일들을 시도했지만 실패하고 말았다. 그래서인지 예전과 달리 이 고양이들을 위해서라면 무엇이든 하고 싶다는 욕망이 있었다. 나는 인생에서 한 가지라도 제대로 해 내고 싶었다. 그리고 고양이들을 향해 날로 커져 가는 사랑과 감탄, 고양이와 나 사이의 유대감도 이런 마음가짐에 한 몫 했다. 지금까지 나의 인생과 다른 사람과의 상호작용은 이해할 수 없는 부분이 많았지만, 고양이와의 관계는 그렇지 않았다. 이 관계는 내가 이해할 수 있었다.

나는 고대 이집트인들이 왜 고양이들을 그토록 숭배했는지 이해가 가기도 했다. 기원전 3천년 경, 초기 왕조 시대에 고양이 형상의 강력한 여신 마프데트가 등장했다. 바스테트라는 여신 역시 집에서 키우는 고양이의 모습으로 표현되었다. 그리스에서 이집트를 방문한 역사학자 헤로도토스는 도시 한 가운데에 바스테트를 기리기 위한 신전이 어마어마하게 많다고 기록했다. 그리고 바스테트를 기리는 축제에도 참석했던 헤로도토스는 그 축제가 이집트에서 열리는 축제 중 가장 크고 열광적인 것이었다고 전했다.

이집트인들의 고양이 숭배는 대단했다. 그들은 기원전 6세기의 결정적인 전투에서 페르시아인들에게 도시 함락을 허락했다. 안 그러면 고양이들이 해를 입을 수 있기 때문이었다.

〈고대 역사 백과사전〉에는 이렇게 나와 있다.

이집트인들의 고양이에 대한 사랑을 보여주는 가장 좋은 예는 (기원전 525년) 펠루시움 전투이다. 페르시아의 캄비세스 2세는 이집트 파라오 사메틱 3세를 물리치고 이집트를 정복했다. 이집트인들의 고양이 사랑을 익히 알고 있었던 캄비세스는 다양한 동물들, 특히 그중에서도 고양이들을 불러 모으게 하고, 나일강에 있는 펠루시움이라는 요새 도시를 공격할 때 그 동물들을 앞장세웠다. 페르시아 군인들은 방패에 고양이 이미지를 그려 넣고 고양이를 맨 앞에 세우고 뒤따라갔다. 이집트인들은 고양이에게 해를 끼칠까 두려워 (고양이를 한 마리라도 죽였다가는 사형을 당할 수 있었기 때문에) 어쩔 수 없이 항복을 하고 말았다. (기원 후 2세기) 역사학자 폴리에누스에 따르면 도시 함락 후 캄비세스는 말을 타고 승리의 행진을 하면서 패배한 이집트인들을 향해 고양이들을 집어던졌다고 한다.

나는 내가 길고양이들의 삶에 크나큰 영향을 주었다고 생각했다. 하지만 그건 자연이 얼마나 적응력이 좋은지를 모르고 생각한 것이었다. 드디어 포식자들을 다 처치했구나 싶으면, 완전히 새로운 라쿤 무리가 나타났다. 유독성 쓰레기 더미에서 돌연변이가 태어나는 것처럼.

어느 날 저녁의 일이었다.

고양이들과 함께 밖에 앉아 있는데 갑자기 주변이 쥐 죽은 듯 조용해지더니 나뭇잎 부스럭거리는 소리 하나 들리지 않았다. 그러자 고양이들이 일제히 천천히 고개를 돌려 내 뒤쪽에 있는 무언가를 응시했다.

고양이들의 눈이 커졌다. 나는 등골이 오싹했지만 한편으로는 고개를 돌리면 뭘 보게 될지 너무 궁금했다. 뭔가 무서운 게 있는 게 분명했다. 일반적인 무서운 상황이라면 고양이들이 죄다 흩어졌을 테니까 말이다. 하지만 지금 녀석들은 제자리에 앉아 있었다. 너무 무서워서 도망치지도 못한 것이다.

극심한 공포에는 내성이 없다. 분석, 선택지 평가, 내적 대화 따위 전혀 없다. 오로지 회상만 일어난다.

나는 네팔에서 방을 빌렸던 적이 있다. 그 방 바로 옆에는 낡은 집이 있었는데 그 집에 여자 악귀가 씌었다는 소문이 자자했다. 나는 그런 소문을 별 생각 없이 받아들였다. 그런데 점점 궁금해졌다. 이 방은 왜 이렇게 쌀까, 그리고 이렇게 싼 방을 왜 아무도 안 빌렸을까. 좀 께름직하긴 했지만 어쨌든 난 그 방을 빌렸다.

그리고 거기서 산 지 2주가 안 된 어느 날, 밤늦게 방문 두드리는 소리가 들렸다. 문은 단단하고 긴 널판 두 개를 안에서 두꺼운 철봉으로 빗장을 지르게 되어 있었다. 문 옆에 있는 창문의 커튼 틈으로 밖을 내다보았지만 현관 앞에는 개미 한 마리 보이지 않았다. 문 두드리는 소리는 더 커졌고 끈질기게 이어졌다. 그리고 역시나 아무도 보이지 않았다. 그러더니 갑자기 간담이 서늘해지는 여자의 비명 소리와 함께 우리 집 문에 뭔가 와서 쾅 부딪치는 소리가 들렸다. 아주 덩치가 큰 사람이 문에 몸을 던진 듯한 소리였다. 밖에서 가해지는 힘 때문에 문을 가로막고 있는 철봉이 조금씩 휘어지고, 양쪽에 달린 경첩이 삐그덕거리면 금세라도 문짝이 떨어져나갈 것만 같았다. 나는 한 번 더 창밖을 내다보았다. 이제 문은 거의 뜯겨나가기 일보 직전이었지만, 밖에는 여전히 아무도 없었다. 무서웠냐고? 거의 기절할 뻔 했다.

위층에 살던 남자가 소란스러운 소리에 무슨 일이 일어난 건지 큰소리로 물었다. 그러자 내 방 문에 부딪치는 소리가 갑자기 멈추더니 계단을 뛰어올라가는 소리가 들리고 급기야 위층에서 소란이 시작되었다. 위층 남자의 비명소리, 물건이 날아가서 반대편 벽에 퍽 부딪치는 소리, 침대가 뒤집힌 채 장난감처럼 방 안을 튀어 다니는 소리가 들렸다. 나는 겁에 질린 나머지 도움을 청하기는커녕 꼼짝도 할 수 없었다.

지금 내 뒤에 뭐가 있는지는 모르겠지만 고양이들의 반응을 보니, 나도 고개를 돌릴 수밖에 없는 상황이었다. 나는 눈을 가늘게 뜨고 고개를 돌렸다.

라쿤 세 마리가 웅크리고 있었다. 앞에 있는 두 마리는 거의 회색곰만한 크기였고 죽은 듯이 조용하게 이빨을 드러내고 있었다. 녀석들이 나를 향해 으르렁거리는데 그 소리가 어찌나 깊고 낮은지 마치 신생대 제3기 중신세에서 바로 튀어나온 동물들처럼 느껴졌다. 게다가 나머지 한 마리는 괴물 같았다. 마치 네시Nessie나 설인처럼 기이한 녀석이었다. 그 녀석은 1973년형 뷰익 일렉트라 _{자동차 이름-옮긴이}만큼이나 덩치가 컸다.
나는 한 손을 들어 손가락을 꼼지락거리며 괴물 라쿤의 주의를 끌었다.
그러면서 고양이들을 향해 손가락으로 딱 소리를 냈다. 고양이들은 정
신을 차리고 사방으로 흩어졌다. 나는 걱정스러웠다. 평소엔 멀리에 있
는 포식자를 발견하면 어떻게 행동해야 할지 계획을 세울 수 있었다. 하
지만 지금은 너무 갑작스러웠다. 나는 천천히 자리에서 일어났다. 그리
고 라쿤의 반응을 살피기 위해 커다란 에어컨 실외기 위로 살금살금 올
라갔다. 이렇게 하면 내 키가 더 커 보이는 효과도 있었고 그나마 더 안
전할 것 같았다. 나는 천천히 더 높이 올라가면서 절대로 공격 의사를
내보이지 않았다. 그리고 슬금슬금 양팔을 벌렸다. 위협을 가하려는 것
으로 보이지 않기 위해서 최대한 조심조심 힘을 빼고 움직였다. 마침내
녀석들은 흥미를 잃었는지 천천히 왔던 길을 되돌아갔다. 뷰익만 빼고.
뷰익은 2미터나 되는 울타리를 한 번에 훌쩍 넘어서 나갔다. 젠장, 큰 데
다가 빠르기까지.
지옥문이 열리고 거기서 나온 괴물 라쿤이 이웃집으로 가게 됐으니 나
도 가만히 있을 수는 없었다. 그리고 타이밍도 최악이었다.

눈부시게 아름다운 샴고양이 스노우화이트는 고급스러운 하얀 털을 갖
고 있었다. 그리고 이 하얀 털은 사파이어처럼 빛나는 파란 눈동자 때문
에 더욱 돋보였다. 스노우화이트는 예전에 낳았던 새끼들과도 지속적으
로 관계를 유지하는 몇 안 되는 어미들 중 하나이다. 많은 새끼들이 목
숨을 잃긴 했지만, 녀석은 살아남은 새끼들과 시간을 보내는 걸 무척 좋
아했다.

무리 보호하기

마치 삶의 소중함에 감사하는 듯한 모습이었다. 물론 내 상상이지만.

스노우화이트와 다 자란 딸들, 캘리비와 부츠는 종종 함께 모여서 서로를 챙겨주고 그루밍해 주었다. 괴물 라쿤이 나타난 지 얼마 지나지 않아, 스노우화이트는 또 새끼들을 낳았고 그중 한 마리가 살아남았다. 이 새끼 고양이는 은빛 털에 표범 같은 반점이 있었는데 여태 한 번도 보지 못한 종류의 무늬였다. 우린 그 녀석을 재규어라고 불렀다.

스노우화이트는 재규어를 무척이나 아꼈다. 자기 새끼를 챙기는 그 어떤 어미보다 더 극진히 새끼를 돌봤다. 새끼가 조금만 딴 데로 새도 바로 새끼를 부를 정도로 극성이었다. 스노우화이트와 재규어는 서로를 끊임없이 불러댔다. 어미는 틈만 나면 새끼를 끌어안고 핥아 주었다. 재규어의 털은 어찌나 반짝반짝 빛이 나는지 저 털을 만지면 어떤 기분일까 상상하며 넋을 잃게 만들었다. 길고양이 무리의 수컷들이 주로 그러하듯이 재규어도 위험을 무릅쓰고 무리 밖으로 탐험을 떠났지만, 어미가 부르는 소리가 들리면 지체 없이 곧장 달려왔다.

어느 날 저녁, 고양이들 먹이를 주러 나갔는데 고양이가 한 마리도 보이지 않았다. 나쁜 징조였다. 슬쩍 곁눈질해 보니 회색 라쿤들이었다! 그리고 그중 한 마리가 스노우 화이트의 소중한 새끼를 입에 물고 달려가고 있었다. 새끼는 끔찍한 비명 소리를 질러댔다. 나는 "안 돼! 안 돼!" 있는 힘껏 소리를 지르며 쫓아갔다. 놀란 이웃들이 달려 나왔다. 나는 고양이를 잃고 싶지 않았다. 이웃집 마당의 배관 시설에 발이 걸려 넘어지기도 했지만 라쿤을 바짝 쫓아갔다. 내가 다가온 걸 본 라쿤은 재규어를 바닥에 떨어뜨렸다. 하지만 재규어는 이미 심각한 부상을 입은 상태였다. 나는 그 자리에 서서 숨을 헐떡이며 엄청난 충격에 휩싸여 녀석을 내려다보았다. 녀석은 이미 죽음의 문턱에 와 있었다. 이웃들이 모여들어서는 (스페인어로 '새끼 고양이'라는 뜻의) '가티토'라고 속삭였다. 나는 심하게 훼손된 재규어를 들고 집으로 돌아왔다.

재규어를 손에 들고 걸어오면서, 마침내 녀석의 털을 만질 기회가 생겼다는 걸 깨달았다. 당연히 이런 식으로 만지고 싶지는 않았건만.

나는 마지막 숨을 내쉬는 녀석을 바닥에 내려놓고 죽어가는 사랑스러운 존재를 위해 기도를 했다.

이런 비극이 닥치면 언제나 그렇듯, 다음날 아침 뒷마당은 온통 침통한 분위기에 휩싸여 공기마저 무겁게 느껴졌다.

나는 덤불 속에 숨어 있는 스노우화이트와 눈이 마주쳤다. 놀랍도록 아름다운 녀석의 푸른 눈이 회색빛으로 변해 있었다. 그리고 그 날 이후로 스노우화이트의 눈은 다시는 눈부신 푸른색을 띠지 않았다.

새끼를 잃는 비극이 일어나도 길고양이 무리는 계속 성장했다.

무리의 탄생, 삶, 죽음의 사이클은 우리가 오기 전부터 있었던 것이고 우리가 없어져도 계속 이어질 것이다. 누가 봐도 규칙적으로 반복되는 이 리듬에 참견을 하는 것은 자연을 향한 범죄나 마찬가지라고 생각했다. 하지만 스노우화이트가 재규어를 잃은 후, 나는 더 이상은 이대로 손을 놓고 있어서는 안 되겠다고 생각하게 되었다.

난 다른 새끼 고양이가 또 그런 식으로 죽는 걸 보고만 있을 수가 없었다. 무리의 어미 고양이들은 지쳐 보였다. 많은 새끼를 잃은 어미일수록 확실히 그 정도가 심해 보였다.

나는 이 무리를 해산시키는 게 어떨까 생각했다. 그래서 지역 동물 보호소와 동물 보호 협회에 전화를 걸어 이 문제에 대해 상의했다. 하지만 놀랍게도 돌아온 대답은 야생고양이는 받지 않는다는 내용이었다. 야생고양이는 사회화가 어렵고 입양 가능성도 없어서, 들어오면 모두 안락사를 시킨다고 설명했다.

그때 나는 처음으로 중성화를 생각했다.

지금이야 중성화가 당연하게 여겨지지만, 당시만 해도 그 정도로 자연에 관여를 해야 하나 고민이 많았다. 고양이들에게 음식을 제공하는 것, 그들을 보호해 주는 것과 그들의 생식 능력을 빼앗는 것은 완전히 다른 문제였다.

그런데 그 후 나는 디즈니랜드의 길고양이 무리에 대한 이야기를 듣게 되었다. 200마리가 넘는 길고양이가 수십 년간 디즈니랜드를 고향삼아 살고 있는데 거기서 길고양이들이 목격되기 시작한 건 무려 1955년부터라는 이야기였다. 길고양이들은 사람들과 일체 접촉하지 않고 살면서 공원 곳곳에 설치된 사료 공급 구역에서 적절한 영양을 섭취했다.

2008년 디즈니랜드는 픽스네이션FixNation이라는 이름의 지역사회 기반 조직과 손을 잡고 주변 고양이들을 잡아서 중성화시킨 다음 다시 풀어 주는 ('TNR'이라고 알려진) 운동을 열었다. 그들은 이 운동을 '고양이들을 인도적으로 보호하기 위한 마지막 실험'이라고 불렀다.

당시 나는 TNR이 무슨 뜻인지 몰랐다. 다만 '인도적인 보호'라는 말이 좋게 들렸다. 그리고 월트 아저씨의 장소에서 괜찮다고 한 거라면 우리 집에서도 괜찮을 거라는 생각이 들었다. 내가 우리 고양이들의 행복을 위해 몇 년간 애썼던 것과 마찬가지로, 디즈니랜드도 TNR을 시행하기까지 50년이나 걸렸다는 걸 알게 되니 기분이 한결 좋아졌다.

일단 그 속을 들여다보자, 전 세계적인 조직의 축소판이 수천 명의 지원자들과 함께 길고양이 무리의 생계를 돕고 있다는 걸 알게 되었다. 그들은 관리인과 대중에게 길고양이에 대해 교육을 한다. 또 고양이들에게 중성화 수술과 의료 서비스도 제공한다. 길고양이의 권리를 위해 운동을 벌인다. 새와 다른 토착 생물들의 안전을 걱정하는 사람들과 협력한다. 또 길고양이들이 골칫거리가 됐을 때를 대비해 해결책을 찾는다. 또한 길고양이를 보호하는 안락사 없는 고양이 보호소도 있어서, 대부분 우리에 가둬 놓지 않고 큰 집이나 넓은 마당에서 고양이들이 자유롭게 뛰어놀 수 있게 만들어 놓는다.

아래 단락을 읽어 보면 길고양이를 돌보는 사람들의 열정을 한 눈에 알 수 있다. 어느 정도 차이는 있지만 수많은 길고양이 구조 웹사이트에서 비슷한 글을 볼 수 있다.

> 길고양이 : 그들은 우리 주변 어디에나 있는 좁은 골목, 텅 빈 주차장, 버려진 건물 등 그늘 속에 숨어 살고 있습니다. 그들의 삶은 짧고 대개가 혹독합니다. 그들은 먹을 것과 물을 찾아다니지만 주변엔 질병, 굶주림, 학대의 위협, 포식자의 공포가 끊이지 않습니다. 그들은 버려진, 길 잃은, 야생의 동물들입니다. 그들에겐 우리 도움이 필요합니다. ……우리 일은 끝이 없고, 우리 집은 조용할 날이 없으며, 우리 지갑은 늘 비어 있지만, 우리 마음은 늘 벅찹니다.

길고양이 무리를 꾸준히 돌보기 위한 해결책은 일정한 나이가 된 고양이 모두를 수술로 중성화하는 것이다. 스탠포드 대학 고양이 네트워크는 10년 이상의 기간 동안 TNR을 통해 1,500마리였던 고양이 무리의 수를 300마리로 줄여 놓았다. 뉴올리언스에 있는 남부 동물 재단은 3년 만에 500마리의 길고양이 수를 65마리로 줄였다. 나는 픽스네이션이 수

많은 길고양이 지원 기관 중 하나라는 걸 알게 되었다.

그리고 픽스네이션 역시 내가 처음에 했던 생각, 즉 고양이 무리를 해산시키는 것은 그릇된 판단일 뻔 했다는 것에 동의했다. 그들의 폭넓은 연구에 따르면 기존에 있던 무리를 제거해 보았자 새로운 길고양이 무리가 그곳을 차지한다고 한다. 관리자가 챙겨주든 자연적으로 먹을 것이 풍부하든 간에 먹을 것과 쉴 곳이 있는 곳에 길고양이들이 몰리기 때문이다. 게다가 설치류들 역시 자기들의 포식자가 사라지면 그 수가 급격히 늘어나는 경향이 있다.

픽스네이션은 새로 중성화 수술을 받은 고양이는 자기가 잡혔던 바로 그 지점으로 돌아가고, 그곳에서 남은 생을 보내는 것을 알아냈다. 그러므로 고양이의 중성화는 새로운 새끼들의 탄생이라는 끊임없는 사이클을 종식시킬 것이고, 그렇게 개체수가 안정화되면 시간이 갈수록 자연적으로 고양이 수가 줄어들게 된다는 게 그들의 견해였다.

나는 픽스네이션에 연락을 했고 별도의 비용 없이 우리 고양이들의 중성화 수술을 약속 받았다. 고양이들을 모두의 중성화 수술비용을 대는 게 불가능했기 때문에 상당히 놀라운 제안이었다. 고양이 수가 많으므로 수월한 진행을 위해 예약이 필요하다고 했다. (지금은 정책이 바뀌어서 수술 당일 예약도 가능하다.) 그리고 수술에 앞서 수의사가 승인한 절차에 따라 단계적으로 처리해야 할 일도 많이 있었다. 이 과정을 건너뛰면 진행이 연기될 수도 있었다.

우선 고양이들은 안전 케이지에 넣어야 했다. 케이지는 그들의 안전을 염두해 디자인되었기에 날카로운 모서리가 없어 당황한 새끼 고양이들도 다칠 위험 없이 쓸 수 있는 것이었다. 픽스네이션에서는 토마호크라는 회사에서 만든 덫을 추천했는데 내가 갖고 있는 게 없다고 하자 흔쾌히 하나를 빌려주었다. 이 인도적인 덫은 고양이의 안전뿐만 아니라 나 자신, 동물 병원 의사와 직원들의 안전을 위해서도 필요한 것이었다. 일단 한 마리 이상의 고양이를 잡아서 병원에 데리고 가면, 이미 수술 받은 고양이를 집으로 데려오기 위한 또 다른 덫이 필요했다. 병원에서는 친절하게도 덫 전체에 꼭 맞는 커버를 빌려주었다. 커버를 씌우면 시야가 차단되어 안에 잡혀 있는 동물이 진정하는 데 도움이 되고 스트레스와 불안도 낮출 수 있었다.

4개월이 넘은 고양이는 수술을 받아야 했고, 수술 전날에는 밤부터 아무것도 먹을 수 없었다. 마취약도 속이 완전히 비었을 때 안전하게 효과를 발휘할 수 있기 때문이다.

마지막으로 나는 고양이들의 귀 끝을 자르는 것에도 동의했다. 픽스네이션은 그래도 고양이들은 고통을 느끼지 않는다고 내게 확언했다. 고양이의 귀 끝을 자르는 것은 중성화 수술을 받은 고양이라는 걸 표시하는 보편적인 표식이었다. 이 표식은 고양이의 중성화 수술 여부를 헷갈리지 않게 할 뿐만 아니라, 이 고양이들이 누군가의 보살핌을 받는다는 걸 표현하는 것이기도 했다.

나는 방에서 픽스네이션의 인쇄물을 꼼꼼히 보다가 귀 표식 부분을 읽었던 게 기억이 난다. 나는 움찔했다. 방에는 마침 크리스가 있었고 그 옆에는 찰리도 앉아 있었다. 녀석들의 귀를 자세히 들여다보니 상처 하나 없이 깔끔했다. 비록 조금이지만 그걸 잘라도 된다고 동의할 생각을 하니 마음이 너무 아팠다. 나는 찰리가 이렇게 말하는 상상을 했다. "뭐야, 내 구슬을 가져가 놓고, 귀까지 잘라달라고?"

나는 계속 글을 읽었다.

"수술 시간에 맞춰 제때에 고양이를 데려오셔야 합니다. 안 그러면 돌아가실 수도 있어요. 혹시 케이지 안에 음식물의 흔적이 있으면 수술은 거부당할 것입니다."

나는 벌써부터 긴장이 되고 점점 더 긴장은 심해졌다. 내가 이 모든 걸 기억할 수 있을까? 저 많은 고양이들을 다 어떻게 잡지? 저 많은 길고양이들이 모두 중성화라는 스트레스 상황을 겪으면, 이후 엄청난 일이 일어날 것이라는 확신마저 들었다. (픽스네이션은 중성화 수술을 처음 시키는 사람들을 위해 무료 훈련도 제공하고 있는데, 안타깝게도 당시에 나는 그런 게 있는 걸 몰랐다.)

산타 모니카에 있는 오션 파크에서 산책을 하던 기억을 떠올렸다. 파이 블러프가 태평양 위로 그림같이 솟아나와 있고, 많은 사람이 길을 따라 즐겁게 산책하고 조깅을 했다. 매일 오후 해질녘이 되면 한 무리의 사람들이 차에서 내렸다. 그들은 아주 일사불란한 모습으로 먹을 게 든 통과 고양이 똥을 치울 삽, 물병을 꺼냈다. 그들이 도착하자마자 절벽에 숨어 있던 길고양이들이 달려왔다. 고양이들은 이런 일상이 익숙한 것 같았다. 자원봉사자들은 한 무리를 보살펴주고 나면 길을 따라 내려가 또 다른 무리가 있는 곳으로 옮겨갔다. 난 그들의 헌신적인 모습에 감탄하면서도 솔직히 그들이 약간 제정신이 아닌 것 같다는 생각도 했다. 그러던 나 역시 지금은 미치광이가 되어 있었다. 그것도 아주 깊이 관여하고 있었다.

이제 나는 고양이들을 중성화시키는 것이 옳은 결정이라고 확신했다. 나는 이틀 후를 첫 예약 날짜를 잡고 모든 준비를 마쳤다. 고양이를 한 마리도 잡지 못하면 예약을 취소할 수도 있었다. 나에게는 그때까지도 표징이 필요했다. 이것이 옳은 결정이라는 걸 알려줄 우주의 승인. 나는 기다리고 또 기다렸지만 아무런 일도 일어나지 않았다. 밤중까지 자지 않고 기다렸지만, 역시나 아무런 조짐도 나타나지 않았다.

다음날 아침, 늘 그렇듯 고양이들에게 아침밥을 주려고 뒷문을 열었다. 갑자기 그레이가 집 안으로 걸어 들어왔다. 여태껏 그리고 그 이후로도 길고양이가 제 발로 집에 들어온 건 처음이었다. 포식자들 때문에 우리가 집으로 들여서 키운 경우를 빼고는 말이다. 그레이는 부엌 창틀 위로 폴짝 뛰어올라가더니 기다렸다. 난 차고로 달려가 케이지를 집었다. 꿈을 꾸고 있는 건 아닌가 싶어 뺨도 꼬집어보았다. 나는 케이지를 싱크대 위에 놓았다. 그리고 고양이에게 다가가자, 녀석은 태연하게 케이지 안으로 들어갔고 나는 문을 닫았다. 여태껏 가장 쉽게 고양이를 잡은 경우였다. 나의 첫 고객. 이보다 더 나은 신호가 무엇이 있겠는가? 이대로 밀고 나가는 거다.

그날은 케이지를 차고에 두었다. 그레이를 잘 먹이고 녀석이 최대한 안정을 회복하도록 돕기 위해서였다. 반면 나머지 고양이들은 겁에 질렸다. 무슨 일이 일어날 거라는 걸 알고 있는 거였다. 나는 늦은 밤부터는 먹을 걸 주지 않고 케이지에 남아 있는 사료 부스러기도 싹 치웠다. 그리고 물통을 채워 주고 잘 자라고 인사했다.

다음날 아침 픽스네이션으로 차를 몰고 가면서 난 유아원 첫날 자기 아이를 떼어놓고 오는 엄마처럼 바짝 긴장했다. 바들바들 떨면서 주차장에 들어서자 길고양이 케이지로 가득 찬 트럭, 밴, 승용차가 보였다. 심지어 케이지가 바닥부터 천장까지 빼곡히 들어찬 세미트럭도 보였다. 세상에 중성화 수술을 시켜야 할 고양이가 이렇게 많은 것인가! 줄을 서서 기다리는 동안 다른 사람들의 대화를 엿들었다.

약삭빠른 길고양이들을 잡는 게 얼마나 어려운가, 새로운 기술이 도입되어야 한다, 이번 주에는 몇 마리를 잡았고 다음 주에는 몇 마리를 잡을 예정이다, 하는 등의 내용이었다. 이 사람들은 내가 고양이를 처음 돌보기 한참 전부터 이 일에 종사했던 핵심 인물들, 고양이 문신을 뽑내는 베테랑들이었다. 그들의 이야기를 엿듣다 보니 내가 고양이를 돌보는 것은 그들과 비교해 아이들 소꿉놀이 수준이라는 것을 알 수 있었다. 중성화시켜야 할 고양이들을 데리고 오면서 같은 얼굴들을 몇 번씩 더 마주쳤고, 나는 동지애 속에서 위안을 느꼈다.

다음은 내 차례였다. 접수 담당자가 케이지 커버 아래를 힐끗 내려다보았다. 안에 든 그레이는 낮은 소리로 으르렁대고 있었다. 내가 신청서를 내밀자 그녀는 서둘러 내가 기입한 사항을 수정했다. '캘리비(캘리코와 태비 잡종)'를 지우고 '토터셀'이라고 썼다. 그리고 '중모'를 지우고 '단모'라고 고쳐 썼다. 이 사람들은 고양이를 딱 보면 알았다.

그리고 케이지 위에 코드가 적힌 마스킹 테이프를 붙이고는 내게 말했다.

"마취에서 깨면 전화 할게요. 의사 선생님이 보고 괜찮다고 하시면 오후 늦게 데리고 가셔도 돼요."

"여덟 시간 동안 이 애 상태를 모르는 채 있으라는 뜻인가요?!"

내가 불쑥 내뱉었다.

진료소 안에 있던 사람들이 수군거리며 나를 쳐다보았다. 그러고는 내가 신참인 걸 깨닫고, 알 것 같다는 미소를 지어보였다.

대기실은 상상할 수 있는 모든 종류, 크기, 성질의 고양이들로 금방 가득 찼다. 그리고 그 고양이들을 데리고 온 사람들 역시 고양이만큼이나 다양했다. 나는 그레이의 케이지 커버를 벗겨 녀석과 눈을 맞췄다. 내가 기다리고 있겠다고 약속을 하자, 녀석도 나를 향해 빠르게 두 차례 눈을 깜빡였다. 나는 눈물을 꾹 참고 진료실을 빠져나와 한숨을 내쉬었다. 그리고 걱정 많은 부모처럼 서성거리기 싫어서 아무데로나 걷기 시작했다. 시간이 너무 더디게 갔다. 두 시간이 흘렀는데도 하늘에 있는 태양은 꼼짝도 안 하는 느낌이었다. 그렇게 한참이 지나고 나서야 전화벨이 울렸다. 그레이를 데려가도 좋다는 전화였다. 오, 정말 다행이었다!

그레이를 데리고 집으로 돌아오는 길, 나는 최대한 조심조심 케이지를 차 안에 실었다. 그리고 운전을 하기 전 케이지 안을 흘깃 들여다보았다. 녀석은 마취약 때문에 몸을 제대로 가누지 못했다. 일단 집에 도착해서는 밤새 우리 집에서 가장 따뜻한 구석에 케이지를 두고 먹을 것과 물을 챙겨주었다. 그리고 진료소에서 시킨 대로 다음날 풀어 주기로 했다.

다음날 아침에 보니 녀석은 기분이 많이 언짢아 보였다. 케이지 안에서 나를 향해 쉭쉭 소리를 내고 경멸하듯 바라보았다. 케이지 밖으로 풀어 준 후에도, 도망가서 완전히 회복될 때까지 숨어 있을 줄 알았는데 가만히 서서 나에게 쉭쉭 거렸다. 그리고 그냥 소리만 내는 게 아니었다. 나를 화난 눈빛으로 기분 나쁘게 쳐다보았다. 난 고양이가 그 정도로 속상해 하는 건 처음 보았다. 그레이는 내가 자신의 인생을 망쳐 버렸다는 걸 분명히 알고 있었다.

픽스네이션은 사전 예약을 요구했고 나는 고양이를 한 마리도 못 잡을 수도 있었기 때문에, 고양이 중성화 수술을 무료로 해 주는 지역 동물 애호가 협회와도 약속을 잡아놓았다. 시차를 두고 약속을 해 두었기 때문에 나는 무리에 있는 고양이를 한 마리도 빠짐없이 잡기 위해 열심히 노력하기 시작했다.

나는 불가피한 일이 일어날까 두려웠는데, 정말로 그런 일이 일어났다. 그레이의 냄새를 맡고 면도한 배를 살펴본 고양이들은 무슨 일이 일어나고 있다는 걸 눈치채고 도망치려고 했다. 그리고 그들은 모두 내가 범인이라는 걸 알고 있었다. 고양이들은 나를 따돌렸다. 내가 먼저 다가가면 겁을 먹고 도망쳤다. 그들의 믿음을 얻는 데 몇 년이나 걸렸는데, 이제 다시 시작해야 할 판이었다.

하지만 그레이에게는 뭔가 극적인 변화가 생겼다. 하루하루 녀석은 나의 새로운 절친이 되어 갔고, 나에게 선물을 가져오는 버릇이 생겼다. 그리고 그 버릇은 지금도 이어지고 있다. 멀리서 반복적으로 울어대면 나에게 줄 선물을 가져왔다는 뜻이었다. 창가로 달려가 보면 그레이가 집 앞 진입로로 무언가를 끌고 와 자기 기분에 따라 앞문이나 뒷문에 놓아두는 걸 지켜볼 수 있었다. 때로는 그 선물이 혼자 옮기기에는 너무 커서, 중간 중간에 내려놓고 쉬면서 오는 경우도 있었다.

어디서 수건을 주워왔을 때가 특히나 재미있었다. 그레이는 수건을 입에 문 채 다리를 쫙 벌려 살금살금 걸었다. 수건을 발로 밟지 않으려고 안간힘을 쓰는 모습이었다. 도대체 어디에서 찾았는지 모르겠지만 슬리퍼, 아이들 장난감, 꽃, 신발, 양말, 분홍색 새 팬티, 밝은 초록색 반바지 등을 받아보았다. 가죽으로 만든 아기 옷, 아기 침대에 놓을 법한 장난감, 침대 위에 매달 모빌 같은 것을 가져온 적도 있었다.

야생고양이가 실제로 남의 집에 들어가 이런 아기 물건을 훔쳐온 걸까? 도대체 무슨 짓을 하는지 궁금해서 고양이 등에 카메라라도 달아야 할 것 같다고 농담 반 진담 반으로 말하곤 했다.

그레이의 선물은 계절에 따라 달라졌다. 추수감사절에는 플라스틱 낙엽을 주워와 현관 매트 정중앙에 내려놓았다. 자를 가져와서 재어 봐도 좋을 정도로 완벽하게 중간에 딱 놓았다. 겨울에는 크리스마스 장식을, 봄에는 부활절 달걀도 받았다.

번식의 부담을 덜어준 것이 뜻밖의 이득이라는 걸 그레이가 알게 된 것일까? 녀석은 내게 고마웠을까? 알 길이 없다. 그리고 우리 관계는 또 조금 변했다. 더 좋은 쪽으로. 하지만 안타깝게도 우리의 좋은 관계가 다른 고양이들에게는 아무런 영향을 주지 못했다.

다음으로 잡은 고양이는 캘리비였다. 녀석은 똑똑했다. 우선 케이지 잠금 작동 장치 위로 살금살금 걸어간 캘리비는 맛좋은 신선한 연어를 입에 물고 문이 닫히기 전에 덫에서 도망쳤다. 연어를 빼내오는 게 얼마나 쉬운지 확인한 새도우 역시 남은 연어를 물고 덫 밖으로 걸어 나왔다. 나는 좀 더 좋은 작동 창치가 필요하다는 걸 깨달았다. 나는 덫 입구에 긴 줄을 연결한 물병을 끼워놓았다. 그리고 다시 안에 미끼를 넣고 근처에서 조용히 기다렸다. 또 캘리비가 나타났다. 이번에도 녀석은 살금살금 덫 안으로 기어들어갔다. 나는 물병을 잡아당겼고 덫 문이 털썩 닫혔다.

캘리비 역시 하룻밤 차고에 두기로 했다. 고양이들은 일단 빠져나가지 못할 곳에 갇히면 겨울잠을 자는 것처럼 행동한다는 걸 알았다. 그들은 아무 소리도 내지 않고 움직이지도 않았다. 다음날 아침 캘리비의 케이지를 차 트렁크에 싣고 동물 애호가 협회로 달려갔다. 여기는 다른 고양이 보호자들은 한 명도 없었기에 그들의 동지애가 그리웠다. 그런데 시베리안 허스키 두 마리를 데리고 온 나이 많은 부인이 내 옆에 앉아서 내가 서류를 작성하는 걸 보며 비웃었다.

"고양이를 좋아하슈?"

"뭐, 그렇게 말할 수 있겠죠?"

"고양이를 좋아하는 남자는 처음이요. 당신 아내가 좋아하는 거겠죠, 안 그래요?"

"음, 아닌데요."

"누구한테 꽉 잡혀 사는 거겠지. 여자 친구요?"

도대체 저런 말은 어디서 배운 걸까? 난 뭐라고 대꾸를 해야 할지 몰랐다.

"루저 같으니라고."

부인은 자랑스럽게 개들을 쓰다듬으며 코웃음을 치고 걸어 나갔다.

뭐라고 반박을 하고 싶었지만 부인이 '개를 좋아하는 사람 대 고양이를 좋아하는 사람' 같은 문제보다 더 중요한 것, 더 큰 쟁점을 말하는 건지도 모른다는 생각이 들었다. 그것은 확실히 우월의식이었고, 어쩌면 진실의 일면에 근거한 것일지도 몰랐다. 개는 충분히 길들여졌기 때문에 믿을 수 있고 문명화된 동물이라고 여겨진다. 반면 고양이는 조금 더 야생에 가깝다는 평판이 있다. "당신의 고양이는 왜 당신을 사랑할까……약간이지만?" 같은 제목의 기사가 나오는 것도 그런 이유에서다.

개는 수천 년 동안 가축화를 거쳤기에 고양이보다 더 유리한 입장에 있다. 고양이 종은 50가지가 넘지 않는 데에 비해 개의 종은 400가지가 넘는 이유도 이 때문이다. 고양이의 염기 서열을 분석한 연구에 따르면 사람에게 접근해서 상호작용하고 덜 공격적인 고양이는 신경 회로에 유전적 돌연변이가 일어난 것이라고 한다. 원래 보통 고양이들에게는 야생

고양이(그들이 아직 펠리스 실베스트리스였을 때) 시절부터 내려온 유전자가 고스란히 남아 있기 때문에 예민한 시각, 청각 물론 사냥 능력까지 물려받은 것이다.

어떤 과학자들은 고양이를 '반가축 상태'라고 묘사하기까지 한다. 이도 저도 아닌 상태와 같은 뜻으로도 해석할 수 있을 것이다. 그런 의미에서 나는 개 주인들의 반응은 야생에 대한 두려움을 특정한 방식으로 표현한 것이라고 생각한다.

우리는 제어하지 못하는 것에 두려움을 느낀다. 스미스소니언 협회의 고고학자 멜린다 제더는 이렇게 말한다. "사람들이 고양이에 대해 혼란스러워하는 것은 그들이 아직도 고고한 야생고양이 선조처럼 우리에게 무관심한 행동을 하기 때문입니다. ……개와 달리 그들은 끊임없이 우리의 요구를 만족시키고 우리를 기쁘게 할 필요가 없는 거죠."

안내 데스크 직원에게 서류를 내밀자 진료소 안으로 케이지를 갖고 오라고 했다. 나는 차로 가서 트렁크를 열었다. 케이지는 텅 비어 있었다. 캘리비는 어디로 간 걸까?

케이지 잠금 장치에는 아무 이상이 없었다. 케이지 양옆, 위, 바닥, 캘리비가 몸을 숨길 수 있는 모든 구석구석을 다 살폈지만 녀석은 없었고, 도망친 흔적도 찾을 수 없었다. 차 트렁크는 컸고 그 안에 책, 수건, 부기보드 누워서 타는 서핑보드─옮긴이 등이 가득해서 캘리비가 숨을 곳은 많았다. 물론 캘리비가 아직 트렁크 안에 있다면 말이다.

난 상황을 설명하기 위해 서둘러 안으로 들어갔다. 안내원 두 명이 커다란 그물을 들고 내 차로 쫓아왔다. 나는 캘리비가 트렁크 안에 있을 거라는 확신이 들었다. 아니면 어디에 있겠는가? 안내원들은 나를 옆으로 비켜 세우고 그물로 트렁크 입구를 막았다. 그리고 부스럭거리며 수건을 치우고 책 아래를 들여다보았다. 그리고 그곳에 캘리비가 있었다. 그리고 녀석은 무척 언짢아 보였다. 녀석은 쉭쉭 소리를 내고 울부짖고 물고 할퀴었지만 곧 커다란 그물에 포위당했다. 안내원 한명이 장갑 낀 손으로 캘리비를 붙잡았다. 지금까지도 나는 녀석이 어떻게 케이지를 탈출했는지 감도 못 잡겠다.

다음으로 잡힌 것은 부츠였다. 이번엔 픽스네이션으로 예약이 잡혀 있었다. 부츠를 잡을 유일한 방법은 녀석이 배가 고플 때까지 음식을 주지 않고 있다가 미끼가 있는 이상한 장치 안에 자기 발로 들어가게 만드는 것이었다.

부츠가 음식을 못 먹게 하는 건 간단했다. 녀석은 길고양이 무리 중에서도 가장 예민한 축에 속했기 때문에 먹는 모습을 빤히 쳐다보기만 해도 밥을 먹지 못했다. 겁 많은 성격을 가지고 놀리는 것 같아서 미안한 마음이 들었다. 하지만 고양이들을 잡는 과정 내내 나는 이렇게 주문을 외웠다.

"고양이들을 위한 거야."

부츠가 수술을 받던 날은 비가 억수같이 쏟아졌다. 평소보다 더 마음이 불편하고 걱정이 되었다. 왠지 불길한 날이었다. 수술이 성공적으로 잘 끝났는지는 관심 밖이고 그저 빨리 부츠를 집에 데려오고 싶었다. 마침내 전화가 왔고, 고맙게도 수술을 무사히 마쳤다고 했다.

크리스가 문까지 나와 부츠를 맞아주었다. 부츠가 들어 있는 케이지를 핥아주고 밤새 케이지에 몸을 딱 붙이고 잠을 잤다. 폭우 때문에 차고 안에도 물이 흘러들어와 부엌 쪽 차고 문 옆, 안쪽으로 케이지를 옮겼다.

한밤중에 부츠의 상태를 보니 분명히 뭔가 불편해 보였다. 그리고 곧장 그때까지 계속 변을 참고 있었다는 걸 알아냈다. 나는 그렇게 당황한 고양이의 모습은 처음 보았다. 나는 그런 수모를 겪게 만든 것에 대해 부츠에게 사과했다. 어쩌면 나도 굴욕을 당한 사람이었다. 하지만 바로 그 순간 우리는 둘 사이에 유대관계가 형성되었다고 느꼈다. 부츠가 남은 시간을 우리와 함께할 거라는 느낌이 왔다.

아침이 되어 부츠를 밖에 풀어주려는데 녀석이 뒷다리를 쓰지 못한다는 걸 알게 되었다. 나는 진료소에 전화를 걸어 상황을 설명했다. 그쪽에서는 부츠가 걷는 모습을 휴대폰으로 찍어서 이메일로 보내달라고 요청했다. 쉬운 일이 아니었다. 아웃사이더의 딸 부츠는 여간해서는 가까이 다가갈 수 없는 예민한 고양이였다. 하지만 내가 아픈 자신을 도와주려고 한다는 걸 알았는지 전혀 두려움 없이 내게로 다가왔다. 내가 휴대폰으로 녹화 준비를 하자, 부츠는 아픈 다리를 내 쪽으로 돌리더니 천천히 걸어가기 시작했다. 마치 뭐가 문제인지 보여주려는 것 같았다. 내 눈으로 직접 보지 않았다면 절대 믿지 않았을 정도로 신기한 일이었다.

녀석은 촬영을 잘 하고 있는지 내게 물어보는 듯 뒤를 돌아보더니 절뚝거리며 사라졌다. 평생 부츠가 그렇게 가까이 다가온 건 그때가 처음이자 마지막이었다. 나는 진료소 담당자에게 비디오를 이메일로 보냈고, 그가 당직 의사에게 그걸 보여주었다. 의사는 예전에도 이런 경우를 보았다며 이런 신경 손상은 며칠 내로 저절로 나을 거라고 말했다. 그리고 의사 말이 맞았다.

크리스는 중성화 수술을 받은 많은 고양이들을 간호해 주고 함께 있어 주었는데, 다른 고양이들은 그 호의를 돌려주지 않았다. 중성화 계획에 돌입하고 얼마 지나지 않은 어느 날, 크리스가 옆으로 누워서 얕고 빠른 숨을 내쉬는 걸 발견하고 깜짝 놀랐다. 나는 조심스럽게 다가가 다친 곳이 있는지 살폈다. 크리스는 자기 발로 일어서려고 했지만 그럴 때마다 오른쪽 앞발이 달랑거렸다. 발꿈치에서 발이 빠진 것이었다. 크게 놀랄 일은 아니었다. 크리스는 새끼였을 때부터 내반슬, 즉 오다리였기 때문이다. 높은 곳에서 점프해서 뛰어내릴 때면 발이 빠지기 일쑤였다. 녀석은 멀쩡한 한쪽 다리로 폴짝 거리며 와서는 나를 따라 집 안으로 들어왔다. 그리고 절뚝거리며 계단을 따라 위층으로 올라가 두껍고 부드러운 소피의 누비이불 위로 몸을 던졌다. 그리고 다친 다리는 몸 아래에 쑤셔 넣어 보호했다. 동물들이 이렇게 빨리 적응할 수 있다니 놀랍기만 하다. 닥터 V에게 가 볼 때였다.

닥터 V의 병원에 데려갔던 고양이들이 많았지만 아직 한 번도 안 가본 고양이들도 많았다. 고양이에게 늘 무뚝뚝한 닥터 V가 크리스를 보자 부드러운 면모를 드러냈다. 그는 크리스의 색깔, 태도, 부드러운 털, 맑은 금빛 눈에 대해 신이 나서 떠들었다. 크리스는 확실히 매력이 넘치는 고양이였다. 크리스를 진찰한 닥터 V는 크리스가 타고난 내반슬이기 때문에 발을 다시 맞출 수 있을지 장담할 수 없다고 했다. 근육 이완제를 맞으면서 며칠 진료실에 두고 지켜보면서 어떤 조치를 취할 수 있을지 두고 보겠다고 했다. 수술을 할 수도 있지만 그러면 비용이 수천 달러는 들 거라고 했다. 좋은 소식은 아니었다.

고맙게도 그는 크리스의 발을 다시 맞춰 주었다. 닥터 V가 붕대로 잘 매준 덕분에 크리스는 2~3주 후에는 다시 밖에서 뛰어놀 수 있을 정도로 건강해졌다. 우리는 녀석이 높은 곳에 올라가서 점프할 자세를 취하기만 하면 달려가서 내려놓았다.

하지만 몇 달 후 또 쓰레기통 옆에 누워서 헐떡거리는 크리스를 발견했다. 이번에는 찰리도 함께 있었다. 웬 일로 크리스를 핥아주고 있었다. 차에 치인 듯 했다. 그리고 지난 번 그 발꿈치가 또 빠졌다는 걸 눈치챘다. 나는 크리스를 데리고 닥터 V에게 달려갔다. 그는 한 번 더 노력해 보겠다고 했다. 그리고 이번에 잘 안 되면, 수술을 받기에는 크리스가 너무 활동적이니까 다리를 절단해야 할지도 모른다고 말했다.

닥터 V는 며칠 동안 크리스를 치료하고 결국 빠진 다리를 원위치로 돌려 놓았다. 그리고 이번에는 치료를 제대로 하기 위해 아주 튼튼하고 복잡한 방법으로 붕대를 감았다. 하지만 크리스는 한 시간도 안 돼서 이빨로 붕대를 다 뜯어 놓았다. 그날 크리스와 함께 병원에 또 나타나자, 닥터 V는 크리스가 자기보다 더 똑똑한 것 같다고 말했다. 자기는 최고의 기술을 배우기 위해 수의과에서 몇 년 동안 수업을 받았는데, 크리스는 한 시간도 되지 않아 자기가 배운 모든 걸 다 원상태로 만들어 놓았으니 거의 확실하다면서.

이번에는 치료가 제대로 되었다. 이제 매일 저녁 크리스는 하루 일과를 마치고 울타리 위에 앉아서 우리가 자기를 데리고 집에 들어가기를 기다린다. 점프를 하면 다리를 또 다칠 수 있다는 걸 알고 있다는 듯이. 잠자는 자세도 새롭게 만들었다. 매일 밤 크리스는 아픈 앞다리를 턱 아래에 괴고, 머리와 바닥으로 다리를 고정시켜서 그 무엇도 다리를 건드리지 못하게 하고 잠을 잔다.

크리스의 문제를 해결한지 얼마 지나지 않아, 이번에는 찰리가 세 다리로 절뚝거리며 집 현관으로 들어오려는 걸 발견했다. 걷는 모습을 자세히 보니 왼쪽 앞다리에는 전혀 힘을 주지 못한다는 걸 알 수 있었다. 그렇게 활발한 고양이는 부러진 다리를 치료하기가 거의 불가능하다는 것을 알고 있었기에 걱정이 되었다. 나는 찰리를 집안으로 데리고 와서 유심히 관찰했다. 가지런히 내려놓은 다리를 더듬으며, 다른 곳보다 유난히 더 아픈 다리가 없는지 체크했다. 움직이지 않는 게 좋을 것 같아서 찰리를 케이지 안에 넣고 밤새 차고에서 쉬게 했다.

다음날 아침 동물병원의 스테이시에게 전화를 해서 상황을 설명했더니, 당장 고양이를 데려오라고 했다.

병원에 도착하자 스테이시는 찰리가 다른 예약 환자에 앞서 진료를 볼 수 있도록 해 주었다. 닥터 V는 내가 어젯밤에 했던 것처럼 네 다리를 모두 만져 보면서 심각하게 찰리를 진찰했다. 그러고는 진찰실 문을 닫더니 진찰대에 있던 찰리를 바닥에 조심스럽게 내려놓았다. 찰리가 갑자기 아무렇지 않게 진찰실 안을 뛰어다니기 시작했다. 절뚝거리지도 않고, 다리에 힘을 실을 수도 있었다.

나는 얼굴이 새빨개졌다.

"찰⋯⋯리!"

닥터 V가 큰 소리로 껄껄 웃음을 터뜨렸다.

"정말 죄송해요. 다리가 부러진 줄 알았어요."

"괜찮아요, 괜찮아. 문제가 있기는 한 것 같으니까."

그는 찰리를 다시 진찰대에 올려놓고 유심히 살폈다. 겨드랑이를 누르자 찰리가 움찔했다.

"벌에 쏘였나 보네요. 아마 말벌이에요. 괜찮아질 거예요. 괜찮아요."

집으로 오는 내내 난 찰리를 질책했다. 하지만 녀석은 이미 잠이 들어 있었다. 아마 지난 밤 케이지 안에서 편히 자지 못한 탓인 것 같았다. 찰리는 그냥 잠을 자고 있는 게 아니라 갸르릉거리며 곯아떨어져 있었다. 찰리는 새끼 때부터 잠을 잘 때마저 갸르릉거리는 행복한 고양이였다.

다음 중성화 수술을 받을 주인공은 타이니였다. 타이니가 수술을 받다가 어떻게 될 지도 모른다는 생각에 온 집안사람들이 잠을 못 이뤘다. 내 동거인들은 수술 당일 타이니를 꽉 안아 주면서 나중에 꼭 보자고 약속했다. 우린 집을 나섰다. 가는 동안 타이니를 위해 작곡했던 익숙한 노래를 계속 불러 주었다. 사실 나도 많이 긴장했지만 괜찮은 척 굴었던 것이다.

안내원이 타이니를 데리고 가기 전 마지막으로 녀석을 쳐다보며 시간을 확인했다. 내 인생에서 가장 긴 하루가 될 것 같았다. 난 차를 몰고 픽스 네이션 건물 주변을 빙글빙글 돌았다.

얼마나 많이 돌았는지 이웃들이 수상하게 쳐다볼 정도였다. 나는 인근 동네로 가서 또 빙글빙글 돌았다. 타이니가 나를 필요로 할 것을 대비해 가까이 있고 싶었다. 더 이상 마을 사람들을 성가시게 할 수는 없어서 근처 빈 주차장에 차를 세우고 앉아서 기다렸다. 10분마다 시간을 확인하지는 말자, 스스로 약속했는데도 자꾸만 시계를 쳐다보았다.

마침내 기다리고 기다리던 전화가 왔다. 나는 눈을 질끈 감고 움츠린 채 전화기를 들었다. 다행히 "고양이 데리러 오셔도 됩니다."라는 대답을 들었다. 할렐루야. 나는 당장 소피와 헤더에게도 전화를 걸어 기쁜 소식을 전해 주고 타이니를 데리러 달려갔다. 녀석은 마취약 때문에 축 늘어져 있었지만 눈을 뜨고 조금씩 움직였다.

돌아오는 길에도 노래를 불러 주었다. 우리는 의사가 시킨 대로 밤새 타이니를 케이지에 넣어 부엌에 두었다. 늘 그렇듯 환영 위원 크리스가 와서 반겨 주었다. 그리고 케이지를 핥아 주더니 밤새 타이니의 케이지 옆에 바짝 붙어서 잠을 잤다.

이튿날 아침에도 타이니는 여전히 아파하고 불안정해 보였다. 나는 타이니를 내 방으로 데리고 가서 침대 위에 내려놓았다. 녀석은 내 옆에 앉아 있더니, 아주 천천히 내 팔 밑으로 기어 들어와 몸을 숨겼다. 무섭거나 내 도움이 필요할 때면 새끼 때부터 하던 행동이었다. 이번에는 껌딱지처럼 나한테 붙어서 꼼짝도 못하게 만든 채 줄곧 내 팔 밑에 숨어 있었다. 오페라를 알게 된 후로 타이니는 자기가 가장 좋아하는 아리아를 틀어주는 걸 좋아했다. 하지만 지금은 음악도 아무 소용이 없었다.

나는 타이니를 위해 침대 위, 내 베개 바로 옆에 조그만 잠자리를 마련하기로 했다. 타이니는 내가 파란 플란넬 천으로 우리를 만드는 걸 지켜보았고 그게 자기 거라는 걸 바로 눈치챘다. 녀석은 안으로 들어가더니 앞발을 내게 가져다 댔다. 나는 녀석의 면도한 배에 손을 올려놓았고 타이니는 그렇게 휴식을 취할 수 있었다. 그날 밤 늦게 나는 타이니가 자기 장난감을 모두 물어다가 자기 우리 안에 넣어 놓은 걸 발견했다. 줄에 매달린 주머니쥐 인형만 중간쯤까지 갖고 오다 만 흔적이 있었다. 그 이후 3주 동안, 녀석은 배고플 때나 화장실에 갈 때 빼고 줄곧 그 우리를 떠나지 않았다.

잠시 자리를 비웠을 때도 최대한 빨리 돌아와서 안전한 우리 안에서 웅크린 채 편히 쉬었다. 그리고 녀석은 내가 밤새 (녹는 실로 꿰매 놓은) 자기 배에 손을 올려놓아야 잠을 잤다. 이런 버릇은 3주간이나 지속되었다.

그러다 갑자기 어느 날부터 타이니는 다시는 그 우리에 들어오지 않았고 나는 우리를 해체해 버렸다.

타이니는 유난히 굴곡 많은 삶을 살았다. 중성화 수술을 받은 고양이 중에서 타이니만 후유증이 남았을 때도 우리는 그다지 놀라지 않았다. 타이니는 잔류 난소 증후군, 즉 수술 중에 난소 조직 일부가 몸속에 남아 있는 증상을 겪었다. 그 때문에 타이니는 때때로 무척 불편해하면서 소리를 질렀다. 유일한 치료는 남은 조직을 제거하는 것이었다. 하지만 닥터 V는 수술을 반대했다. 같은 부위를 또 수술한다는 게 엄청나게 위험할 수 있다는 이유에서였다. 그는 원래 난소에서 부 난소 조직이 떨어져 나와 복벽에 숨어서 남아 있는 경우가 종종 있다고 말했다. 그러므로 고양이의 난소 적출이 성공적으로 이루어졌다 하더라도, 외과의사가 잔류 난소 조직을 발견하지 못할 수도 있다고 했다. 타이니는 예전처럼 발정을 했고 요즘은 오히려 그 횟수가 두 배로 늘어 한 달에 몇 번씩이나 발정을 하고 있다!

몇 달이 지나고, 고양이들은 점점 더 잡기가 어려워지고 있었다. 하지만 고양이들은 내가 먹을 걸 주지 않으면 극심한 배고픔을 견딜 수 없을 테고, 나는 픽스네이션에서 만났던 요령 있는 고양이 돌봄이에게서 괜찮은 속임수 하나를 배워 왔다. 바로 켄터키 프라이드치킨 오리지널 레시피. 닭다리 하나를 케이지 안쪽에 매달아 놓기만 하면 고양이를 쫓아 이리저리 뛰어다니던 나도 곧장 미남 배우 같은 인기를 누릴 수 있었다. 한 번에 여러 마리가 덫으로 달려들려고 해서 고양이들을 휘휘 쫓아야 할 정도가 되었다.

마지막까지 중성화 수술을 미룬 건 스노우화이트였다. 녀석은 KFC 닭다리가 있든 없든 날 보면 달아났다. 그렇지만 서두를 필요는 전혀 없었다. 스노우화이트는 임신 중이었고, 녀석의 새끼가 이 길고양이 무리의 마지막 새끼 고양이가 될 예정이었으니까.

나는 스노우화이트에게 집에 있는 것 중에 가장 좋은 캔 사료를 먹이고 영양이 충분히 공급되도록 신경 썼다. 일단 새끼를 낳으려고 자취를 감춘 후에는 완전히 굶주린 상태가 되어서야 이따금 모습을 드러냈다. 뒷마당에 먹을 게 있는지 확인하러 왔다가도 음식이 없으면 망설임 없이 곧장 새끼들에게로 달려갔다. 난 스노우화이트를 위해 사료를 따로 챙겨 두어야 했다.

마침내 스노우화이트가 새끼를 자랑하는 날이 왔다. 녀석은 한 마리 씩 목덜미를 물고 와서 울타리 뒤쪽 풀이 무성하게 자란 곳에 얌전히 내려 놓았다. 그곳이라면 안전해 보였다. 대신 스노우화이트는 울타리 건너편이 아닌 우리 집 쪽에 머물렀다. 그러던 어느 날 이 조그만 새끼 고양이들이 울타리 밑으로 조금씩 기어와서 어미를 찾아 젖을 먹었다. 그제야 우리는 처음으로 새끼들을 자세히 볼 수 있었다. 두 마리는 턱시도(흰색과 검은색이 섞인 고양이)였고 한 마리는 하얀 얼룩무늬, 또 한 마리는 짙은 색 거북등무늬 고양이였다. 우린 이런 사랑스러운 새끼를 낳은 스노우화이트를 칭찬했다. 이제 이 새끼들을 안전하게 지키는 건 우리의 임무가 되었다. 다행히 새끼들을 보호하는 것도 이번이 마지막이 될 참이었다.

그날 밤, 포식자들의 공격이 있었고 짙은 색 토터셀 고양이가 죽었다. 다음날 오후 스노우화이트와 살아남은 새끼들이 다른 무리들과 함께 밥을 먹는 걸 보았다. 턱시도 고양이 중 한 마리가 아름다운 초록빛 눈으로 우리 쪽을 보더니 시선을 피하지 않았다. 녀석은 우리를 빤히 쳐다보았고 우리는 최면이 걸린 듯 마음을 빼앗겨 버렸다.

나는 동거인들에게 말했다.

"우리가 저 애들을 안전하게 보살필 수 없다는 거 알지?"

둘은 고개를 끄덕였다.

"어떻게 했으면 좋겠는데?"

"안으로 들여오자."

"정말이야?"

자매는 한참동안 서로의 얼굴을 쳐다보았다.

"응."

우린 그게 어떤 의미인지 알고 있었다. 고양이가 죽을 때까지 평생을 헌신해야 한다는 뜻이었다.

나는 새끼 고양이들이 밥을 먹고 있는 밖으로 나가 쪼그리고 앉았다. 그리고 턱시도 두 마리의 배 밑으로 손을 집어넣었다. 태어난 지 몇 주밖에 안 된 녀석들이었다.

뒷문에서 기다리고 있는 자매에게로 돌아갔다. 내가 마지막으로 물었다.

"둘 다 마음 굳힌 거지?"

둘은 고개를 끄덕이며 문을 활짝 열었다. 턱시도 두 마리는 집으로 들어오자마자 타일 바닥을 미끄러지며 내달려 소파 밑으로 허둥지둥 숨어버렸다. 하지만 얼마 안 있어 둘은 나를 제대로 물어뜯고 할퀴었다. 고양이들이 너무 작아서 놀라기는 했지만 뼛속까지 길고양이라는 걸 알 수 있었다. 그리고 둘 중 큰 녀석이 한 번도 맡아본 적 없는 악취 폭탄을 터뜨렸다. 스컹크 스프레이처럼 온 집에 냄새가 꽉 차서 며칠이나 냄새가 빠지지 않았다. 타이니마저 악취에 놀라 움찔했다. 나중에 알았는데 어떤 고양이들은 놀랐을 때 항문낭에서 액체를 분사한다고 한다. 우리가 맡은 냄새가 바로 그거였다.

이제 남은 건 통통한 하얀 얼룩무늬 새끼였다. 아주 예뻤다. 하얀 고양이는 흔치 않았기 때문에 특히 이 녀석을 꼭 잡아야겠다고 생각했다. 하지만 자기 형제들을 데리고 가는 걸 본 이후로 녀석은 나만 보면 피했다.

그래서 나는 케이지를 준비해서 안쪽에 먹을 걸 넣어두고 케이지 문은 끈을 연결한 물병으로 괴어 두었다.

이 새끼 고양이는 태어나서 케이지를 한 번도 본 적이 없었다. 호기심에 가득 찬 새끼는 조심조심 안으로 들어가 먹이 쪽으로 다가갔다. 난 끈에 묶인 물병을 잡아당겼고 케이지 문이 쾅하고 닫혔다. 수월하게 잡은 셈이었다. 나는 케이지를 집안으로 갖고 들어와 문을 열어 주었지만 녀석은 밖으로 나오질 않았다. 난 안에 손을 넣고 케이지 옆쪽을 꽉 쥐고 있는 녀석의 앞발을 떼어냈다. 그리고 타일 바닥에 내려놓았다. 이 귀염둥이 역시 곧장 소파 아래로 허둥지둥 달려갔다.

몇 주가 흘렀는데도 녀석들은 계속 숨어 지냈다. 어미인 스노우화이트는 한결 편안해 보였다. 제 새끼를 끔찍이도 챙기던 스노우화이트였는데, 이번엔 어째 한 번을 찾지 않았다. 마음만 먹으면 철망으로 된 뒷문으로 새끼들을 지켜볼 수도 있었다. 새끼들이 어느 정도 자라서 줄에 묶어 밖으로 데리고 나갔더니, 스노우화이트는 잠깐 와서 새끼를 확인하고는 돌아가 버렸다. 잘 지내는 새끼를 보고 만족해 하는 것처럼 보였다. 우리는 소파 가까이에 건사료와 캔 사료 그릇을 나란히 두었고, 골라 쓸 수 있도록 화장실도 여러 개 준비했다.

두 마리는 바로 화장실을 가렸지만 한 마리는 그러지 못했다. 그게 누구인지는 확인할 수가 없었다. 도대체 화장실을 못 가리는 녀석이 누군지 뇌물까지 주면서 불라고 했는데도, 녀석들은 끝내 털어놓지 않았다.

밤이나 낮이나 고양이들의 조그만 발자국 소리, 사료 먹는 소리, 화장실 모래 닫는 소리가 들렸다. 그렇지만 용무를 마치자마자 녀석들은 바로 소파 뒤로 숨었다. 소파에 앉아 있을 때면 소피가 이렇게 말하기도 했다.

"골칫덩어리들이 우리 바로 뒤에 숨어 있겠군!"

시간이 흐를수록 녀석들이 눈에 띄는 시간이 길어졌다. 유리 탁자 밑에 숨기도 했다. 유리와 그 몇 인치 아래 철망 지지대 사이에 숨으면 안정감이 느껴지는 모양이었다. 하지만 유리 아래 잘 보이는 곳에 나타나기도 했다. 우리는 고양이들이 기어 올라가서 놀라고 상자 몇 개를 쌓아두었는데 녀석들은 그걸 어떻게 갖고 노는지 몰랐다. 그리고 지금까지도 모르고 있다.

녀석들이 밖으로 나온 건 주황색 얼룩무늬 우두머리 수컷, 찰리 덕분이었다. 무슨 이유에서인지 새끼들은 찰리가 어미라도 되는 것처럼 그에게 유대감을 느꼈다. 찰리가 집에 들어올 때마다 새끼들은 기뻐서 빽빽 소리를 지르며 달려와 몸을 치대고 심지어 젖을 빨려고도 했다. 아직도 그들의 관계는 변함없다. 새끼 고양이들이 찰리의 부드러운 면모를 끄집어냈다. 우린 찰리가 어미처럼 새끼들을 핥고 보살피는 모습을 종종 보고 있다.

찰리가 새끼 고양이들과 친하게 지내게 된지 얼마 안됐을 때, 나는 위층 이상한 장소에 누워 있는 찰리를 발견했다. 녀석의 눈빛이 흐릿해서 걱정이 되었다. 순간적으로 나는 녀석이 심각하게 아프다는 걸 깨달았다. 다시는 녀석의 건강한 모습을 볼 수 없을 것 같다는 생각이 들 정도로 상태가 안 좋았다. 무슨 짓을 해도 녀석은 죽고 말 거라는 느낌이 왔다. 닥터 V의 생각도 같았다. 찰리의 체온이 40도가 넘는 걸 확인한 닥터 V는 당장 녀석을 중환자실로 데려가 정맥 주사를 놓았다. 찰리가 5일 동안 중환자실에 머무르는 동안, 닥터 V는 12시간마다 여러 가지 항생제 칵테일을 주사했고 마침내 기적적으로 딱 맞는 처방을 발견했다.

결국 찰리의 열이 내렸다. 드디어 녀석을 집으로 데려올 수 있게 되었다. 난 은행에 사정사정을 한 후에야 카드 결제를 할 수 있었고 이제는 한도를 넘긴 신용 카드 영수증을 주머니에 쑤셔 넣었다. 수척해졌던 찰리도 시간이 갈수록 회복되었고 마침내 늙은 찰리의 모습을 다시 볼 수 있었다. 찰리는 아프고 나서 아무런 트라우마를 겪지 않은 것 같았다. 늘 그렇듯 찰리는 아주 현실적인 고양이었다. 언제 그랬냐는 듯 지금 일어나고 있는 일에만 반응했다.

하지만 안타깝게도 찰리를 거쳐 간 바이러스가 새끼 고양이 세 마리에게도 옮겨갔다. 나는 세 마리를 데리고 닥터 V의 병원을 달려갔다. 대기실에 있던 사람들이 무슨 일인가 싶어 관심을 보였고, 다들 새끼 고양이들의 귀여움에 감탄하며 환호성을 질렀다. 나는 이 고양이들을 직접 낳은 어미라도 되는 것처럼 자랑스럽게 활짝 웃었다.

스테이시가 고양이 한 마리를 뒤집어 보며 물었다.

"이름이 있나요?"

난 고개를 끄덕였다.

"이 녀석 이름은 뭐죠?"

"그 수컷은 밴딧노상강도이라고 불러요."

스테이시는 고양이를 들여다보더니 말했다.

"아닌데요, 암컷인데요."

"정말요?" (우린 녀석의 이름을 밴디로 바꿔 주었다.)

"정말요."

"그럼 이 애는요?"

"피에르."

"피에르라고요?"

"얘는 꼭 프랑스 남자 같잖아요. 각진 얼굴에 유러피언 감성?"

"아닌데요."

나는 녀석의 이마에 있는 구부러진 하얀 마크를 가리켰다. 프랑스 화장 품 회사의 로고와 똑같이 생긴 무늬였다.

"이마에 세포라 로고도 있잖아요?"'

스테이시는 그 무늬를 보더니 고양이를 뒤집어 보았다.

"죄송하지만, 얘도 딸내미네요."

난 놀라서 입이 떡 벌어졌다.

스테이시는 세 번째 고양이를 들어올렸다.

"그럼 이제 이 귀한 하얀색 태비를 볼까요."

"얘는 코지예요."

"음, 코지는 수컷일지도 모르겠네요."

하지만 코지를 뒤집어 본 스테이시가 말했다.

"역시나 암컷이에요. 세 자매를 두셨네요."

새끼들은 찰리 때처럼 열이 많이 올랐고, 역시나 동물 병원에서 며칠 밤 을 보내며 바이러스 치료를 받아야 했다. 찰리와 자매들을 덮쳤던 그 바 이러스 때문에 나는 엄청난 재정적 고통을 받게 되었다. 녀석들 때문에 런던 로이드 은행에 보험을 들어야겠다고 생각했다.

그렇지만 내가 낸 요금은 최악으로 비싼 게 아니었다. 닥터 V가 할인을 해 준 덕분에 정말 감당도 못할 비싼 청구서를 받지는 않았다. 다시 한 번 그에게 감사를 드리고 싶다. 이번뿐만 아니라 문제가 있을 때마다 우 린 닥터 V에게 달려가 도움을 받았다. 안타깝게도 그는 얼마 안 있어 세상을 떴다. 사랑하고 믿었던 우리 가족 하나가 사라진 것이다. 우리는 닥터 V같은 의사는 다시 만나지 못할 거라고 확신했다. 그리고 정말로 그랬다.

우리는 세 자매를 큐티즈Cuties 라고 불렀다. 어째서인지 녀석들은 절대로 새끼 티를 벗지 않을 것처럼 보였고, 요즘에도 소피는 그들을 기저귀 패거리라고 부른다. 시간이 갈수록 턱시도 두 마리는 서로가 비슷한 무늬를 갖고 있는 걸 아는 것 같았고 함께 주둥이를 부비며 친하게 지내는 시간이 많아졌다. 둘이 그렇게 붙어 있는 모습을 보고 우리는 오레오 쿠키라는 별명을 붙여 주었다. 하얀 얼룩이는 자기만 모습이 다르다는 걸 아는지 홀로 있는 시간이 많았고, 종종 우리 신발에 코를 비벼대기도 했다. 확실히 녀석들의 아빠는 각기 다른 수컷일 것 같았다.

코지의 털색을 가진 수컷을 한 마리도 보지 못했었다. 그러다 몇 달이 지난 어느 날 덩치 큰 하얀 얼룩무늬 수컷 한 마리가 뒷문에 나타났고 그걸 코지가 발견했다.

코지는 문까지 달려 나갔고 둘은 철망 문을 사이에 두고 킁킁대며 서로의 냄새를 맡았다. 둘이 친족 관계인 게 분명해 보였다. 마침내 코지도 자기 출생과 관련된 고양이를 찾은 것이다! 수컷이 새끼를 확인하러 온다는 이야기는 픽스네이션에서 봤던 한 길고양이 관리인에게 들은 적이 있었다. 냄새로 자식을 알아본다는 수컷 고양이는 냄새 표시로 새끼들을 알아보고 사는 곳도 찾아낼 수 있다고 말했다. 큐티즈가 태어난 지도 6개월, 녀석들도 체중이 늘어 이제 중성화 수술을 받을 때가 되었다. 하지만 그보다 먼저 새끼들의 어미, 스노우화이트의 수술을 시도해야 했다. 그건 결코 쉬운 일이 아니었다. 스노우화이트는 늘 나를 경계했기 때문에 녀석을 잡는 게 여전히 불가능했다. 하지만 빨리 일을 처리하고 싶었다. 스노우화이트는 이제 임신을 할 수 있는 마지막 멤버였고, 나는 또 다른 새끼들을 맞이할 여력이 없었다.

그래서 나는 플라스틱 빨래 바구니 하나와 두꺼운 판지 한 장을 샀다. 그리고 판지를 빨래 바구니 입구 사이즈에 딱 맞춰서 잘랐다. 그리고 바구니를 밖에 내다놓았다. 당연히 고양이들은 바구니 때문에 신경이 쓰이는 눈치였다. 난 의자에 앉아서 고양이들이 밥을 먹는 동안 내내 빨래 바구니를 들고 있었다. 처음에는 경계하던 고양이들도 배가 고픈 나머지 내가 자기들 머리 위로 뭘 들고 있든 신경을 쓰지 않게 되었다.

일주일 넘게 밥 먹을 때마다 바구니를 들고 있으니 고양이들도 적응이 되었다.

'저 멍청한 남자는 또 의자와 빨래 바구니를 갖고 나와 있겠지. 무슨 상관이람?'

그러나 스노우화이트가 경계를 늦춘 순간, 탁! 난 녀석의 몸 위로 바구니를 떨어뜨렸다. 나는 소피를 불러 바구니를 꽉 잡고 있으라고 하고는 집안으로 들어가 미리 잘라 놓았던 판지를 꺼내왔다. 바구니 아래로 판지를 끼워 넣은 후 투명한 포장 테이프로 바구니와 판지를 칭칭 감기 시작했다. 안심할 수 있을 때까지 끝도 없이 테이프를 감았다.

난 스노우화이트가 들어 있는 바구니를 차고로 옮기고, 바구니 일부를 잘라내 물그릇을 밀어 넣어준 다음, 다시 구멍을 테이프로 봉했다. 지금까지 덫으로 잡았던 다른 고양이들과 달리, 녀석은 아무 소리도 내지 않았다. 진짜 찍 소리 한 번 낸 적이 없었다. 다음날 픽스네이션으로 운전을 해서 가는 동안, 난 스노우화이트의 조용함에 감탄했을 뿐만 아니라 녀석의 존재 자체에 감동을 받았다.

스노우화이트에게서는 믿을 수 없을 정도로 강렬한 자연의 힘이 느껴졌고, 솔직히 이 녀석과 이런 식으로라도 가까이 있을 수 있다는 것에 고마움을 느꼈다.

픽스네이션에 세탁 바구니를 갖고 들어가자 다른 길고양이 돌봄이들이 몰려들었다. 그리고 잡기 힘든 고양이를 이렇게도 잡는구나, 이런 방법은 처음 본다, 하며 흥분해서 떠들었다.

하지만 안내원은 재미있어하지 않았다. 그쪽에서 정해 준 규칙을 따르지 않으면 그들은 고양이를 받아 주지 않을 수도 있기 때문이다. 이런 방법을 쓰게 된다면 나사와 볼트를 사용해서 바구니 바닥을 튼튼하게 해야 한다. 테이프만으로는 충분히 튼튼하지 않아서 의사들을 위험하게 만들 수도 있기 때문이다.

난 그들 말이 맞다는 걸 알고 있었다. 하지만 이 고양이를 다시 집으로 데리고 갈 수는 없었다. 다행히 안내원이 친절하게도 갖고 있던 나사와 볼트를 꺼내 와서 바구니와 판지를 단단하게 고정시켰다. 그렇게 스노우화이트는 수술을 받을 수 있었다.

이제 스노우화이트의 세 자매가 수술을 받을 때가 되었다.

픽스네이션에 드나드는 것도 이번이 마지막이 될 참이었다. 시원섭섭한 기분이었다. 어느 시기에 길고양이 무리는 50마리를 넘었었다. 그러다 시간이 갈수록 자연적으로 무리 규모가 작아졌고, 나도 나서서 열두 마리 이상의 고양이들을 중성화시켰다. 이제 동료 길고양이 돌보미, 사무실 직원, 의사, 진료소 매니저 등을 보는 것도 마지막이었다.

얼마나 수술을 많이 겪었는지는 중요하지 않았다. 늘 처음과 같은 느낌이었다. 내가 만약 흡연자였다면 수술이 끝날 때까지 담배 한 갑을 다 태웠을지도 모른다. 늦은 오후가 되자 전화가 왔다. 수술 날 오후에 걸려오는 전화만큼 희망과 공포의 감정을 동시에 불러일으키는 경험이 또 있을까? 나는 고양이들이 집에 갈 준비가 다 됐으니 데리러 오라는 전화를 받을 수도 있었고, 수술이 잘 안 되었다는 전화를 받을 수도 있었다.

안도의 한숨. 큐티즈는 모두 마취에서 깼고 집에 갈 준비가 되었다고 했다. 난 진료실에 있는 모두에게 눈물어린 작별 인사를 남기고, 마지막으로 문을 닫고 나왔다.

천천히 집까지 운전해 오는 동안, 진료실을 오가느라 겪었던 수많은 고통들을 떠올렸다. 난 고양이들을 수술시키는 몇 개월 동안 기본적으로 계속 긴장 상태에 있었다는 걸 깨달았다.

그리고 이제야 맘 편히 숨을 내쉴 수 있게 되었다. 여태까지 수술 때문에 목숨을 잃은 고양이는 한 마리도 없었다. 심각한 합병증도 한 번도 없었다.

나는 일어나지도 않을 일에 대해 미리 겁을 먹었던 건 아닐까 생각했다. 공포라는 망상은 그게 무엇인지 아는 사람에게 깃드는 것이다.

고대 힌두교 성전 중 하나인 만두캬 우파니샤드에서는 망상과 오해가 공포의 원인이라고 말하면서, 이런 이야기를 한다.

마을 사람 하나가 우물가에 왔다가 감겨 있는 밧줄을 큰 뱀으로 착각했다. 그 사람은 자신이 뱀에 물려서 죽을 거라고 확신했다. 하지만 우물가를 지나던 노인이 그건 뱀이 아니라 밧줄이라고 말해 주었고, 마침내 자신이 실수했음을 깨달았다.

셰익스피어는 가장 간단명료하게 이렇게 말했다.

겁쟁이는 죽기 전에 몇 차례나 죽는다.
용감한 사람은 단 한 번밖에 죽음을 맛보지 않는다.

아, 세 자매가 바이러스도 극복하고 중성화까지 끝냈다. 다시 세상이 평화를 되찾았다. 벼룩이 끓기 전까지는.

어느 날인가부터 우리 집이 벼룩으로 우글거리게 되었다. 벼룩은 큐티즈 중에서도 특히 밴디에게 피해를 주었다. 온 몸에 빨간 상처가 가득했고, 그 고통 때문에 성장에 방해가 올 정도였다. 다른 자매들은 적절하게 자라는데 밴디는 그렇지 않았다. 그런데 정작 고양이보다 벼룩 때문에 더 고통스러워하는 건 소피였다. 소피의 온몸이 물린 자국으로 뒤덮였다. 우린 가장 철저하면서도 독성이 없는 처리 방안을 찾았고, 붕사가 최선의 방법이라고 결론 내렸다. 우리는 온 집안을 붕사 가루로 코팅한 다음, 하루를 기다렸다가 진공청소기를 돌렸다. 단 한 번의 처치로 우린 벼룩을 박멸했고 그 이후로는 한 마리도 다시 나타나지 않았다.

하지만 밴디는 여전히 상태가 안 좋았다. 벼룩은 없어졌지만 벼룩에 물려서 생긴 상처를 자꾸 긁는 게 문제였다. 자꾸 긁으니 새로운 상처가 나기도 했다.

마치 핼러윈 때문에 분장한 공포의 새끼 고양이 같은 모양새였다. 그때 내가 소프트 포즈 Soft Paws 라는 제품을 발견했다. 발톱에 붙이는 부드러운 플라스틱 커버인데, 무독성 접착제를 사용하는 거라서 고양이가 씹어도 아무 해가 없는 것이었다. 이 제품을 써 봐야겠다고 하자 동거인들은 나를 비웃었다. 물론 여태껏 내가 생각해 낸 계획들 중에 어이없는 것들이 많았다는 건 나도 인정한다.

길고양이 새끼에게 플라스틱 발톱 커버를 붙이는 건 쉬운 일이 아니었다. 하지만 소프트 포즈를 사용한지 딱 이틀 만에 밴디의 상처가 깔끔해졌다. 더불어 밴디는 기운을 차리고 밥도 많이 먹었다. 동거인들도 깜짝 놀랐다. 2~3일도 안 돼서 바닥에 발톱 커버가 떨어져 있었고, 그럴 때마다 새 것을 붙여 주었다.

다시 한 번 집에 평화가 찾아왔다. 잠깐 한숨 돌릴 수 있는 시간이 찾아와 무척 좋았다. 또 다른 위기가 찾아올까, 묻는 건 질문이라고 할 수도 없었다. 또 다른 위기가 '언제' 찾아올까 묻는 게 맞는 질문이었다. 그리고 그럴 때마다 거의 곧바로 위기가 다가왔다.

어느 날 저녁 피에르가 현관 밖으로 종종거리며 나가더니 현관문 밖에 웅크리고 앉았다. 자기도 이제 어떻게 해야 할지 모르는 눈치였다. 소피는 집안에 앉아 피에르를 향해 다정하게 손을 뻗었다. 그리고 부드러운 목소리로 왜 집으로 들어와야 하는지를 설명했다. 피에르는 고민에 빠진 것 같았다. 소피의 손이 피에르의 몸 끄트머리에 닿으려고 하는 순간, 피에르는 뛰쳐나가 버렸다.

며칠이 지나도 피에르의 모습이 보이지 않았다. 또 일주일이 흘렀다. 피에르는 완전히 사라졌다. 입 밖으로 말을 꺼내진 않았지만 우린 녀석이 너무 작고 약해서 살아남지 못할 거라고 생각했다. 동물 구조대가 구조했거나 이웃집에서 데려간 경우엔 그나마 희망이 있었다. 그래서 난 동물 구조대나 동물 애호가 협회 웹사이트에 들어가서 몇 시간씩 최근에 잡힌 동물들 사진을 들여다보았다.

마침내 피에르와 비슷하게 생긴 고양이 한 마리를 발견한 것 같았다. 집에서 16킬로미터 떨어진 곳이었다.

이 고양이도 이마에 세포라 마크가 있었기에 나는 조심스럽게 희망을 가져 보았다. 컴퓨터에 저장된 피에르의 사진을 한 장 찾아서, 웹사이트에 올라온 사진과 함께 확대해 보았다. 이마에 있는 무늬가 일치하지 않았다.

그렇게 슬픈 한 주가 또 지나갔다. 밴디는 자신을 위로해 줄 쌍둥이 없이 홀로 잠이 들었다. 코지는 누가 없어졌는지도 모르는 눈치였다. 세 번째 주가 되자 우리는 피에르 이야기를 꺼내지 않았다. 가끔 소피가 자신이 조금만 더 손을 뻗었더라면 녀석을 잡을 수 있었을 텐데 그러지 못해 아쉽다는 말을 할 때는 있었다. 소피가 조금만 더 적극적으로 몸을 날렸더라면…….

어느 늦은 밤, 난 드라이브를 나가기로 했다. 그래서 길거리에 세워져 있는 차 쪽으로 걷기 시작했다. 따뜻한 코트를 입지 않은 탓에 밤공기가 무척 차가웠다. 난 다시 집으로 돌아가기로 했다. 그러던 와중에 옆집과 우리 집 사이에 있는 조그만 덤불에서 캘리비가 나타나 나를 반겨주었다. 캘리비는 물론이고 어떤 길고양이도 나를 반겨준 적이 없었기 때문에 나는 이상한 느낌이 들었다. 그리고 캘리비 바로 뒤에서 하얀 무늬가 있는 까만 고양이를 발견했다.

난 녀석의 이마에 있는 게 세포라 마크라는 걸 알아채고, 녀석이 겁을 먹고 도망갈까 봐 최대한 진정하려고 노력했다. 그런데 그럴 새도 없이, 피에르는 나를 보자마자 조그맣게 삑삑 소리를 내며 빙글빙글 돌았다. 내가 자기를 보고 기뻐하는 것처럼 녀석도 날 봐서 기쁜 모양이었다.

캘리비는 뒷마당으로 달려갔고, 피에르도 그 뒤를 쫓아갔다. 나도 최대한 큰 소리로 고함치며 달려갔다.

"피에르 발견! 피에르 발견!"

난 뒷문으로 들어가 얼른 먹을 걸 꺼내왔다. 피에르는 의붓자매인 캘리비와 유대감을 느끼는지, 캘리비가 뭘 하든 쫓아서 따라하고 있었다. 캘리비가 먹는 모습을 보더니 피에르도 따라 먹었다.

난 다시 집안을 향해 소리쳤다.

"피에르가 왔어!"

드디어 소피와 헤더도 계단을 뛰어 내려왔다. 나중에야 알았지만 둘은 내가 농담을 하는 줄 알았다고 한다. 심지어 소피는 혼자서 이렇게 중얼거렸다고 했다.

"바보같이 왜 저래? 쟤는 왜 저런 농담을 하는 거야?"

하지만 실제로 피에르는 돌아왔다. 어떻게든 뭔가를 먹으며 안전하게 지내왔다니 기적이었다. 녀석이 게걸스레 밥을 먹는 동안, 나는 살금살금 다가가 녀석을 꽉 붙잡고 집 안으로 던졌다. 마치 처음 녀석을 집안에 들일 때처럼 말이다.

피에르는 무척 말랐지만 아무것도 못 먹은 정도로 수척하지는 않았다. 동물 병원의 스테이시도 당분간 사료와 함께 캔을 조금씩 자주 주는 것 말고는 별 방법이 없다고 말했다. 그리고 혹시나 다른 병이 있는 것 같으면 데리고 오라고 했다.

피에르가 다시 돌아온 건 기적이라는 말로 밖에 설명할 수가 없었다. 어떻게 그런 기적이 일어났는지는 나도 모르겠다.

집을 나간 동물을 '간절히 기다리면' 다시 그 동물을 불러올 수도 있다는 말을 들은 적은 있지만……

태양계가 우리 은하의 중심을 500,000mph 이상의 속도로 도는 동시에 지구가 태양 주위를 65,000mph를 도는 것. '기적적'이라는 말은 어쩌면 세상 모든 것에 사용될 수 있었다. 심지어 겉으로 보기에 끔찍한 일에도. 어쩌면 이 모든 것을 통괄하는 지적 존재가 있는 건지도 모르겠다.

우리가 직접 키운 찰리, 크리스, 타이니 같은 길고양이들은 자연스럽게 집 안팎을 드나들도록 가르쳤다. 하지만 집에 있다고 해서 고양이가 얌전해지는 건 아니었다.

가장 첫 번째 피해자는 방충망이었다. 화염방사기로 솜사탕을 뚫어 버리는 것처럼 길고양이들은 날카로운 발톱으로 방충망에 구멍을 냈다. 탈옥수를 잡은 경우도 몇 번 있었다. 아직 밖에 나갈 개월 수가 안 된 어린 고양이들이 뜯어진 방충망 사이로 도망을 치는 것이다. 어떤 녀석은 구멍으로 빠져나가다가 창틀에 몸을 반쯤 걸친 상태로 붙잡히기도 했다. 하지만 탈출의 대가 한 마리만 꼽으라면 한 치의 망설임 없이 이 고양이의 이름을 부를 것이다. 바로 찰리다.

난 발톱에 강한 물질로 만들어진 철망을 주문 제작해야 했다. 바람은 들어오게 하면서 고양이가 집 밖으로 나가지 못하게 할 방법은 그것 밖에 없었기 때문이다. 철망은 싸지 않았다. 하지만 고양이와 관련된 건 죄다 싼 게 없었다. 심지어 벼룩 잡기용 봉사도 2달러나 했다.

밖에 나갔다가도 집에 잘 들어오던 다른 고양이들과 달리 큐티즈는 그렇지 못했다. 녀석들이 제법 큰 후 밖에 내놓아 보기도 했지만, 그럴 때마다 녀석들은 곧장 야생고양이로 돌변했다. 난 그들이 '현지인들처럼 살려고 한다'고 말하고 싶지만, 사실 그 표현이 상황에 맞기는 해도 정치적으로 정확한 표현이라고 생각하지는 않는다. 자연으로 다시 돌아간다고 하는 게 맞겠다. 10분만 지나도 고양이들의 표정이 어떻게 바뀌는지 바로 관찰할 수 있다. 곧장 당신을 모르는 사람 취급한다. 마치 당신이 사랑하는 사람이 다른 남자나 여자의 품에 안겨 있는 걸 본 느낌이랄까. 물론 그 상대가 자연이라는 점은 다르지만 말이다.

처음에 난 인정받지 못했다는 느낌을 받았다. 아이를 키우느라 어마어마한 노력을 퍼부었는데 아이에게 반항적인 사춘기가 찾아와 괄시받는 느낌이라고나 할까. 그럴 때마다 나는 이 고양이들은 야생 동물이고 그들에게서 특별한 것을 기대할 수 없다는 사실을 스스로에게 상기시키지만, 그래도 여전히…….

세 자매 중 하나가 밖에 나가서 돌아오지 않으려 할 때, 나는 소피의 도움을 많이 받았다. 밤늦게 내가 소피의 방문을 두드리면 소피는 으레 고양이 구조 때문인 줄 알고 있었다. 소피는 한밤중에도 조용히 밖으로 나가, 상황을 인지하고, 계획을 내놓았다. 우리 둘 중 한 명이 무단이탈 고양이를 집 한편으로 몰면, 나머지 한 명은 다른 쪽 길을 막았다. 그래서 열어놓은 뒷문으로 고양이가 도망칠 수밖에 없게 만들었다. 고양이가 집안으로 들어가는 대신 울타리 너머로 풀쩍 뛸 수도 있었기 때문에, 그 상황에 대해서도 준비해야 했다.

소피에게 기적처럼 구조된 지 1년이 지나자, 피에르는 또 도망을 쳤고 1분도 안되어 야생고양이로 돌변했다. 녀석은 빽빽한 덤불, 이웃이 집 옆에 보관하는 기계 틈 등 여기저기에 잘도 숨었다. 그래도 녀석은 우리 집 인근에 머물렀다. 우리가 걱정하는 건 피에르가 밥을 잘 챙겨먹지 않는다는 것이었다.

밖에서 다른 고양이들과 사료 부스러기를 집어먹는 모습을 종종 보긴 했지만, 영양을 충분히 섭취하지는 않았다. 날이 갈수록 피에르는 점점 더 약해졌지만 여전히 우리 손에 잡힐 생각이 없어 보였다. 녀석이 사료만 잘 챙겨 먹었더라면 우리도 녀석을 집 밖에 살게 했을 것이다.

더 이상 보고 있을 수 없어진 나는 무슨 일이 있어도 피에르를 잡기로 결심했다. 큰 결심을 하고 집 옆을 지나가는데 울타리 위에서 고양이 한 마리가 잠을 자고 있었다. 바로 옆을 지날 때까지도 난 그게 피에르인 줄 몰랐다. 뒤돌아보니 피에르는 비쩍 마른 몸으로 깊은 잠에 빠져 있었다. 녀석은 떨어지지 않게 울타리 나무 널과 기둥 사이에 몸을 딱 끼운 채로 자는 중이었고, 난 두 번 생각할 것도 없이 바로 한 손으로는 목덜미를, 다른 한 손으로는 등 한 가운데를 움켜잡았다. 그리고 모퉁이를 돌아 문을 발로 차서 열고 피에르를 집안으로 미끄러뜨리듯이 집어넣었다.

"피에르가 집에 왔어!"

소피와 헤더가 열광하며 달려왔다.

부모는 가장 덜 행복한 자식만큼만 행복하다는 말이 있다. 우리 고양이 중 한 마리라도 밖에 나가 있거나 행방불명이 되면, 동거인들과 나는 끊임없이 불안한 상태로 있어야 한다. 일에 집중할 수도 없고 잠을 자지도 못한다. 일상적인 대화를 하면서도 고양이를 잃어버렸다는 두려움에 마음은 곪아터진다.

몇 년 후, 피에르는 또 한 번 탈출을 했다. 이때는 피에르도 크고 눈에 띄게 아름다운 고양이로 다 자라 있었다. 아주 강하고 튼튼하지만, 동시에 고상하고 우아했다. 밖에 나가 있는 동안 녀석은 집 옆에 있는 녹슨 발전기 위에서 잠을 잤고, 또 먹질 않았다. 평소처럼 집 밖에 나가자마자 녀석은 우리를 못 본 체 했다. 하지만 이번 피에르의 반응은 훨씬 더 극단적이었다. 우리가 보이기만 해도 바로 내뺐다. 처음 있는 일이었다. 심지어 우리를 피하기 위해 울타리로 뛰어 올라가서 나무 위로 도망을 쳤다가 또 다시 6미터나 되는 높이에서 이웃집 뒷마당으로 뛰어 내려가기도 했다.

말도 못하게 말라가는 피에르의 모습을 지켜보면서, 혼자서는 역부족일 테고, 설사 소피가 돕는다 해도 녀석을 잡지 못할 거라는 확신이 들었다. 나는 전문 동물 구조 서비스에 전화를 하기로 결심했다.

여러 회사에 연락을 해 봤지만 도와줄 수 없을 것 같다고 대답이 돌아왔다. 그들이 할 수 있는 일은 다락이나 지하실처럼 밀폐된 환경에서만 포획하는 정도였다. 그렇게 몇 주가 지나도록 아무도 도우러 오지 않았다.

참을 수 없어진 나는 두꺼운 재킷을 입고 장갑을 낀 채, 집 옆에 있는 정리함 위로 기어 올라갔다. 그렇게 피에르를 잡았지만 녀석은 도망쳐 이웃의 차 밑으로 숨었다. 우린 이 게임에 둘 다 지쳤다. 피에르는 옆으로 드러누웠다. 나도 똑같이 누워서 피에르를 쳐다보면서 차 쪽으로 바닥을 기었다.

"집에 들어가자. 녹슨 기계 위에서 살라고 우리가 널 여태 키운 줄 아니?"

피에르는 피곤한 듯 눈을 깜빡였다.

"넌 고상한 아가씨잖니. 원래 네 집으로 돌아가자."

피에르를 잡아야겠다고 생각하고 며칠 전부터 녀석을 관찰했었다. 그리고 녀석이 움직일 때 꼬리가 가장 먼저 움직인다는 걸 알아냈다. 녀석은 꽤나 무게가 많이 나갔기 때문에 균형을 잡거나 도망칠 준비를 할 때 맨먼저 꼬리부터 쫙 쳐드는 듯 했다. 난 피에르에게 계속 말을 걸면서 한손을 조심조심 꼬리 쪽으로 뻗었다. 그리고 다른 한손은 목덜미 쪽으로 내밀었다. 예상한 대로 피에르는 머리를 내 반대쪽으로 끌어당겼다. 하지만 꼬리는 예전에 관찰한 것처럼 뒤쪽으로 홱 뻗었다. 뒤쪽은 바로 내손이 있는 곳이었다. 녀석을 잡았다! 그리고 아무리 피에르가 나를 물고할퀴어도 절대로 놔줄 생각이 없었다.

나는 피에르의 꼬리를 잡고 차 밖으로 조심조심 녀석을 끌어당겼다. 그리고 꼬리를 다치지 않도록 다른 한 손으로 등을 받쳤다. 녀석은 미친 것처럼 버둥버둥 거렸다. 내 재킷, 셔츠, 장갑이 갈기갈기 찢어졌다. 피가 뚝뚝 떨어졌지만 녀석을 놓지 않았다. 현관문을 발로 차서 열고 집안으로 들어왔다. 손에 묻은 피를 씻자마자 동거인들에게 문자 메시지를 보냈다. 다시 한 번 모두들 안도했다.

그날 밤 난 생각에 잠겼다. 피에르가 꼬리를 뒤로 젖히지 않았다면 어떻게 됐을까? 피에르를 못 잡아서 녀석이 밖에서 굶고 있다면? 울타리에서 자고 있는 녀석을 발견하지 못했더라면? 녀석이 새끼 시절 처음 도망쳤을 때 내가 덤불 옆에 없었더라면? 수많은 상상이 다 비극으로 끝났기 때문에, 행복한 결말이 다가온 것이 무척이나 고마웠다. (우리는 나중에야 피에르가 만성 벼룩 알레르기가 있다는 걸 알게 되었다. 그래서 자꾸 도망을 치고 이해 못할 행동을 한 것이다. 알레르기를 치료하자 녀석은 다시는 우리에게서 도망치려고 하지 않았다.)

피에르의 여동생 코지는 힘세고 건강한 고양이로 자랐다. 젖살이 빠지고 척추 만곡증이 드러나자 우리는 깜짝 놀랐다. 살에 가려서 눈에 띄지 않았던 모양이었다. 그리고 녀석이 음식을 넘기지 못하게 되었다. 척추 만곡증은 고양이들에게 종종 생기는데 만성 질환이라면 사람의 개입이 필요했다. 타이니의 목숨을 구해준 24시간 동물 병원 의사는 내가 걱정이 많은 보호자라는 걸 이미 알고 있었다. 하지만 코지가 먹을 걸 삼키지도 못할뿐더러 소변도 보지 못한다고 말하자, 한밤중인데도 불구하고 당장 고양이를 데리고 오라고 했다. 요도가 막히는 건 보통 수컷에게 일어나는 병이고 암컷 고양이에게는 아주 드문 일이었기 때문이다. 돌이나 결석이 요도를 막으면 신속한 치료가 필요한 심각한 상황이 일어날 수 있었다.

수의사는 코지를 진찰하더니 소변 테스트를 했다. 그러더니 다른 심각한 문제가 있는 건 아니고 소화기가 예민한 상태라 음식을 삼키지 못했던 거라고 말하면서 특수한 고양이 사료를 처방해 주었다. 한동안 그 사료를 먹였더니 효과가 있는 것 같았다. 일주일이 지난 후에는 계속 그 사료를 먹일 형편이 안 돼서, 처방전 없이 살 수 있는 사료 중에서 민감한 장을 가진 고양이를 위해 특별히 처방된 단백질이 들어간 걸 골라 먹였다. 동거인들은 나더러 코지한테 너무 홀딱 빠져 있는 것 같다고 놀렸다. 코지가 새벽 세 시에 딸꾹질만 해도 코지를 안고 동물병원으로 뛰어갈 거라면서 말이다. 그리고 어쩌면 그들 말이 맞을지도 모른다.

내가 상품 거래 때문에 계좌에 넣었던 수천 달러가 순식간에 사라져도 내 상품 브로커에겐 전혀 놀라운 일이 아니었다. 마치 돈이 자연스럽게 사라져 버리는 듯한 형상이었다. 마치 (영화에서 천 달러를 일컬을 때 쓰는 말로) '큰 것 한 장'을 변기에 넣고 물을 내려 버리는 것과 마찬가지랄까. 돈은 상품 거래인인 척 하는 모든 사람을 비켜가 사라졌다. 그렇게 돈이 빨리 증발하다 보면, 어떤 방법으로 돈을 쓰는 게 더 나을지 상상하게 된다. 사회 초년생을 위해 임대료를 내 주는 것 외에, 필요한 사람, 굶주린 사람, 추위에 떠는 사람에게 주는 건 어떨까? 나는 그러다 그 손해를 합리화할 수 있는 유일한 방법은 돈을 고양이에게 쓰는 방법뿐이라는 결론을 내렸다. 나는 자본에 비해 높은 비율의 차입금이 있는 상태였기 때문에, 잘못됐을 때 손실이 엄청난 만큼 거래가 잘 이루어졌을 때 이익도 꽤나 괜찮았다. 작가가 되려는 나의 꿈은 시작도 못한 채 끝나 버렸고, 점성술사로서의 생활도 운이 다 했다. 저명한 출판사에서 점성술에 대한 책을 출간하자는 제의가 들어왔음에도 결과는 뉴욕의 저작권 대리인과 편집자 사이에서 거나하게 낮술을 즐기는 상상으로 끝나고 말았다. 책에 대한 제안을 하거나 하다못해 전화로 이야기를 나누지도 않았는데 도대체 누가 실물로 보지도 않은 책에 대해 솔깃한 제안을 하겠는가? 어쨌든 책 때문에 받은 선불은 부채 탕감에 홀랑 다 써 버렸고, 난 수입은 전혀 없고 지출만 엄청 많은 상황이 되었다. 나의 지출은 9시에 출근해서 5시에 퇴근하는 직장을 다녔을 때 받을 법한 월급보다 훨씬 많았다. 난 꼭 파산 문제가 아니더라도 고열에 시달리거나 요도가 막힌 고양이가 될 것만 같은 공포에 떨며 잠이 깨곤 했다. 나는 당장이라도 차에서 살던 생활로 돌아갈 수 있었다. 하지만 지금 내게는 고양이가 있었다. 이 시점에서 최선의 선택은 80년대 중반에 시작했다고 포기했던 아시아 고미술품 거래에 다시 손을 대는 것이라고 생각했다. 나는 두 가지 이유에서 이 사업에서 손을 뗐다. 하나는 고미술품들의 출처가 모호한 것들이 많아서, 도난당했거나 다른 불미스러운 방법으로 입수한 물건들이 많았다는 점이었다. 또 다른 이유는 굉장히 질이 좋은 모조품들을 상대해야 한다는 것이었다.

다시 아시아 미술품 거래를 시작했더니 고양이에게 들어갈 한 달 치 비용을 하루 만에 벌기 시작했다. 이제 모든 것들을 고양이 입장에서 계산하게 되었다. 오늘은 얼마를 벌었나? 동물 병원에 한 번 갈 정도는 벌었나? 전문가를 찾아갈 수 있을 정도인가? 동물병원 중환자실의 며칠 입원비용은 되는가?

내 본래의 컨디션을 찾자마자, 중국 주식 시장이 붕괴하여 많은 컬렉터들이 자금을 풀기 위해 자기 컬렉션을 내놓기 시작했다. 갑자기 값비싼 고미술품들이 최저가로 시장에 쏟아져 나왔다. 도저히 그 경쟁에서 살아남을 수가 없었다.

그때부터 자연스럽게 일반 순수 미술 작품 중개에도 발을 들이게 됐고, 현재는 값을 매길 수도 없을 정도로 귀중한 러시아 성 유물함 중개를 하는 중이다. 그리고 나이가 들었을 때를 대비해 아직도 상품 거래에 대한 꿈은 버리지 않았다. 게다가 TV 파일럿 프로그램도 몇 개 생각하고 있는 중인데 조짐이 좋은 것 같다. 이도저도 안 되면 '강가에서 밴을 타고 사는' 수밖에 없다. 1년 내내 봄만 계속 되기를 바랄 뿐.

당시 우리의 관심이 세 자매에게 쏠려 있는 가운데, 기대도 하지 않았던 곳에서 극적인 일이 벌어졌다. 어느 날 저녁 베이지가 머리 옆에 커다란 혹을 달고 나타났다. 그게 종양이나 종기인지 알 수는 없었지만 분명히 끔찍해 보였다. 며칠이 지났다. 베이지는 날이 갈수록 먹는 걸 힘들어했으며 전반적인 행동이 변한 것만 봐도 많이 아프다는 걸 알 수 있었다.

나는 베이지를 동물 병원에 데리고 가기 위해 케이지 안에 잡아 넣으려고 했지만 잘 되지 않았다. 녀석이 축 늘어져 있었기 때문에 먹을 걸로 케이지 안으로 유인하는 방법은 효과가 없을 것 같았다. 나는 근처 동물 병원에 전화를 해서 일반적인 항생제를 처방해 줄 수 있는지 물었고, 의사는 그러겠다고 했다. 나는 캔 사료 약간, 그러니까 며칠 안으로 베이지가 다 먹을 수 있을 만큼의 양에다가 액체로 된 항생제 한 티스푼을 섞었다. 그리고 며칠 후에 종기가 터졌다. 2주가 지나자 베이지는 식욕이 돌아왔고 이제 우린 항생제 정량을 사료에 섞어 먹일 수 있었다. 결국 흘러나오는 고름이 멎고 상처는 말끔해졌다.

그러고 얼마 후 아주 특이하게 생긴 수컷 고양이 한 마리가 우리 뒤뜰을 배회하는 게 보였다. 녀석이 정말로 고양이였을까? 아니면 실험실에서 탈출한 잡종 동물이었을까? 어깨에서부터 얼룩무늬 머리까지, 쫑긋한 귀와 초록 눈은 정상적으로 보였다. 하지만 어깨에서부터 아래쪽은 하이에나처럼 보였다. 등 한 가운데에 넓적한 진홍색 줄무늬가 있고 옆구리에 점박이도 있었기 때문이다. 그리고 녀석은 야생 동물처럼 등을 구부정하게 흔들며 움직였다.

우린 그를 하이에나라고 불렀다. 더 정확히는 에나. 어쩌다 녀석을 만나면 우린 '하이, 에나.' 라고 인사했다. 딱 보기에도 피부병이 있어 보여서 나는 녀석이 우리 고양이들과 어울리는 걸 원치 않았다. 하지만 소피는 에나를 보자마자 마음에 들어 했고 갈 곳이 없어서 우리를 찾아온 거라고 생각했다. 소피는 헌신적으로 에나를 보살폈고, 다른 고양이들과는 떨어진 특별한 자리에서 사료를 먹이는 훈련을 시작했다. 이제 에나는 하루 두 번 소피가 먹을 걸 가져올 때까지 그 자리에서 꼼짝 않고 기다릴 줄 알게 되었다. 소피가 피부병 딱지를 떼어 주고 헝클어진 털을 빗겨 주면 에나는 빤히 소피를 바라보고 있다가 고맙다는 뜻으로 부드럽게 눈을 끔뻑였다.

밥을 먹고 나면 녀석은 깊은 덤불 속에 쉬러 사라졌다. 고양이들은 에나에게 철저하게 무관심한 태도였다. 아무런 반응이 없었다. 시간이 지나면서 에나는 차츰 기력을 회복하고 스스로 그루밍을 했다. 정말 대단한 일이었다.

며칠 동안 이어진 심각한 폭풍우 때문에 에나의 병이 다시 도졌다. 피부병은 예전보다 심하게 찾아왔고, 등 뒤쪽이나 뒷다리에 부상을 입은 것마냥 걷는 것도 자유롭지 못했다. 녀석을 잡는 건 불가능했기 때문에 수의사에게 진료를 받을 수도 없었다. 하지만 항생제가 도움이 될 거라는 생각이 들었다. 그래서 베이지를 치료하고 남은 광범위 항생제를 하루두 번 캔 사료에 섞어 주기 시작했다.

한두 주가 지나자 피부병 때문에 빠졌던 털이 촘촘히 자라났고, 곧 에나의 몸은 부드럽고 보송보송한 털로 뒤덮였다. 에나는 여전히 약했지만 기운은 많이 차린 듯했다. 긴장하고 겁먹은 기운도 많이 누그러들었다. 우리가 자신을 돌봐준다는 사실을 알고 위안을 얻는 듯했다.

일주일 후, 또 다른 수컷 한 마리가 나타났다. 지나치게 공격적인 얼룩무늬로, 우리는 그를 오렌지 크러시라고 불렀다. 크러시가 달려들어 에나의 목을 물면 에나는 캔 사료를 먹다가도 꼼짝없이 물릴 수밖에 없었다. 그리고 오렌지 크러시가 무는 건 겁을 줘서 쫓는 수준이 아니었다. 진짜 목숨을 걸고 싸우자는 정도로 강도가 셌다. 나는 내가 나타나면 도망칠 거라고 생각하고 쉭쉭 거리면서 달려갔다. 하지만 소용이 없었다. 에나의 목은 크러시의 입 속에 완전히 박혀 있었다. 난 에나를 구하려고 오렌지 크러시를 발로 찼다. 그런데도 크러시는 꿈쩍하지 않았다. 에나가 의식을 잃어가는 걸 보고 흥분한 나는 있는 힘껏 맨발로 크러시를 찼고, 둘은 동시에 공중으로 날아갔다. 에나와 크러시는 파란색 테라코타 꽃병 위로 떨어졌고 꽃병은 그 충격에 산산조각이 났다. 그 결과 크러시는 물고 있던 목을 놓고 도망쳤고, 에나도 꽁무니를 뺐다.

나중에 보니 집 앞 진입로에 에나가 누워 있었다. 목에 난 상처가 얼마나 심한지 보려고 조심조심 다가갔다. 녀석은 머리를 들어 내 쪽을 보았지만 도망치지는 않았다. 덕분에 가까이에서 녀석의 목을 관찰한 다음 심한 상처가 나지는 않았다는 걸 확인할 수 있었다. 녀석은 평소처럼 저녁 먹을 때가 되면 나타났고 그런 일을 당했는데도 담담해 보였다.

오렌지 크러시는 그 후에 또 나타났다. 며칠 후 코지가 목줄을 하고 뒷마당에 나와 있을 때였다. 울타리 반대편에 마련한 자기만의 자리에서 휴식을 취하고 있던 코지는 주황색 고양이가 다가오는 걸 목격했다. 코지는 그게 찰리인 줄 알고 울타리 밑으로 기어 들어와 신이 나서 소리를 지르며 달려갔다. 그때 크러시가 방향을 휙 틀고 코지는 깜짝 놀라서 멈춰 섰다.

그날 오후 집안에 있는데 찰리가 완전히 겁에 질린 모습으로 모퉁이를 돌아 뒤뜰로 달려 들어오는 모습이 보였다. 찰리 뒤에는 오렌지 크러시가 전속력으로 쫓아오고 있었다. 내가 어떻게 할 새도 없이 크러시는 찰리의 몸을 덮쳐 공격하려 했다. 수컷 우두머리였던 찰리를 그 정도로 공포에 떨게 만든 고양이는 한 번도 본 적이 없었기에, 녀석의 반응에 난 상당히 놀랐다. 찰리는 복종하듯 배를 드러낸 채 옆으로 누워 있었다. 방어를 하려는 시도도 하지 않은 채 피할 수 없는 공격을 받아들이고 있는 눈치였다.

난 밖으로 나가서 크러시에게 그러지 말라고 단호하게 말했다. 그리고 찰리에게는 스스로를 방어할 필요성에 대해 말했다. 소피는 그런 내 모습을 보며 귀여운 아이들에게 왜 싸우는 법을 가르치느냐며 나무랐다. 세 자매를 믿고 밖에 풀어둘 수는 없었지만, 녀석들에게도 신선한 공기와 운동이 필요한 것은 분명했다. 나는 줄을 사서 거기에 길고 알록달록한 나일론 밧줄을 매단 후 각각의 고양이에게 딱 맞게 조절했다. 분홍색 리드줄을 한 코지는 울타리 바로 아래, 자기가 태어난 덤불에서 쉬는 걸 좋아했기 때문에 줄 길이를 거기까지로 맞췄다. 보라색 리드줄을 한 밴디는 녀석이 좋아하는 아주 오래된 종려나무 아래 그루터기까지 갈 수 있도록 밧줄을 조절했다. 그리고 초록색 리드줄을 한 피에르는 덤불을 지나가서 옆집 사람들과 그 집 개를 훔쳐보는 걸 좋아했기 때문에 그게 가능하도록 만들어 주었다.

난 밤낮으로 몇 번씩 세 자매를 밖에 데리고 나갔다. 나가자마자 고양이들이 하는 일은 흙에 자기 몸을 비비고 그 위에 뒹구는 거였다. 풍성한 털과 알록달록한 리드줄이 금방 흙색으로 변했다. 자연은 우리가 대신할 수 없는 방식으로 고양이에게 양분을 공급하는 게 분명했다.

내 친구 중 한 명은 고양이를 키웠는데, 근처에서 돌아다니는 코요테나 보브캣(북미산 야생 고양이과 동물)을 피해 평생 집 안에서만 살게 했다. 고양이는 중년의 나이가 됐고 악성 종양으로 몸이 아팠다. 안 그래도 바깥 생활을 시키는 것에 관심이 많았던 친구는 고양이를 밖에 내놓아 보기로 결정했다. 캣 도어를 설치하고 자유롭게 집 안팎을 드나들게 했다. 차고 문에도 틈을 만들어 앞뜰에서 무언가에 쫓기면 바로 몸을 숨길 수 있게 했다. 실험은 효과가 있었다. 고양이는 안전하게 지내면서도 바깥에서 보내는 시간 덕분에 한결 건강해졌다. 실제로 몇 달이 지나자 종양이 완전히 사라졌다.

임종을 앞둘 뻔한 고양이가 8년을 더 산 것이다.

야외에서의 삶이 극적인 순간을 맞지 않았던 것은 아니다. 고양이가 집으로 쌩 달려 들어오고, 다른 동물이 잇달아 차고 문에 쾅 소리를 내며 부딪치는 사건이 여러 차례 있었다. 또 가끔은 코요테가 고양이를 쫓아가고 있더라는 이야기를 이웃으로부터 전해들을 때도 있었다. 그렇지만 친구는 그런 위험을 감수할 만큼의 장점이 훨씬 많았다고 말했다.

소피는 밴디에 대한 꿈을 자꾸 꾼다고 말하기 시작했다. 밴디가 포식자들에게 공격을 당하거나 다른 불행한 일을 겪는 무서운 꿈이었다. 한 번도 아니고 여러 차례나, 무슨 일이 있어도 밴디를 잘 보호해 달라고 당부했다. 밴디를 안전하게 보호하겠다고 약속한 게 도대체 몇 번인지 기억도 못 할 정도였다. 그러다 어느 날 밴디는 정말로 위험에 빠졌고 난 곧바로 대응했다. 부모들이 아이들에게 귀에 딱지가 앉도록 같은 이야기를 반복하는 이유를 알 것 같았다. 정말로 밴디를 보호해야 할 순간이 오자, 정말 자연스럽게 반응이 나왔다.

밴디는 줄에 묶인 채로 내 감독 하에서 나무를 오르고 있었다. 어쩌다 보니 줄이 엉키게 됐고 밴디는 스스로 몸에 얽힌 줄을 풀려고 애썼다. 하지만 그럴수록 줄은 점점 더 밴디의 몸을 세게 옭아맸고 밴디는 나무 줄기에 바짝 붙어 매달린 꼴이 되었다. 이러다가 줄이 녀석의 숨통을 막을 것 같았고 얼른 내가 나서야 한다는 걸 깨달았다. 섬세하고 엄청나게 우아한 밴디는 순간 주머니 곰처럼 흉포한 모습으로 돌변했다. 녀석은 살겠다고 앞에 보이는 모든 걸 다 후려갈겼다. 도와주겠다고 뻗은 내 맨손과 팔까지.

구조를 위해 적절한 옷과 장갑을 준비할 시간적 여유가 없었다. 내 머릿속에는 무슨 일이 있어도 밴디를 보호하라는 소피의 목소리만 들릴 뿐이었다. 밴디가 내 살갗을 찢었고 피가 사방에 튀었지만 난 오로지 녀석을 풀어 주겠다는 일념 하나로 버텼다.

밴시 구슬픈 울음소리로 가족 중 누군가가 곧 죽게 될 것임을 알려준다는 여자 유령-옮긴이의 비명소리라도 들었는지 동거인들이 계단을 달려 내려왔다. 어떤 고양이들이 싸우나 보러 온 것이었지만 사실은 밴디와 내 팔다리가 싸우는 중이었다.

마침내 밴디를 나무에서 떼어낸 나는 얼른 녀석을 집 안으로 데리고 들어갔고, 소피에게 줄을 풀어 달라고 소리 질렀다.

난 싱크대 위로 쓰러졌다. 충격에 팔과 손이 덜덜 떨렸고 싱크대 안으로 피가 줄줄 흘러내리고 있었다. 동거인들은 싱크대에 와서 보기 전까지는 내 상처가 얼마나 심한지 미처 모르고 있었다. 그리고 직접 상처를 보고는 겁에 질렸다. 하지만 난 적어도 소피의 약속을 지켰기 때문에 칭찬을 들을 수 있었다.

그날 밤 난 고열에 시달렸다. 혹시나 여러분이 이런 일을 겪는다면 당장 병원을 찾아가라고 말해 주고 싶다. 당시 난 그러지 않았지만 말이다. 밴디 역시 기분이 좋아 보이지 않았다. 이후 몇 시간 동안 밴디는 아주 심술에 가득 찬 눈빛으로 날 쳐다보았고, 이후 며칠 동안은 내가 가까이 가는 것도 허락하지 않았다. 셋째 날 드디어 우린 화해했다. 난 밴디를 붙들고 내가 왜 그런 행동을 했어야 했는지를 설명했다. 내가 말하는 동안 녀석은 나를 빤히 쳐다보았고 마음이 누그러진 것 같았다.

이 사건의 트라우마는 내가 상상했던 것보다 더 오랫동안 밴디를 괴롭혔다. 밴디는 밖에서 지내던 고양이가 처음으로 자기를 찰싹 때리자 사건이 있었을 때와 마찬가지로 격렬한 반응을 보였다. 밴디는 상처를 입은 듯 보였고, 감정적으로 완전히 제정신이 아닌 것 같았으며, 왜 상대방 고양이가 그런 짓을 했는지 궁금한 듯 상대를 유심히 살폈다. 아주 안전하고 사랑이 넘치는 양육 환경에서 자라난 아이가 태어나서 처음으로 놀이터에 떠밀려 나갔을 때 느끼는 바로 그런 감정을 느끼는 것 같았다. 여태 한 번도 경험해 보지 못한 방식으로 대우를 받는 경험 말이다. 그런 아이들은 심술이나 폭력을 모른다. 그들은 그런 걸 이해하지 못한다.

밴디 때문에 생긴 상처도 꽤나 오랫동안 없어지지 않았다. 고양이에게 물리거나 할큄을 당하면 치명적인 감염이 생길 가능성이 컸다. 특히나 이빨에 찔린 상처라면 말이다. 상처를 통해 박테리아가 빠르고 깊게 침투할 수 있다. 그러면 거의 곧바로, 박테리아가 안에 있는 채로 상처가 아물기 시작한다. 나는 상태가 점점 더 안 좋아져서 나 같은 상처에는 어떤 항생제가 좋을지 인터넷으로 검색을 해 보았다. 자가 관리 항생제는 여러 이유로 추천하지 않는다.

하지만 네팔과 인도에서 살았던 경험 때문에 난 알아서 항생제를 먹는 것에 익숙해져 있다. 그곳에서는 모든 것이 자기 관리 하에 이루어진다. 사려고 하는 모든 약을 약국에서 살 수 있다. 통증을 줄일 아편제, 기생충을 없앨 때는 플라질과 박트림, 스테로이드, 케타민, 발륨 등등. 난 아직도 그때의 사고방식에 머물러 있었다.

어쩌면 고열 때문에 정신이 혼미해져서 예전 기억이 떠올랐던 것인지도 모른다. 하지만 비폭력과 연민을 실행하겠다는데 그 한계를 어떻게 정하겠는가?

인도의 아주 오래된 종교 중 하나인 자이나교의 주된 믿음은 불살생, 즉 비폭력이다. 어떤 자이나교인들은 숨을 들이쉬다가 곤충을 해칠까 봐 마스크를 쓰고 다니고, 혹시나 걷다가 땅에 있는 생물을 죽일까 봐 발을 내딛기 전에 발로 길을 쓸어서 생물을 치운다. 물론, 난 고양이들을 돌보고 있지만, 매일 차를 운전하고, 구강 청결제로 가글을 하고, 그냥 길을 걷는 것만으로도 얼마나 많은 생물을 죽이면서 지내겠는가?

그리고 내가 항생제를 먹으면 또 얼마나 많은 것들이 더 죽게 될까? 나는 인도에서 여자 성인을 만났다. 그녀는 절대 풀밭 위를 걷지 않았다. 자신이 풀잎 한 가닥 한 가닥에 입힐 고통을 알고 있었기 때문이다. 당신은 그 한계를 정할 수 있겠는가? 내가 고양이는 구하면서도 무심결에 다른 것들은 다 죽이고도 양심에 부끄럽지 않겠는가? 4세기 승려 아리아 아상가는 개의 썩어가는 다리에 있던 구더기를 자기 혀로 꺼냈다. 손으로 꺼내면 구더기들이 너무 아플 것 같아서 말이다. 나도 그렇게 해야 하는 것일까? 우리는 각자 나름대로 이런 딜레마와 타협하면서 살아가게 된다.

공교롭게도 온라인에서 추천하는 바로 그 항생제가 집에 충분히 있었다. 다른 병 때문에 처방을 받았던 것인데 그 병은 자연적으로 나아서 남은 것이었다. 난 바로 항생제를 먹기 시작했고 거의 곧바로 효과가 나타났다. 팔에 염증이 생긴 상처와 풍선처럼 부풀어 오른 손이 급격하게 좋아졌다. 그러다 어느 날 밤 꿈에서 난 손에 괴저 <small>혈액 공급이 되지 않거나 세균 때문에 비교적 큰 덩어리의 조직이 죽는 현상—옮긴이</small>가 생겼고 의사는 손가락 세 개를 절단해야 할 거라고 말했다.

난 혼자 의사 놀이 하는 건 그만둬야겠다고 생각했고, 다음날 아침 당장 응급실로 달려갔다.

의사는 고양이에게 물려서 온 사람들을 많이 진찰했지만 다들 나보다는 상처가 덜 심했다고 했다. 만약 상처가 난 바로 그날 병원에 왔더라면 그 자리에서 바로 최고의 부상으로 인정해 줬을 거라고 말했다. 어쨌든 그 동안 나는 적절한 항생제를 적당한 양만큼 먹고 있었던 것으로 밝혀 졌고, 난 내 손을 살려낸 항생제를 자가 관리했다는 사실에 자신감을 느꼈다. 의사는 나에게 항생제 정맥 주사를 놓아 주었고 가는 길에 새 처방전도 적어 주었다. (그리고 난 이 약을 미래에 생길 또 다른 상처를 위해 먹지 않고 보관했다!)

집에 도착하자 현관 매트 바로 한 가운데에 두꺼운 작업용 장갑이 놓여 있었다. 그레이가 준 선물이었다. 마치 이렇게 말하는 듯 했다.

"다음번엔 장갑을 써, 멍청아."

피에르가 기력을 회복하고 나자 녀석은 길고양이 무리 중에서 가장 크고 가장 힘 센 고양이가 되었다.

한번은 녀석을 줄에 묶어서 밖에 데리고 나갔다. 마블이 어슬렁거리며 옆을 지나갔다. 웬일인지 피에르는 가슴을 부풀리고 마블을 찰싹찰싹 때리기 시작했다. 처음에 마블은 몸을 웅크리고 부루퉁한 얼굴로 자리를 피했다. 그러더니 잠시 생각에 잠겼다. 피에르를 다시 돌아보고, 녀석이 덩치만 큰 아기라는 걸 알아차린 마블은 방향을 틀어 피에르의 등을 두 차례 세게 물었다. 피에르는 당장 도망을 쳤다.

지금까지도 세 자매 모두 마블을 향한 적대감을 갖고 있다는 사실이 놀랍기만 하다. 마블과 딱히 엮였던 일도 없는 데 말이다. 사실 그들은 서로 관련이 있다. 마블은 스노우화이트의 어미이기 때문에 사실상 세 자매의 할머니였다. 지금도 세 자매는 2층에 있는 내 방 창틀에 앉아 있다가, 밖에 있던 마블이 힐끗 쳐다보기라도 하면 당장 하악 거리는 소리를 내며 계단을 달려 내려갔다. 그리고 밴디에게 달려들 듯 철망 문에 몸을 내던졌다. 연약한 밴디마저도 말이다.

그런데 신기한 건 마블에게 적대감을 갖는 건 세 자매뿐만이 아니었다. 도움이 필요한 다른 고양이들을 늘 돌봐주는 작고 얌전한 삼색 고양이, 크리스도 마블만 보면 완전히 정신이 나갔다. 멀리서 수풀 속에 있는 마블을 발견하자마자 크리스는 자기 몸에 묶여 있는 줄이 팽팽해질 정도로 힘차게 달려가서 마블을 물었고, 그렇게 격렬한 싸움이 시작되었다. 그때부터 주변에 마블이 있으면 크리스를 꼭 특별히 단단하게 묶어둬야만 했다. 그리고 크리스는 여전히 마블만 발견하면 줄이 팽팽해 질 때까지 달려와서는 숨을 헐떡이며 으르렁거렸다. 이 둘에겐 과거가 있었다. 마블이 크리스를 괴롭히던 때가 있었다. 오랫동안 사라졌던 마블이 다시 나타나자 전세가 역전된 것이다.

마지막으로 큐티즈에 대해 말하자면, 나와 동거인들은 여태껏 본 고양이들 중에서 큐티즈가 가장 고상하고 완벽하며 세련된 고양이라는 데에 동의했다. 뭐라고 말로 표현해야 할지 모르겠지만, 이 세 자매와 시간을 보내 본 사람이라면 누구나 녀석들이 고양이의 모습을 하고 이 땅에 내려온 천사 같다는 사실에 동의할 것이다. 그들은 지난 몇 년 동안 세상을 뜬 고양이들의 영혼이 우리에게 안식과 사랑을 주기 위해 다시 돌아온 것 같다는 느낌을 주었다. 길고양이 무리의 마지막 새끼들로 이보다 더 좋은 고양이들은 생각할 수 없을 정도다 이 혈통의 마지막을 장식할 가장 적절한 끝맺음이다.

6개월간의 노력 끝에 모든 고양이가 중성화 수술을 받았다. 길고양이 가족이 안정화됨에 따라 일상도 정리되었다. 보통은 차고를 환기하는 것으로 하루를 시작했고, 이따금씩 새벽 네 시까지 배기가스가 다 빠지기를 기다리기도 했다. 차고에서는 언제나 코지, 피에르, 밴디가 잠을 잤다. 찰리는 세 자매의 '어미' 격으로 우리가 매일 밤 차고에 넣어주었다. 차고 환기를 다 시키는 데는 적어도 두 시간이 걸렸고, 차가 얼마나 멀리까지 운전을 했느냐에 따라 시간이 달라졌다. 그래서 헤더와 소피가 집에 늦게 들어오면 그만큼 밤늦게까지 기다려야만 했다. 나는 한밤중에 하는 홈쇼핑의 전문가가 됐고 각종 해설 식 광고를 흉내 낼 수 있게 되었다.

차고에는 창 네 개와 뒷문 하나가 있었다. 육지 쪽으로 부는 바람이 들어오면 맞바람 때문에 배기가스가 더 빨리 빠질 수 있어서 좋았다. 배기가스가 만족스럽게 빠졌다 싶으면 차에 이것저것 올려놓기 시작했다. 소피의 차 루프 위에는 초록색 펠트 천으로 그럴듯한 고양이 침대를 만들어 올려 놓았고, 그러면 찰리가 가장 가운데에 자리를 잡고 세 자매는 그 주변에 옹기종기 모여서 잠을 잤다. 때때로 찰리가 세 자매를 아주 정성스럽게 그루밍해 주었고 그럴 때마다 세 자매는 찰리의 몸 위에 아무렇게나 다리를 뻗은 채 깊은 잠에 빠졌다. 그런데 이런 행동은 밤에만 볼 수 있었다. 낮 동안 찰리는 줄에 묶인 세 자매를 보더라도 길고양이 무리 쪽으로 달려가 버리고 세 자매 쪽으로는 눈길도 주지 않았다.

타이니 역시 차고에서 잠을 잤다. 몇 년 동안 내 침대에서 함께 잤었지만 같이 차고에서 자는 게 더 낫다고 결론을 내렸다. 타이니는 자기 털 색깔과 잘 어울리는 갈색 면벨벳 타원형 도넛 방석 위에서 몸을 웅크리고 잠을 잤다. 그리고 그 방석은 헤더의 차 후드 위에 올려져 있었다. 크리스의 하얀색 면벨벳 타원형 방석은 건조기 위에 놓여 있었고, 크리스는 단숨에 방석 위로 점프해서 올라간 뒤 잠을 잘 자세를 잡았다. 앞 발이 두 번이나 빠진 적이 있었기 때문에 녀석은 꼭 가슴 아래에 앞 발을 끼워 넣고 머리로 감싸 발을 보호하는 자세로 잠을 잤다.

아침에 일어나서 가장 먼저 하는 일은 크리스와 찰리를 차고 밖으로 꺼내 주고 밥을 먹이는 일이었다. 둘은 낮 동안에는 보호 감독 없이, 리드 줄이나 목줄의 구속 없이 생활했다. 둘 중에서는 찰리가 더 사회적이어서, 가족이나 친구들과 신 나게 뛰어다니고 멀리서 자기를 지켜보는 이웃집에도 서슴없이 들어가곤 했다. 이웃들은 멀리서 지켜보기만 했는데도 찰리가 아주 활기 넘치는 녀석이라는 걸 알 수 있었다. 결국 찰리도 길고양이 부모 밑에서 태어난 녀석이었다. 반면 크리스는 혼자 있기를 좋아했다. 그녀는 무리 안에 친구가 한 마리도 없었다. 그래서 녀석은 늘 혼자서 이웃집 마당의 무성한 풀밭을 뛰어다니거나 자연 속에서 위안을 찾았다.

찰리와 크리스의 하루가 시작되고 나면, 이제는 바깥에서 생활하는 고양이들을 위한 아침 식사를 준비할 시간이었다. 고양이들은 벌써 뒷문 옆에서 아침밥을 간절히 기다리고 있었다. 서로 친한 고양이들은 식사를 기다리며 서로 몸을 부비고, 사이가 좋지 않은 녀석들은 자세를 잡고 쉭쉭거리거나 으르렁거렸다. 소피와 헤더는 각각의 고양이들을 위해 조금씩 개별적으로 먹이를 놓아 주는 걸 좋아했지만 난 뷔페식으로 밥을 먹이는 걸 선호했다. 그리고 고양이들이 밥을 먹을 때는 저 멀리 레몬 나무 아래에서 고양이들을 노리는 하이에나가 없는지 특별히 주의를 기울였다.

모든 고양이들이 사료를 다 먹고 신선한 물까지 마시고 나면 나는 밥 먹는 장소를 청소했다. 고양이들은 이제 나뭇잎이 우거진 뒤쪽으로 사라져서 하루 중 많은 시간을 숨어 지냈다. 타이니는 알아서 집에 잘 돌아왔기 때문에 원하는 때마다 외출이 허락되었다.

보라색 리드줄을 한 밴디는 '정글' 투어를 하는 걸로 하루를 시작했다. 자기가 좋아하는 풀 밑의 흙을 깊게 파서 거기서 나는 풍부한 흙냄새를 즐겼다. 그리고 여러 나무를 옮겨 다니면서 나뭇잎 냄새를 맡았고, 높은 곳에 있는 벌레들을 쫓아 나무 위로 올라가기도 했다. 물론 실제로 벌레 사냥에 성공한 적은 한 번도 없었다. 휴식이 필요할 때가 찾아오면, 자기가 가장 좋아하는 나무 둥치 위에서 앉아 쉬었다. 한편 코지는 울타리 반대 편, 자기가 태어난 장소에서 웅크리고 누워 있는 걸 좋아했다. 밴디는 썩은 울타리 위로 전속력으로 달려갔다가, 마치 줄에 묶여 있지 않은 것처럼 사냥감을 쫓아 풀밭을 거칠게 뛰어 다녔다. 역시 야생고양이였다.

하루가 끝날 무렵엔 줄에 묶인 고양이들 모두 집안으로 다시 들였다. 길고양이 무리는 저녁을 먹기 위해 어두컴컴한 수풀 속에서 모습을 드러냈다. 저녁을 먹이고 나면 콘크리트로 된 '식사용 테이블'을 물로 청소했다. 해가 지면 세 자매들이 밤공기를 쐴 수 있게 다시 데리고 나왔다. 그들에게는 이 시간이 더 즐거웠다. 밤벌레들이 나타났기 때문이다. 사마귀라도 한 마리 있으면 고양이들은 몇 시간 동안 넋을 빼고 놀 수 있었다.

늦은 밤이 되었다. 흔히 있는 일은 아니지만 찰리가 보이지 않으면 녀석을 찾아 나섰다. 녀석을 지금 찾지 않으면, 이른 아침에 꼭 소피의 방 창가에서 울어대서 소피가 잠을 잘 수 없었기 때문이다.

녀석은 우리가 찾고 있는 걸 눈치 채고 저 멀리 시멘트 진입로에서 공중제비를 뛰며 굴렀고, 우린 기가 막혀 소리를 질러댔다. 찰리는 졸린 척하며 울타리에 기대 몸을 비비지만, 잡으려고 달려가면 홱 내뺐다. 이런 장난은 길게는 몇 시간이나 갈 수 있었다.

차고 환기가 끝나면 세 자매를 데리고 와서 잠자리를 준비했다. 이 시간이 오면 고양이들은 친한 친구들과 잠옷 파티를 열기라도 하는 것처럼 차고로 빨리 들어오고 싶어 안달이었다. 이런 하루 사이클이 계속 반복되었다.

그레이는 중성화 수술을 받기 전에 마지막으로 네 마리의 새끼를 낳았고, 네 마리는 모두 제각각 색깔이 달랐다. 주황색 태비가 그 유명한 찰리였고, 두 마리는 토터셸, 그리고 패치라는 이름을 붙여 준 녀석은 아름다운 삼색 고양이였다.

어느 날 무슨 이유에서인지 그레이는 집 뒷벽에 붙어 있는 에어컨 실외기 뒤에 새끼들을 데려다 놓았다. 그 전에는 다른 어미들과 마찬가지로, 새끼들을 자랑하기 위해 데리고 나오기에 앞서 울타리 뒤에 꽁꽁 숨겨놓았었다. 그런데 그레이가 고른 이 장소는 안전하지 않았다. 그날 밤 우리가 이 상황을 해결할 방법을 모색하는 사이, 라쿤이 나타나 패치와 토터셸 한 마리를 물고 가 버렸다. 그들의 비명소리를 듣고 달려 나온 나는 새끼 고양이 두 마리를 물고 도망치는 라쿤들을 쫓아갔다. 두 마리를 다 구하는 건 무리였다.

그래서 나는 토터셸 새끼를 물고가는 라쿤에게 집중하기로 하고 울타리를 팡팡 때리면서 소리를 질러댔다. 녀석은 뒤도 돌아보지 않고 물고 있던 새끼 고양이를 떨어뜨려 놓고 도망쳤다.

그 조그만 새끼는 울타리에 기대어 꼼짝도 하지 않고 있었다. 마지막으로 남은 주황색 태비 한 마리는 아무 문제없이 보금자리에 남아 있었다. 동거인들과 나는 몹시 당황했다. 이런 일은 말로 설명하기도 힘들 정도로 속이 뒤틀리는 경험이었다.

나는 울타리에 기대 서 있는 고양이에게 다가갔다. 고양이는 선 채로 죽은 듯 보였다. 그런데 가까이 다가갈수록 녀석이 숨을 쉬고 있다는 걸 알 수 있었다. 놀랍게도 녀석은 살아 있었던 것이다. 난 새끼 고양이 주변에 핏자국이 없나 살펴보았지만 하나도 찾을 수 없었다. 나는 두 손으로 녀석을 조심스럽게 들어 올리고 상처가 어디 있나 찾아보았지만 상처도 보이지 않았다. 녀석은 하나도 다친 데가 없었지만 극심한 공포에 그저 얼어붙어 있었다.

따로 논의를 할 것도 없이 그 녀석과 주황색 태비를 집 안으로 들여왔다. 우리는 녀석들의 이름을 프린세스와 찰리로 지어주고 따뜻한 깔개와 수건으로 채운 큰 상자에 넣어 옷방 안에 두었다. 매일같이 둘은 꼭 껴안고 지냈다. 울음소리 한 번 내지 않고 조용하게 살았다.

찰리는 암수를 막론하고 길고양이들 모두에게서 사랑받았다. 사교적인 솜씨가 있는 녀석이었다. 반면 프린세스는 사랑스럽긴 하지만 여전히 꽤나 야생적인 모습이었다. 이빨과 발톱도 조그만 면도날처럼 날카로웠다. 프린세스는 대부분의 시간을 밖에서 보냈고 며칠씩 어딘가로 사라졌다가 돌아오기도 했다.

프린세스가 가장 좋아하는 게임은 자기가 죽을 뻔한 그 경험을 재현하는 것이었다. 녀석은 울타리 뒤쪽 정글 같은 쪽에 숨어서 밥을 주려고 누가 나올 때까지 기다렸다. 다른 고양이들이 밥을 먹느라 바쁜 와중에도 프린세스는 울타리 뒤에 숨어 있었다. 그리고 갑자기 쾅 소리를 내며 울타리에 몸을 던져 부딪치고는 나뭇가지를 부수고 나뭇잎을 찢으며 목구멍 깊은 곳에서부터 으르렁거리는 소리를 내면, 밥을 먹던 고양이들은 모두 놀라서 도망을 쳤다. 잠시 후 다른 고양이들이 다시 밥을 먹으러 천천히 나타나면 프린세스는 숨어 있던 곳에서 쑥 나타나서 자기가 포식자 흉내를 냈다는 걸 알렸다. 그러고는 자기는 다른 고양이들을 골려줄 정도로 똑똑하다는 걸 뽐내려는 듯 거들먹거리며 왔다갔다 했다.

다른 이유가 있는 건지 프린세스가 너무 작아서 그런 건지 모르겠지만, 무리에 있는 모든 암컷은 프린세스에게 앙심을 품고 있었다. 무리에서 가장 순한 암컷도 프린세스에게는 폭력적이었다. 프린세스가 집으로 돌아오는 길은 늘 쉽지가 않았다. 녀석은 내가 지나갈 때까지 기다렸다가 얼른 내게 달려왔다. 그리고 내 다리를 방패삼아 뒤에 숨어서 집안으로 따라 들어왔다.

새끼 시절 프린세스를 처음 발견했을 때, 소피는 내게 프린세스가 지금까지 본 고양이 중에서 가장 예쁘다고 말했다. 그런 이유 때문인지 아니면 녀석이 매일 다른 암컷들에게 해코지를 당해서인지, 난 다른 어떤 고양이보다 프린세스에게 신경을 많이 썼다. 녀석에게 특별한 사료를 먹이고, 빗겨 주고, 내 방에서 머물게 했다.

몇 년 후 프린세스가 죽던 날, 녀석은 하루 종일 집안에서 잠만 자고 있었다. 나는 녀석이 밤새도록 집 안에서 잠도 안 자고 있으니 밖에 나가는 게 좋을 것 같다고 생각했다. 프린세스는 밖에 내다 놓아도 걱정이 없는 녀석 중 하나였다. 모든 고양이를 통틀어 가장 요령 있는 고양이였기 때문이다. 그런 프린세스가 다시는 나타나지 않았다. 그날 밤 풀숲에서 들리던 격렬한 싸움 소리가 바로 프린세스의 죽음을 알려 주는 소리였던 것 같다.

다음 날 아침은 짙은 먹구름이 드리웠고 나는 뭔가 끔찍한 일이 벌어졌음을 알 수 있었다. 몇 시간 후 엄청난 폭풍우가 시작됐고 3일 동안 그치지 않았다. 전기도 나가는 바람에 온 이웃들이 어둠 속에서 지내야 했다. 가게의 음식과 생활용품도 금방 동이 났다. 나무와 표지판도 넘어지고 교통도 멈춰 버렸다. 소피는 이 유난스러운 폭풍우가 프린세스의 분노 때문이라고 했다. 아직 우리 곁을 떠날 준비가 되지 않았던 것이다.

프린세스가 죽던 날 내 안의 무언가도 같이 죽었다. 그 끔찍한 사건이 있은 지 몇 년이 지났지만 아직도 상처는 조금도 치유되지 못했다. 프린세스의 부재는 나와 고양이들에게 채워지지 않을 공백을 남겨 놓았다. 뒤뜰 정글, 고양이들, 모든 모험이 다시는 예전과 같을 수 없을 것 같다. 난 이 공허함을 채워줄 가르침, 말씀, 격언, 삶의 경험을 찾아 자료를 뒤졌다.

삶이 무엇인지 그 의미를 받아들인다는 것은 아끼고 사랑하는 모든 것은 사라질 거라는 것, 아주 좋아하던 사람도 언젠가는 죽는다는 것, 심지어 때때로 가장 폭력적이고 무자비한 방식으로 죽을 수도 있다는 것을 인정하는 것이다. 그리고 눈물이 마를 때까지 우는 것 말고는 이 시련을 극복할 다른 방법도 없다.

어쨌든 프린세스의 죽음으로 자연은 내게 큰 가르침을 주었다. 하지만 형제인 찰리는 조금도 동요하지 않는 것 같았다. 둘 사이가 그렇게 가까웠는데도 찰리는 프린세스를 생각하지 않는 것처럼 보였다. 삶은 계속

이어졌다. 찰리에겐 아무것도 남지 않았지만 그래도 그에겐 지금 현재와 앞으로 다가올 미래가 남아 있었다. 이는 놀랍고도 심오한 가르침이었다.

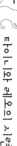

매년 6월은 점점 더 의미 있는 달이 되었다. 아버지의 날과 어머니의 생신이 있는 달이었기 때문이다. 두 분 다 80대가 되셨기 때문에 내게는 이런 기념일이 더욱 더 마음에 사무치고 중요하다. 그래서 47도가 넘는 모하비 사막을 횡단해서 갈 만한 가치가 있다. 여행 한 번 정도는 괜찮겠지 기대하면서, 부서져 가는 닛산 알티마 자동차의 운명을 시험하는 경험이기도 했다. 그리고 고맙게도 매년 여행은 별 문제 없이 끝났다. 부모님은 내가 길고양이 무리를 돌보는 걸 알기 때문에 고양이에 관해 물어보신다. 하지만 정작 두 분이 궁금해 하는 건 고양이가 아닌 손자 소식이기 때문에 질문에는 늘 실망감이 깔려 있다.

투손에 도착한 날 밤, 소피는 집안에서 키우는 고양이들을 전부 데리고 스카이프로 통화를 하게 해 주었다. 소피가 컴퓨터를 돌려 방 안을 비춰 주면서 고양이 한 마리 한 마리를 보여 주었다. 그리고 타이니를 비추며 아픈 것 같아 걱정이라고 말했다. 타이니가 전에는 절대 앉지 않던 자리에 앉아 있다는 것이었다. 우린 고양이가 낯선 장소에 앉으면 주의를 기울여야 한다는 사실을 경험으로 알고 있었다.

이번 경우 타이니의 징후는 뚜렷했다. 타이니의 귀가 앞쪽으로 접혀 있었다. 그건 아픈 고양이의 징후가 확실했다. 닥터 V가 돌아가신 이후로 우린 그를 대체할 의사를 찾을 수가 없었다. 동물 병원도 없어져 버리고 스테이시의 행방도 알 수 없었다. 소피는 내가 집을 비울 때마다 고양이들에게 위기가 찾아온다고 말했다. 소피 말이 맞았다. 타이니 외에도 헤더의 고양이 레오가 고양이 면역결핍증을 겪고 있었다. 이 병은 불치병이라서 레오가 살날도 얼마 남지 않았다.

나는 소피에게 빨리 움직여 달라고 했다. 소피도 요즘 일에 치여서 밤에 잠을 세 시간 밖에 못 자면서 지내고 있었지만, 지금 소피에게 필요한 건 타이니를 향한 책임감이었다. 특히나 가슴에서 우러나온 책임감. 소피와 나는 타이니를 태어나자마자 직접 키운 우리 새끼라고 생각하고 있었고, 타이니를 위해서라면 무슨 일이든 할 각오가 되어 있었다.

다음날 아침 눈을 뜨자마자 소피는 타이니를 짝퉁 루이비통 캣 케이스 (우리 딸래미를 위해서라면 그 무엇도 과분하지 않다.)에 넣어서 가까운 동물 병원으로 데리고 갔다. 케이스에 넣을 때조차 타이니가 아무 반항을 하지 않았다고 하니 더욱 걱정이 되었다.

의사는 타이니가 열이 41도나 된다고 하면서 이미 며칠 전부터 이랬을 수도 있다고 했다. 그러고는 몇 가지 테스트를 하더니 자기 병원에서 치료를 하기에는 타이니의 병이 너무 심각하므로 좀 떨어진 동물 응급 병원에 데리고 가야 할 것 같다고 말했다.

타이니는 옮긴 병원에서 하룻밤을 보냈지만 차도가 없었다. 수액과 항생제 주사를 맞으면서도 타이니는 여전히 아무것도 먹지 않았고, 억지로 먹이는 것도 삼키질 못했다. 수액이 음식 대신 들어가고는 있었지만 타이니는 너무 허약했다. 의사들은 타이니가 살아나지 못할 것 같다고 말했다.

당시 나는 투손에 있는 친구네 연립 주택에서 타이니의 의사와 통화를 하며 이리저리 걸어 다니느라 그 집 카펫을 닳아 없애고 있는 중이었다. 나는 의사에게 예전에 다른 태비 한 마리도 5일 동안 열이 40도 넘게 오른 적이 있었고, 닥터 V가 혼합 항생제로 치료를 했었다고 이야기해 주었다. 의사들 중 한 명은 그 말에 용기를 얻었는지 지금 쓰는 약이 차도가 없으면 36시간마다 항생제 칵테일을 바꿔 보겠다고 말했다.

문제는 고양이가 음식을 먹지 않으면 순식간에 간이 상하기 시작한다는 것이었다. 이렇게 되면 간에 회복 불가능한 손상이 오게 된다. 타이니의 간 효소 수치가 너무 높아서 모두들 간이 상할까 봐 걱정을 할 수밖에 없었다.

저녁을 먹는 동안 나는 끊임없이 눈물을 흘렸다. 그러면서 살사 소스가 너무 매워서 그런 거라고 변명을 했다. 타이니의 일생이 눈앞에 주마등처럼 스쳐 지나갔다. 녀석의 조그만 몸동작, 분위기, 성격, 나와 함께 나누던 사랑.

난 그날 밤 잠을 이루지 못했다. 투손에서의 여름밤이 일생처럼 길게 느껴졌다. 다행히도 그 동물 병원은 24시간 열려 있었기 때문에 날이 밝자마자 전화를 해서 타이니의 상태를 체크했다. 아무 변화 없이 여전히 고열이라고 했다. 몇 시간 후에 의사는 스테로이드 주사를 맞혔더니 열은 내렸는데 여전히 먹지 않는다고 말했다.

그날 소피와 나는 전화로 서로를 위로했다. 그리고 소피는 아픈 데를 건드리는 말을 했다.

"타이니의 목숨이 우리 손에 달려 있어."

난 소피 말이 맞다는 걸 깨달았다. 다시. 난 전화기를 들어 여기 저기 떨어져 있는 치유자들에게 전화를 걸어 타이니를 위해 공을 들여 달라고 부탁했다. 그리고 신부, 수녀, 수도승, 주술사에게 타이니를 위해 기도해 달라고 공물을 올렸다. 그런데도 아직 이것만으로는 충분해 보이지 않았다.

황량한 오후 나는 집 밖에 나와 서 있었다. 오븐 안에 있는 것처럼 열기가 뜨거웠고 바람 한 점 없이 고요했다. 난 잔인할 정도로 맑은 하늘을 올려다보았다. 그리고 타이니가 있었다.

녀석의 존재가 너무나 또렷하게 느껴졌다. 내 마음속에. 녀석은 나를 필요로 하고 있었다. 내가 할 일은 바로 그것이었다.

난 당장 집 안으로 들어가 짐을 싸고 차에 시동을 걸었다. 그리고 타이니와 함께 있기 위해 모하비 사막을 가로질러 다시 운전했다. 돌아오는 길, 토요일 늦은 여름 밤, 애리조나와 캘리포니아의 접경지대인 쿼츠사이트라는 마을을 보자 비현실적으로 보였다. 정말 사막 한 가운데에 있는 마을이었다. 주변 몇 킬로미터 반경 안에 있는 유일한 문명 사회였다. 주차장은 10대 고스족, 자급자족으로 살아가는 생존주의자, 가스를 넣으려고 잠시 들른 조심스러운 중년 커플, 다른 주에서 레저 차량을 끌고 온 수백 명의 은퇴자들로 와글거렸다.

수의사들은 내가 몇 시에 도착하든 당장 타이니를 만나도 되고 녀석과 원하는 만큼 시간을 보내도 된다고 미리 병원 쪽에 이야기를 해 놓고 퇴근한 상태였다. 내 편의를 얼마나 많이 봐 준 것인가! 로스앤젤레스에 새벽 2시에 도착한 나는 30분 후 병원으로 달려갔고 당직 의사는 아직도 중환자실에 있는 타이니를 대기실로 데리고 와 주었다. 타이니는 빵덩어리처럼 웅크리고 있었다. 그리고 나를 알아보지도 못했다. 녀석은 아무것도 알아보지 못했다. 난 꼼짝 않고 있는 녀석의 몸을 두 손으로 감싸 안고 들어올렸다. 무엇보다도 나는 타이니를 마지막으로 보고 싶었다. 녀석의 털을 만지고 눈을 들여다보면서 이런 이야기를 해 주고 싶었다. '내가 널 얼마나 사랑하는지 아니? 그리고 네가 떠나면 세상 모든 것이 예전 같지 않을 거야.'

새벽 4시에 병원 직원이 날 확인하러 왔다. 그는 내가 아직도 타이니를 껴안고 있는 걸 보더니 자리를 떴다.

다음날 수의사는 타이니의 안락사를 생각해볼 때가 되었다고 말했다. 아무것도 달라진 게 없었고 타이니는 여전히 고통을 겪고 있었다. 난 소피에게 그 소식을 전했고 소피는 말을 잇지 못했다. 난 반려동물 화장업체에 전화를 걸었고 상대편이 전화를 받았다. 하지만 내가 심하게 흐느끼기 시작했기 때문에 도저히 통화를 할 수가 없었다. 나는 아직 풀지도 못한 짐에 얼굴을 파묻고 오열했고, 너무 울어서 머리가 지끈거릴 정도였다.

거실 건너편에 있는 헤더의 방에서도 울음소리가 들렸다. 알고 보니 헤더도 레오를 안락사시키기 위해 오는 손님과 일정을 정리하고 있던 중이었다. 헤더는 레오를 그 누구보다 더 좋아했다. 레오에게 제때 밥을 주기 위해 일찍 퇴근하고 일찍 일어났다. 자기가 아무리 잠을 못 자고 바쁜 일이 있어도 레오의 음식은 따뜻하게 데워서 정성스럽게 차려 주었다. 화장실 모래도 독성이 있을 수도 있는 시중 브랜드를 사용하지 않고 직접 만들어 주었다. 레오가 아파서 거액의 치료비가 나갈 것을 대비해 원래 계획했던 것보다 10년 이상 직장을 더 다녔다.

세상에 어떻게 이런 일이 있을 수 있을까 싶었다. 우리의 가장 소중한 고양이 두 마리가 어찌 같은 날에 세상을 뜬단 말인가? 레오의 안락사 일정이 먼저 잡힌 걸 확인한 나는 가게로 달려가 색색의 장미 두 단과 카드 한 장을 샀다. 그리고 장미 꽃봉오리를 떼어 레오의 몸 주변을 장식했다. 슬픈 분위기의 방을 알록달록한 색과 향기로 꾸며주고 싶었다. 레오는 자기 주변에 놓인 장미꽃을 하나하나 살펴보았다. 나는 레오의 머리 옆에 카드를 두었다. 레오의 신장 기능이 멈췄다. 레오는 움직일 수는 없었지만 폭신하고 하얀 새 담요 위에 편안하게 누워 있었다. 우리는 모두 레오에게 작별 인사를 했다. 그건 레오를 지극정성으로 보살폈던 헤더에게 하는 말이기도 했다.

그날 오후 안락사가 진행되는 동안, 바람이 살랑살랑 불어 블라인드가 달가닥거렸고, 햇볕이 본 적도 없는 금빛으로 반짝였다. 빛은 점점 더 눈부시게 밝아졌다. 마치 천국의 문이 레오를 위해 열린 듯한 광경이었다. 레오가 죽고, 난 갑자기 목소리를 들었다.

타이니를 위해 내가 해야 할 행동을 레오가 일러주는 것 같았다.

우선 레오는, 타이니가 건강할 때도 아무 음식이나 먹지 않았던 것을 상기시켜 주었다. 타이니의 입맛은 여간 까다로운 게 아니었다. 그리고 레오는 타이니가 겁먹고 충격 받았기 때문에 익숙한 풍경을 원한다고 말했다. 물론 맞는 말이었다.

난 아래층으로 내려가 타이니의 사료 그릇을 닦아서 타이니가 유일하게 먹던 사료를 담아 병원으로 서둘러 달려갔다. 병원에 도착해서 나는 직원에게 사람들과 떨어진 조용한 방을 달라고 부탁했다. 그들은 중환자실에 있던 타이니를 데려다 주었다.

녀석은 나를 알아보고 야옹 소리를 냈다. 아직 상태는 안 좋았지만 처음으로 의식을 차린 것이었다. 아니면 그게 마지막이었을까? 타이니는 내게 작별 인사를 하려던 걸까? 타이니는 내가 익숙한 수건을 까는 걸 바라보았다. 그리고 제일 좋아하는 음식이 담겨 있는 제 그릇을 수건 위에 놓는 걸 바라보았다.

나는 타이니를 배 위에 올려놓고 녀석의 몸이 내 가슴에 바짝 닿도록 밀착시켰다. 내가 조용히 말을 시작하자 타이니도 내 목소리를 들으려는 것 같았다. 몇 시간이 지나고 나는 타이니가 갸르릉거리는 걸 느꼈다. 정말이었다. 또 갸르릉거리는 게 느껴졌다. 타이니는 밤새도록 갸르릉거렸다. 그리고 아침이 되어 직원들은 아직도 타이니와 함께 있는 나를 발견했다.

수의사가 방에 들어와 이제 정말로 타이니를 떠나보낼 때가 되었다고 말했다. 난 울기 시작했고, 내 들썩거리는 가슴 때문에 타이니가 불편할 것 같아서 녀석을 탁자에 내려놓았다. 의사가 조용히 서서 기다리는 동안 나는 쉴 새 없이 흐르는 눈물을 닦았다.

난 곧바로 의사가 나를 쳐다보고 있는 게 아니라 타이니를 보고 있다는 걸 깨달았다. 타이니는 비틀거리면서 사료 그릇으로 가더니 그 수척한 입으로 음식을 먹으려고 애를 썼다. 한 동안 애를 쓰던 타이니는 마침내 그 메마른 입술로 사료 한 알갱이를 물고 아작아작 씹었다.

"말도 안 돼⋯⋯."

의사는 말을 제대로 못 했다.

이때가 터닝포인트였다. 나는 그렇게 타이니와 이틀을 더 지냈다. 온종일 녀석을 내 가슴에 얹고 함께 작곡했던 노래를 불러 주었다. 곧 타이니는 몇 시간이 지나도록 쉬지 않고 갸르릉거렸고, 새끼 때부터 자주 그랬던 것처럼 내 까칠한 턱수염에 머리를 문질렀다. 내 겨드랑이에 머리를 폭 묻으면 나는 녀석의 뭉친 털을 손으로 쓰다듬어 주고 눈곱을 떼 주었다.

타이니가 퇴원하는 날 모두들 배웅을 하러 나왔다. 그때 뒤에서 인사를 하겠다고 나온 직원 한 명이 무척 낯이 익었다. 우리가 찾으려고 애썼던 바로 그 사람, 닥터 V의 병원에 있던 스테이시였다. 그녀를 보자 눈물이 터져 나왔다. 스테이시는 자신에게 겸업 금지 의무가 있었기 때문에 자신의 소재를 알릴 수가 없었다고 설명했다.

이제 우리는 건강을 당연하게 여기지 않는다. 동물들에게 상황은 빠르고 극적으로 변화할 수 있는 것이다.

타이니는 집으로 왔고 일상생활로 돌아갔다. 그러나 녀석은 변했다. 아파서 병원에 입원했던 트라우마가 영향을 끼친 듯 했다. 녀석은 아무리 노력해도 예전처럼 힘껏 점프할 수는 없었다. 그리고 병원에 있는 동안 좀 다른 야옹 소리를 개발했다. 눈 주변에는 마스카라를 칠한 듯 진한 선이 새로 생겨서 어쩐지 좀 더 여성스러워 보인다. 예전에 타이니를 사랑했던 것만큼, 지금 우리는 함께하는 매 순간을 소중하게 생각하고 있다.

아이러니하게도 그 직후 내가 아팠다. 몸이 점점 약해지면서 뭔가가 심각하게 나빠졌다는 확신이 들었다. 근육의 탄력과 양이 줄어들었고 끔찍한 악몽에 시달리다 새벽에 깨곤 했다. 난 바닥에 머리를 대고 동그랗게 웅크린 채 며칠을 보냈다. 그리고 바들바들 떨면서 고양이털을 비롯한 이런 저런 것들을 들이마시며 지냈다.

내가 할 수 있는 건 그저 계속 숨을 쉬는 것, 그리고 내 몸이 완전히 기능을 정지하는 일은 없게 해 달라고 비는 것 밖에 없었다. 난 태어나서 처음으로 병에서 회복하지 못할 수도 있다는 걸 느꼈다. 독감은 아무리 독해도 이겨낼 수 있다. 하지만 이번은 느낌이 달랐다.

소피는 내 체질 개선을 위해 영양제와 단백질 파우더를 먹였다. 그러다 결국 나는 소피에게 가까운 병원 응급실에 데려다 달라고 부탁했다. 마침 그때는 많은 사람이 오바마케어에 가입한 직후였고 병원은 새로운 컴퓨터 시스템을 막 도입했기 때문에, 나는 아홉 시간을 기다려서야 진찰을 받을 수 있었다.

그렇게 오래 기다려야 했고 원래 응급실을 엄청 싫어하는 데도 거기 있는 게 무척 신이 났다. 의사들이 내 병의 원인을 찾아 주리라는 기대 때문이었다. 이후 몇 시간 동안 테스트를 하고 아무런 원인도 찾지 못 한 채 나는 퇴원했다. 난 이대로 집으로 돌아가면 상태가 더 나빠지리라는 걸 알고 있었지만, 의사들은 나를 병원에 잡아 둘 이유가 없다고 말했다. 정말로 상황은 더 나빠졌다. 난 다시 한 번 응급실로 데려다 달라고 했다. 또 하루 종일 기다렸고 테스트는 음성으로 나왔다. 다시 퇴원, 그리고 며칠 후 다시 응급실을 찾았다.

이번에는 의사들도 입원을 허락할 만한 확실한 징후가 있었다. 며칠 동안 나는 수도 없이 많은 테스트 세례를 받았고, 백만 달러어치 정밀 검사를 받았다. 모든 검사가 다 음성으로 나오자 의사들은 도대체 무슨 병일 것 같으냐고 내게 물었다. 나는 HIV, 라임병, 심지어 고양이에게 옮을 수 있는 기생충인 톡소플라스마증까지 체크해 달라고 했다. 그리고 결과는 모두 음성이었다.

집을 떠나 고양이에 대한 책임에서 벗어나 있자니 놀랍도록 평안했다. 피 검사나 약 먹는 시간 때문에 간호사가 두 시간 간격으로 깨웠지만 내가 평소에 생활하던 것과 비교하면 병원은 리조트 수준이었다. 지난 몇 년 간 스트레스가 이 정도로 많이 쌓여 있었는지 미처 몰랐다.

과거에 내가 집을 비우면 곧장 동거인들에게서 이메일과 문자 메시지가 왔다. 고양이들에 대한 짧막한 글이나 근황에 대한 보고를 받았던 것이다. 그러다 며칠이 더 지나면 '고양이들'의 입을 빌어 소피가 쓴 메시지가 왔다. 상황이 너무 엉망이라 도저히 해결이 안 되니까 당장 집으로 돌아와 달라는 내용이었다. 그리고 조금이라도 오래 집을 비우면 너무 상스러워서 여기에 공개하기도 힘든 메시지를 받았다.

그런데 병원에 입원하자 모든 게 변했다. 동거인들은 필요하다면 몇 달이라도 군말 없이 고양이들을 돌보겠다고 했다.

의사들은 뭔가 신경학적인 원인일 거라고 추측만 할 뿐 내 병명을 찾아내지 못했다. 심지어 난 요즘에도 면역반응이 제대로 발휘하지 않을 때가 있다. 전문가들이 보기에 나의 유일한 특이점은 고양이를 돌본다는 것이었다. 어떤 의사도 대놓고 말하지는 않았지만 난 그들이 무슨 생각을 하는지 알 수 있었다. 바로 내 병을 일으킨 장본인이 고양이일 거라고 생각하며 머리를 굴리는 게 분명했다.

마침내 집으로 돌아왔을 때, 다시는 보지 못할 줄 알았던 고양이들이 무척 신기하게 보였다. 마치 녀석들을 처음 보는 것 같은 기분이었다. 고양이들의 색깔과 특징이 굉장히 뚜렷하고 선명하게 느껴졌다.

타이니가 나를 올려다보았다. 녀석은 내가 어떤 시련을 겪었는지 다 알고 있는 것 같았다. 그 순간부터 타이니는 절대 내 곁을 떠나지 않았다.

수술 후에 몇 주 동안 배에 봉합선이 생겼을 때도, 타이니는 내게 착 붙어서 떠날 줄을 몰랐다. 타이니는 언제나 내 침대 위에서 지냈고, 늘 몸의 일부를 내게 걸쳐놓거나 내 위에 올라타고 누워 있었다. 내가 움직이면 타이니도 따라 움직였다. 일 년이 지난 지금까지도 타이니는 내 곁을 좀처럼 떠나지 않는다. 소피는 우릴 보며 예전에도 우리가 무척 가까웠지만 이젠 거의 한 몸이나 마찬가지인 것 같다고 말했다. 이게 바로 서로를 아낀다는 표시일까?

몇 년 전 아시아에서 한 저명한 스님이 캘리포니아를 방문했다. 그의 제자들은 스승을 위해 경비를 아끼지 않았다. 대서양이 내려다보이는 높은 절벽 위 경치 좋은 집을 마련해 줄 정도였다. 그 집에 도착한 스님은 주변의 아름다운 경치를 잘 보았고, 제자들이 이 집을 구하기 위해 노력했다는 것도 알았지만, 바다에서 멀리 떨어진 곳으로 이사하고 싶다고 점잖게 부탁했다. 그에게는 바다 생물의 고통이 견디기 힘들게 느껴졌던 것이다.

핵심은 지각인 것 같다. 우리 대부분의 지각은 주관적이고 제한되어 있다. 심지어 지각의 매커니즘도 마찬가지다. 우리가 눈으로 볼 수 있는 범위는 전자 스펙트럼의 전체 중 아주 작은 일부 밖에 안 된다.
우리가 보는 물체들조차도 눈에 보이는 그대로가 아니다. 사과는 빨갛게 보이지만, 사실 사과는 빨간 색만 빼고 모든 색을 가지고 있다. 물체는 우리가 보는 색을 제외한 모든 색을 다 흡수하기 때문이다. 그러므로 우리가 보는 그 색은 물체에 반사되어 나온 것이지 그 물체의 진짜 색이 아니다.

이제 지각에 대한 의문이 내가 매일 고양이와 관련하여 고민하는 사색의 주제가 되었다. 나는 언제 어느 때라도 고양이들이 필요로 하는 것, 필요로 하지 않는 것을 정확하게 감지하고 있는 것일까? 그리고 좀 더 범위를 넓혀서 나는 자연 그 자체를 생각했다. 내 개인적인 요구와 욕망까지 모두 안심할 수 있는 것일까? 자연의 리듬과 지능을 믿으면 내 스스로가 완벽한 도움의 도구가 될 수 있는 걸까? 아주 미미하게나마 자연에 방해물이 되는 건 아닐까? 사과의 색깔을 잘못 이해할 정도라면, 다른 것도 놓치고 있는 게 아닐까?

네팔의 스승이 해 준 이야기가 있었다.

다양한 종류의 존재들이 강둑에 서서 흘러가는 강물을 바라보고 있었다. 악마의 영역에서 온 존재들은 그 물을 불이라고 받아들였다. 배고픈 유령들은 물이 고름과 피인 줄 알았다. 물고기들은 물을 집으로 인식했다. 인간들은 단순하게 생명을 유지하는 물로 감지했다. 그리고 신은 물을 꿀물로 보았다.

나는 이 이야기를 들으며 내 삶의 도전들을 떠올렸다. 처음에는 물을 보고 불인 줄 안 것처럼 나의 도전을 끔찍한 일로 받아들였다. 하지만 오랜 시간이 흐르고 보니 그건 사실 이로운 것이었다. 예를 들어 겁 먹고 도망치는 사람이나 길고양이는 도와주려는 손길을 독약으로 잘못 해석하고 뿌리칠 수 있다는 걸 안다. 그게 바로 지각 때문이라는 것도.

내가 확실히 아는 게 한 가지 있다. 나와 동거인들이 매일같이 겪었던 무수하게 많은 철학적이고 실용적인 가능성들 가운데, 한 가지 변하지 않는 것은 우리에겐 집이라는 기반이 있어야 한다는 것이었다. 고양이들은 안정감, 보호, 일상을 필요로 한다. 그들에겐 집이 있어야 한다. 그리고 우리도 마찬가지다. 우린 한 가족이었다. 우린 이렇게 큰 도시 안에서 이 정도로 안전한 장소를 찾은 게 정말 행운이라는 이야기를 종종 했다.

그런데 어느 날 밤 예상치 못한 변화가 일어날 뻔 했다. 소피가 진입로로 차를 몰고 들어오는데 바로 옆으로 집주인이 다가왔다. 집주인은 걱정스러운 얼굴로 홍콩에 있는 자기 오빠가 미국으로 돌아오기로 결정했으며 이 집으로 이사를 하고 싶어 한다고 말했다. 사실 이 집은 그의 소유였다. 언제라도 집주인이 집을 비워달라고 할 거라는 사실은 알고 있었지만, 20년이나 이 집에서 살았기 때문에 안전한 줄로만 알았다. 그런데 우리 생각이 틀렸던 것이다.

우리는 엄청난 충격에 빠졌다. 다시 한 번 잘못된 지각이 우리를 실망시켰다. 우린 카드로 만든 집을 아주 탄탄한 토대로 착각하고 있었던 것이다. 죽음도 바로 그런 것이다. 매 초마다 수백만 개의 세포가 죽는 것처럼 삶의 매 순간 일어나는 작은 죽음에서부터, 모든 생물과 사람이 결국엔 겪게 되는 마지막 순간까지 모두. 그 소식은 뼛속까지 파고들어 우리를 충격에 빠뜨렸다. 우리는 처음엔 우리 살 길만 걱정했지만 곧장 고양이들을 걱정하게 되었다.

우리 집 맞은편에 사는 집주인은 우리가 고양이를 돌보는 규모에 대해서는 전혀 모르고 있었다. 집주인은 뒤뜰에 있는 콘크리트 판에 고양이 사료에서 흘러나온 생선 기름얼룩이 스며든 걸 발견했을 때, 고양이가 집을 나가서 내가 온종일 도둑놈처럼 집 주변을 기어 다니는 걸 보았을 때 몇 차례 의심을 한 적은 있었다. 몇 가지 이유 때문에 도망친 고양이들은 주인집 근처에 숨는 걸 좋아했다. 장작더미나 금속 캔 더미 밑에서 고양이를 찾느라 덜그덕 거리고 있으면 집주인네 남편이 범인을 찾아 집에서 튀어나왔지만 그럴 때마다 급히 변명거리를 지어냈다. 우리 집주인은 고양이가 이렇게나 많이 돌아다니는 게 이상하다며 가끔 내게 말을 붙여왔고, 나는 옆집 할머니들이 고양이에게 먹이를 주는 걸 봤다고 말했다. 그러면 또 두세 달 정도는 그냥 넘어갈 수 있었다.

우리를 해야 한다는 사실에 대해 집주인도 우리만큼 곤란해 하는 것 같았다. 그녀는 헤더와 소피 자매가 한 가족 같은 사람들이라고 자기 오빠를 설득하면서 줄곧 낮은 임대료를 받아 왔다.

실제로 자매들도 집주인네 딸들이 걸음마를 할 때부터 성인이 될 때까지 계속 지켜보며 살았다.

우리의 자아는 영원히 여기에서 살게 될 거라고 우리를 확신시켰다.

자기가 한 집에서 몇 년이나 살게 될지 정확히 하는 사람은 운이 좋다고들 한다. 삶의 우선 사항이 매우 명확해지고 순서가 바뀔 수도 있기 때문이다. 이제 떠날 때가 되니 이웃에 대한 우리의 지각도 변했다. 끊임없는 소음, 뒤뜰에서 풍겨 오는 담배와 마리화나 연기, 어디에서나 나는 메스꺼운 섬유 유연제 냄새, 불법 세탁소를 운영하는 이웃의 친절함. 길 건너 대각선 쪽 집에 사는 사람들은 가족들이 돌아가며 감옥을 들락거렸고 뒤뜰에 가건물 같은 걸 세워 놓고 풀밭에서 잠을 자는 전과자들은 거의 매일 밤 싸움을 했다. 그 옆집을 지키는 거대한 저먼 셰퍼드는 밤낮으로 짖어댔는데 내 방 창가에서 들으면 콘크리트 바닥 때문에 소리가 증폭되는지 메가폰을 사용한 것 같은 소음을 일으켰다. 오늘만 해도 난 땀을 흘리며 5분마다 한 번씩 깼다. 내 몸이 숙면을 이루지 못하는 데에 익숙해져 버렸다. 그런데도 이 모든 것들이 이제는 소중하게 느껴졌다.

과거를 돌이켜보니 집을 비워 달라는 이야기가 있기 전, 상황을 예측할 만한 일이 일어난 적 있다. 그 소식에 며칠 앞서, 크리스는 태어나서 처음으로 집을 나갔다가 3일 동안 돌아오지 않았다. 크리스가 돌아오는 날 우리는 이사를 해야 한다는 소식을 들었다. 2004년, 인도양에 쓰나미가 덮치기 전에 수많은 동물이 일제히 높은 지대로 도망쳤다는 보고가 있다. 동물들은 미리 알고 있는 것이다.

하지만 과거를 회상하고 향수에 젖어드는 게 능사는 아니었다. 이 상황은 재난이었다.

고양이들이 가장 싫어하는 것 중 하나가 변화다. 우리는 고양이들에게 안정감을 주기 위해 몇 년을 노력했고, 혼란을 겪었던 녀석들을 도와 정상적인 상태를 만들어 주었다.

헤더와 소피, 나는 멍한 상태로 거실에 앉아 있었다. 우리가 확실히 아는 한 가지는 저 밖에 있는 길고양이 무리는 이사를 할 수 없다는 것이었다.

수의사와 길고양이 구조 단체 사람들과 몇 시간에 걸쳐 통화를 해 보아도 결론은 마찬가지였다. 우리가 목장이나 큰 헛간처럼 넓게 트여 있으면서도 포식자들로부터 안전한 곳을 찾아주고 녀석들을 먹이고 보살펴 줄 수 있는 사람까지 준비해 주지 못할 거라면, 길고양이들은 여기에 머물러야만 했다.

집안에서 키우던 고양이들을 어떻게 할지 걱정하는 것도 벅찼다. 이 고양이들은 반려묘가 아니었다. 녀석들은 껴안을 수 없었다. 목걸이를 채워줄 수도 없었다. 예방 주사를 맞힐 수도, 마이크로칩을 심을 수도 없었다. 이들은 야생에서 태어나 야생에 머물러야 했다. 우린 당연히 그래야 한다고 생각했다.

나는 며칠간 울적한 시간을 보냈다. 집에 드리운 먹구름 때문에 집이 무덤처럼 느껴졌다. 소리에도 공명이 없었다. 진공 상태였다. 아무런 해결 방법이 없었고, 그걸 우리도 알고 있었다. 자매들과 나는 혹시 눈이라도 마주칠까 두려워 좀비처럼 복도를 스쳐 지나갔다. 흘깃 보기만 해도 다들 얼마나 상태가 엉망인지 알 수 있을 정도였기 때문이다.

먹지도, 마시지도, 자지도 못하며 지낸 이후로, 나는 우리의 딜레마를 해결해 보기 위해 많은 시간을 생각하며 보냈다. 그러다 갑자기 하늘을 올려다보며 소리를 질렀다. 신성 모독이 터져 나오는 순간이었다.

"책임져요! 당신이 이 고양이들을 죽음으로 내몰았어. 내 책임이 아니야! 모두 당신 때문이야!"

갑자기 쏟아져 나오는 분노에 스스로 놀라 난 앉아서 깊이 뉘우치고 있었다. 나를 벌하기 위해 지붕을 뚫고 벼락이 떨어지기를 기다렸다.

대신 소피가 위층에서 소리쳤다. 고양이 사료가 다 떨어졌다고 말이다. 펫츠마트에 가서 고양이들의 '마지막 식사'를 위한 사료를 샀어야 했는데 당장 내게 중요한 건 그게 아니었다. 하지만 하늘을 저주하면서 지옥에 내 자리를 확보하는 것보다는 사료를 사러 가는 게 나을 것 같다고 생각했다. 나는 무거운 마음으로 가게를 향해 차를 몰았다. 그리고 모든 문제는 돈 때문이라는 걸 다시 한 번 깨달았다. 재력이 없기에 고양이가 원하는 방식대로 내가 그들을 보살피지 못하는 것이다. 가장 확실한 선택은 목장을 하나 사서 모든 고양이를 다 거기로 옮기는 것이었다.

그래서 나는 하늘을 향해 큰소리로 불평했던 건 거두고, 대신 스스로를 질책했다. 모든 책임은 나의 것이었다는 걸 깨달았다. 나는 내 가족들을 부양하지 못한 것이다.

반려동물 가게에서 나는 마지막으로 카트를 잔뜩 채운 다음, 몇 년 동안 늘 하던 대로 고양이 입양 코너로 향했다. 난 거기 있는 고양이들 한 마리 한 마리에게 인사를 하면서, 그들이 얼마나 사랑스러운지 이야기해 주었고, 곧 그들을 입양해 줄 사랑스러운 가족이 나타날 게 분명하다고 말해 주었다. 나는 거기 있는 고양이 중 한 마리와 사랑에 빠져서 자주 구경을 갔다. 어느 날 소피와 헤더는 내가 이 고양이에게 푹 빠져서 중얼중얼 하는 걸 보더니 내 어깨를 흔들며 소리쳤다.

"제 정신이야? 우리 집에 고양이를 또 들이려고?!"

이번에 가 보니 고양이 케이지는 다 비어 있었고, 대신 고양이들이 모두 가게 앞쪽으로 옮겨 가 있었다. 재스민이라는 아주 쾌활한 중년 부인과 자원봉사자들이 고양이들의 입양을 돕기 위해 일부러 그렇게 한 것이었다. 폐점 시간이 다가오자 케이지 주변은 어수선했다. 꼬마들은 마지막으로 자기 부모에게 자신은 이미 고양이와 사랑에 빠져 버렸기 때문에 고양이 없이는 살 수 없다고 진지하게 설득을 하고 있었다. 재스민은 이런 일을 이미 수도 없이 겪어 본 것처럼 보였다. 어떤 사소한 질문에도 인내심을 가지고 편안하게 대답을 해 주었다.

"아니요, 그 귀는 다친 게 아니에요. 중성화 수술을 받았다는 만국 공통의 표식이랍니다."

재스민은 수녀와 같은 미소를 띤 채 나에게 물었다.

"고양이 입양하시게요?"

"아니요. 키우고 있는 반 길고양이 여러 마리가 살 집을 찾고 있는 중이에요. 그리고 집 밖에 살고 있는 완전 길고양이 무리 집도 찾아 줘야 하고요."

난 나의 딜레마를 간단하게 설명했다. 재스민은 좌우를 흘깃거리며 내 얘기를 듣더니 머리를 갸우뚱 하고는 내게 손짓을 했다. 난 그녀를 따라 가게 구석으로 들어갔다. 테레사 수녀가 제임스 본드로 변신을 한 걸까? 재스민은 자기가 이런 상황에 빠진 사람들을 돕는 대규모 네트워크의 일원이라고 속삭였다. 길고양이 지하조직, 고양이들의 딥웹, 비밀 작전 같은 거라고 했다. 재스민은 더 자세한 설명을 요구했다. 이제 나도 그 조직의 일원이 된 것이다.

그녀는 비밀 유지의 필요성을 체험으로 알고 있었다. 자신은 고양이 두 마리까지 허용되는 임대 아파트에서 살고 있었다. 그런데 25마리의 고양이를 키우고 있었다. 그녀의 주된 불만은 이것이었다.

"왜 고양이들은 내가 없는 동안 청소기를 돌리지 못하는 걸까요?"

그래서 내가 말했다.

"그러게요, 요리도 좀 하면 좋을 텐데."

그러자 재스민은 차가운 눈빛으로 나를 똑바로 쳐다보며 대답했다.

"아니요, 그냥 청소기만."

그녀는 처음엔 자기도 그럴 계획은 아니었다고 했다. 고양이 두 마리로 완전히 만족하며 살고 있었다고 했다. 하지만 영업시간 후 가게 문 앞이나 동물 병원 앞에 버려진 고양이가 든 가방이 자꾸만 발견되자 그녀도 불가피하게 상황을 받아들일 수밖에 없었다. 처음엔 '안 돼, 고양이를 더 들일 순 없어.'라고 생각하지만 잠시 후 '안 될 게 뭐 있어?'라고 바뀐다고 설명했다. 늘 같은 식이었다. 새로운 고양이를 키우는 고양이들에게 데리고 가면 우두머리 수컷과 암컷이 둘러싸고 냄새를 맡는다. 그런 다음 우두머리들은 새로운 고양이를 승낙한다며 고개를 끄덕이고 다시 자기 자리로 돌아갔다.

그녀는 가장 자주 버려지는 고양이는 까만 고양이라고 말했다. 의심의 여지없이 중세 유럽에서 건너온 미신 때문이었다. 재스민이 하는 말이 이해가 되었다.

우리 집안에서 키우는 고양이들의 장래를 걱정하다가 나는 고양이 보호소에 연락했다. 그곳에서라면 먹이도 주고 안전하게 보살필 것 같았다. 아마도. 하지만 그곳에 있는 반려묘들과 달리 우리 고양이들은 반야생이었고 둘은 절대 친하게 지낼 수가 없을 것이다. 꿀벌 무리에 아프리카 벌들을 섞어 놓는 것과 마찬가지였다.

이러지도 저러지도 못하는 내게 친구가 말했다.

"앤드류, 지금이 이 고통에서 자유로워질 기회야. 이 고양이들은 네 목을 졸라매는 부담감이었잖아. 이제 넌 어디든 갈 수 있어. 고양이 때문에 사정도 안 좋은데 돈도 많이 썼잖아. 자기를 돌봐 준 고마움은 고양이들도 알 거야. 이제 고양이들도 인생의 새로운 장에 들어서는 거지."

나는 이 고양이들은 내 가족이며 처음 발을 들일 때부터 이들을 위해 평생을 헌신하기로 약속했다고 반박했다. 하지만 친구는 내 이야기를 퀴퀴하게 오래된 미담쯤으로 생각했고, 내심 나도 더 이상 확신이 없는 것 같다고 추측했다. 어쩌면 그의 말이 옳았다.

나는 교차로에 선 채 어느 방향으로 가야 할지 알 수 없는 상황이었지만, 여전히 길고양이들이 필요 없는 존재라고 생각하지는 않았다.

"대자연은 실수를 하지 않습니다."

로스앤젤레스의 혁신적인 '워킹 캣츠 프로그램'을 소개하는 기사에서 멜야 카플랜은 이렇게 말했다.

"우리가 그들의 의도를 아직 찾지 못한 것이겠죠."

워킹 캣츠는 '보이스 포 더 애니멀즈' 재단의 지부로 비영리 동물 옹호 및 구조 단체였다. 그들은 입양 가능성이 전혀 없고 동물 보호소에서도 매년 수백 만 마리씩 죽임을 당하는 길고양이들을 개인 소유지, 상업 용지, 학교에서 설치류를 통제하는 용도로 사용하게 했다.

지금까지 이 단체에서는 오백 마리의 고양이를 로스앤젤레스 경찰서를 포함한 거의 오십 군데에 배치했다. 새로운 장소가 생기면 그들은 고양이를 넓은 케이지에 넣어가서, 새로운 장소에 적응할 때까지 한 달 정도 창고 같은 곳에서 키웠다.

"길고양이들을 무작정 어디론가 데리고 가서는 거기서 잘 살 거라고 기대해서는 안 됩니다. 원래 살던 곳으로 돌아오려고 애쓰다가 죽을 수도 있어요."

길고양이들이 새로운 장소를 편안하게 느낄 때까지는 한 달 정도가 걸린다.

한 예로 오리지널 로스앤젤레스 꽃시장이 있다. 설치류가 고객들을 겁주고, 꽃을 갉아먹고, 심지어 꽃을 보관하는 나무 저장소를 갉아서 뚫어 대는 데도, 일반적인 퇴치 방법으로는 설치류 수가 줄어들 기미가 보이지 않았다. 하지만 지금은 파치노와 드니로라는 이름의 고양이들이 꽃시장의 관리인 역할을 맡고 있다.

카플랜이 말하길 워킹 캣츠 프로그램이 성공할 수 있었던 건 한 지점에 포식자를 들여오면 그 먹잇감들은 무서워서 도망을 치기 때문이라고 했다. 고양이가 실제로 죽이는 설치류 수는 그렇게 많지 않았다. 하지만 설치류는 고양이 냄새만 맡고도 그곳엔 얼씬도 하지 않고 다른 곳으로 가 버렸다.

그러나 그 프로그램에 투입되는 길고양이는 야생의 본성을 가지고 있어야 했다. 사람들과 친하게 굴면 그 고양이는 프로그램에서 빼고 입양을 보냈다.

워킹 캣츠 프로그램에 대해서 좀 더 일찍 들었더라면 좋았겠지만 지금 당장 내게는 시간이 부족했다. 차선책은 고양이 보호소에 보내는 것인 듯 했다. 프레즈노 근처에 있는 한 시설에서는 모든 고양이들을 다 받아 줄 수 있다고 했다. 하지만 고양이 한 마리를 평생 돌보는 요금으로 오천 달러를 지불해야 했다. 로스앤젤레스 사우스베이에도 한 군데가 있는데 거기서는 불치병에 걸린 고양이만 받는다고 했다. 근처에 보호소가 몇 군데 더 있기는 했지만 고양이를 더 받을 여건이 안 되거나 끔찍한 리뷰만 가득한 곳뿐이었다. 이제 남은 선택은 한 가지였다. 산타 모니카 근처. 나는 개인적으로 그곳을 방문해 보기로 결정했다.

수십 마리의 고양이들이 야외 방을 나눠 쓰고 있었다. 난 엄청난 수의 고양이들 사이를 뚫고 지나가며 각 방을 구경했다. 그리고 내 고양이들이 그곳에 있는 모습을 상상했다. 그 곳 관리자는 자기들은 비영리 단체이며 고양이들은 입양되지 않는 한 평생 이곳에서 지내게 된다고 말했다. 나는 고양이를 일단 맡겼다가 한두 달 후에 다시 데리러 와도 되냐고 물었고, 그는 고양이를 입양시키지 않고 놔 두려면 비용을 좀 더 지불해야 한다고 했다. 그러면 고양이를 되찾으러 내가 직접 오지 않고 나 대신 친구를 보내면 어떻게 되는 거냐고 물었다. 그러자 그도 왜 돈을 더 내야 하는지에 대해서 대답을 하지 못했다.

그러더니 그는 내 고양이들이 몇 살인지 물었다.

"음, 한 마리는 2010년에 태어났고, 또……."

"그 애는 이천 달러요."

그가 완전 진지하게 말했다.

"정말요? 그렇게나 비싸요?"

"나이에 따라 달라지거든요."

나는 다음 고양이에 대해서 거짓말을 해보기로 했다.

"다음 녀석은 2013년에 태어났어요."

"팔백달러요."

대강 무슨 뜻인지 알 것 같았다. 물론 나는 동물 병원 진료비가 얼마 정도 나오는지도 알고 고양이를 평생 돌보려면 당연히 활동 자금이 필요하다는 것도 안다.

그럼에도 불구하고 나는 물었다.

"당신들 정말 비영리 단체 맞아요?"

그는 여전히 진지한 얼굴로 고개를 끄덕이더니 덧붙였다.

"까만 고양이는 추가 요금이 있어요. 한 마리당 이천 오백 달러입니다."

난 그 말을 인종 차별적 태도로 밖에 들을 수 없었다.

"까만 고양이는 아무도 입양하려고 하지 않거든요."

그가 설명했다.

"완전히 새카만 고양이만 그런 거죠?"

"아니요. 까만 털이 조금이라도 섞여 있으면 이천 오백 달러입니다."

"농담하시는 거죠?"

그의 표정을 보아하니 농담이 아니었다.

난 전화기를 꺼내 우리 집 고양이들의 생김새를 찬찬히 살폈다. 하, 이것 봐라. 고양이들 모두 어딘가에는 까만 부분이 섞여 있었다. 주황색 태비인 찰리마저 옆구리에 조그맣고 까만 마크가 있었다. 나는 그에게 찰리의 사진을 보여 주었고, 그는 이천오백 달러가 맞다고 고개를 끄덕했다. 솔직히 점 수준의 크기였다. 그렇게 그곳과는 끝이 났다.

난 장기간 투숙 가능한 반려동물 호텔이나 그 비슷한 것들을 알아보기 시작했다. 우리가 이렇게 급히 다른 집을 찾는 건, 게다가 고양이 여섯 마리는 고사하고 반려동물을 키우는 자체를 허락해 주는 집을 찾는 것이 불가능해 보였기 때문이다.

나는 아는 사람 모두에게 연락을 하기 시작했다. 그 사람이 어디에 사는지는 아무 상관없었다. 나는 지인들에게 혹시 집에서 키우던 고양이들이 살만한 안전한 헛간 같은 곳, 더 나아가 집 밖에서 사는 길고양이들 모두 이사를 시킬 수 있는 안전한 땅 같은 곳을 아냐고 물었다. 아무런 진척이 없었다. 지하철에 길고양이들을 취업 시키는 것도 처음에는 희망이 있을 것처럼 보였지만 이제는 가망이 없어졌다. 나는 문자 메시지로 사람들과 계속 연락을 취했다. 여러 가지 질문들이 오고갔다. 하지만 빈 집은 하나도 없었고, 새로 짓는 집에서는 아직 고양이를 받아들일 준비가 되어 있지 않았다. 새 집을 찾는다고 해도 그들이 잘 살아남아 줄지 확신할 수가 없었다. 그들은 우리와 강렬한 유대감을 갖고 있었다. 그

리고 나도 〈어린 왕자〉에 나왔던 구절을 생각할 때마다 점점 더 확신이
들었다. "넌 네가 길들인 것에 영원히 책임을 지게 되는 거야."
아주 현명한 친구 한 명도 내게 이런 메시지를 보냈다.
"그들은 너의 책임이야. 네 고양이들을 직접 돌보도록 해."
그의 말에 큰 감명을 받았지만 난 좀 더 확신이 필요했다.
그때 내 앞에 있는 차 범퍼에 이런 스티커가 붙어 있었기 때문이다.
"당신의 아기를 유기하지 마세요."
나는 정말 황당했다. 난 하늘이 내려주는 계시에 신경쓰지 않는 사람이
지만, 이건 정말 너무 심하지 않은가?
내게는 이제 한 가지 선택지만 남았다. 애리조나 투손에 내가 빌리거나
살 수 있는 연립 주택이 있었다. 주택 소유주 연합에 따르면 그곳에는
고양이에 대한 제한이 없었다. 이건 실행 가능한 선택지였다. 하지만 내
가 이사를 가는 것이 힘든 만큼 고양이들 역시 이사가 힘들 것 같았다.
28평 공간에서 내가 모든 고양이들을 다 돌보는 것이 그들에겐 낯설 것
이다. 선인장부터 전갈, 보브캣, 멧돼지, 방울뱀까지 모두 있는 환경뿐만
아니라 끔찍한 더위까지 모두.
소피는 고양이들과 나를 다시는 보지 못할 거라는 생각만 하면 울음을
터뜨렸다. 그리고 나는 연립 주택을 방문하러 투손에 비행기를 타고 갈
때마다 창가 좌석에서 밖을 내다보며 이 비행기가 추락했으면 좋겠다고
생각했다. 그 정도로 투손에 사는 게 싫었다. 그래서 또 다른 선택지를
찾아보는 수밖에 없었다.
헤더는 어머니 집으로 들어갈 거라고 했는데 거기엔 소피가 들어갈 방
은 없었다. 소피는 한 사람 보다는 두 사람이 빌릴 수 있는 집이 더 많다

는 걸 알고 있었고, 우리는 같이 집을 찾기로 했다. 소피는 날마다 컴퓨터로 집을 찾았고 나는 소피가 찾은 집을 보기 위해 앨터디너, 글렌데일, 이글 록, 샌 가브리엘, 아카디아 등 아주 먼 곳까지 운전을 하고 다녔다. 하지만 보러 간 집마다 한 가지 혹은 그 이상의 문제점이 있었다. 뒤뜰에 엄청나게 큰 송전선이 지나간다거나, 이웃이 별로라거나, 사진으로는 엄청나게 멋진 곳인 줄 알았는데 실제로는 돼지우리 같다거나 하는 문제가 있었다. 모두들 1년짜리 임대 계약을 원했지만, 우리에겐 충분한 보증금이 없었다. 대부분이 반려동물을 허용하지 않았지만 난 그들을 비난할 생각은 없었다. 내가 집주인이라도 고양이 여섯 마리는 고사하고 한두 마리가 집에 사는 것도 원하지 않을 것 같았다.

문제는 연립 주택에 들어갈 생각이라면 일요일을 기한으로 정해 놓았기 때문에 돌아오는 월요일까지 투손에 가야 한다는 것이었다.

고양이 이사 전문가에게 조언도 들어 보고 고양이를 비행기로 옮기는 것에 대한 FAA(미국연방항공국)의 규정까지 확인해 본 끝에 우리는 고양이들을 다 실을 수 있는 큰 SUV를 빌리고, 각각의 고양이들을 넣을 캐리어를 사기로 했다. 자동차 렌탈 대리점으로부터 받은 견적서를 보니 대리점에서는 편도 반환 수수료를 부과해야 한다는 걸 잊고 있었다. 나는 이것을 투손으로 가야 한다는 징조로 여겼다.

어떤 집을 살 여유가 되느냐 아니냐의 문제가 아니었다. 우리는 어찌 됐든 차입금으로 살아 나가야 했다. 이건 애초에 고양이를 위해 꾸며진 계획이었다. 하지만 집들이 하나 하나 리스트에서 제외되면서 나는 희망을 접어 나갔다. 그리고 집을 보러 다니는 것에도 지쳐 버렸다. 마지막으로 들른 곳은 아카디아에 있는 집이었다. 라 캐나다에 집을 보러 갔다가 아카디아로 고속도로를 타고 와서 보니 이곳이 윌슨 산으로 가는 길과 연결되어 있다는 걸 알게 되었다.

구불구불한 길을 따라 핸들을 꺾었다. 높이 오를수록 기분이 한층 더 가벼워졌다. 나는 산 중턱까지 올라가서는 경치가 아름다운 곳에 차를 세우고 내렸다. 산 공기를 깊이 들이마시고 명확한 미래를 위해 기도했다. 자연 속에 있자니 마음이 진정되었다. 그래서 오후가 훌쩍 다 지나가 버렸지만 늦게라도 아카디아의 집을 보러 가기로 했다.

차를 세우고 보니 짙은 금빛 석양 덕분에 커다란 집이 한층 돋보였다. 앞뜰에 있던 공작새 세 마리가 한껏 깃털을 펼치고 뽐내듯 걸어 다녔다. 안에서 불빛이 번쩍 했다. 무슨 일인가 싶어 차에 앉아서 계속 지켜 보고 있는데, 공작새 한 마리가 차 바로 옆을 지나갔다. 창문으로 내다보니 공작새가 발치에 있는 새끼 세 마리를 자랑스럽게 내보이고 있었다. 이건 분명히 신호였다!

나는 집 쪽으로 다가가 창문으로 안을 들여다보았다. 집은 다소 낡아보였지만 주변이 무척 아름다웠다. 꽃이 활짝 핀 하비스쿠스 나무와 감나무, 커다란 노간주나무, 재스민 덤불, 단풍나무까지. 나는 이 덤불 속에서 신 나게 뛰어다니는 고양이들의 모습을 상상할 수 있었다.

나는 중개인에게 전화를 걸어 당장 집을 볼 수 있을지 물었다. 그는 목요일에나 가능하다고 대답했다.

목요일을 기다리는 동안이 천년만년처럼 길게 느껴졌다. 그런데 막상 집 구경을 하러 들어가 보니 내부가 형편없이 낡아 있었다. 나무 바닥은 얼룩지고 방은 칙칙했다. 대신 무척 넓었고 값비싼 집들에 둘러싸여 있으며 도서관처럼 조용했다. 그리고 어쨌든 난 좀 낡은 집을 원했다. 그래야 고양이들이 집을 좀 망가뜨리더라도 티가 나지 않을 테니까 말이다. 집주인은 6개월 후에 리모델링을 할 때까지 집을 렌트할 사람이 필요했다. 우리가 찾던 집 가운데 단기 렌트가 가능한 유일한 곳이었다.

소피는 확신이 없었다. 나는 소피에게 이 집을 그저 잠시 숨을 고르다 가는 곳으로 생각하라고 말했다. 게다가 이 집 말고는 대안도 없었다. 소피는 마침내 동의했다. 이렇게 해서 정신없이 이어지는 서류 작업과 임대 계약이 시작되었다.

한편 우리는 엄청난 양의 짐을 싸야 했고, 예전 집에 20년 동안 쌓인 먼지와 더께를 깨끗하게 닦아줄 청소 용역업자를 고용해야 했다. 집이 상자로 가득 찼다. 차고에는 버려야 할 물건들이 잔뜩 쌓였다. 집 밖에 사는 길고양이들은 변화의 움직임을 눈치챘는지 매일밤 우리와 함께 있으려고 몰려왔다. 녀석들은 절대 뒷베란다를 떠나지 않았다. 나는 고양이 한 마리 한 마리에게 이사 가는 건 절대 우리 뜻이 아니고, 우리도 어쩔 수 없이 떠나는 거라고 설명해 주었다. 그리고 우리가 이사 오기 전부터 고양이들은 강하고 독립적으로 살아왔으니 다시 한 번 그렇게 잘해 주면 될 거라고 말했다. 어쩌면 나는 스스로에게 그런 말을 들려 주고 싶었던 걸지도 모른다. 하지만 고양이들은 반원 모양으로 둥그렇게 모여 앉아 내 목소리에 귀를 기울였다. 이렇게 하나의 막이 내려가는 것 같은 느낌이었다.

베이지는 다소 우울해 했다. 좀처럼 그런 적이 없었는데 몸을 웅크린 채로, 전에는 본 적 없는 눈빛을 띠고 있었다.

절대 잊을 수 없을 것 같은 모습이었다. 집안에서 키우는 고양이들에게도 그들이 자고 있을 때 이야기해 주었다. 이혼을 앞둔 상황에서 자고 있는 자녀의 방을 마지막으로 들여다보는 기분이랄까. 나는 아이의 세상이 결코 예전과 같지 않을 거라는 걸 알고 있는데 아이는 세상 모르고 잠들어 있는 상황…….

찰리를 옮기는 건 조금 걱정되었다. 수컷 우두머리였던 그는 대부분의 시간을 집 밖에서 보내왔다. 녀석을 집에 오래 가두어 두면, 끊임없는 뱃고동 소리로 우리를 견딜 수 없게 다그쳤다. 그렇다고 녀석을 두고 가는 것도 문제였다. 녀석의 어미인 그레이, 녀석의 사랑인 스노우화이트 그리고 나머지 고양이들 모두 그를 끔찍이 그리워할 것이기 때문이다. 찰리를 어미처럼 따르는 밴디, 피에르, 코지 세 자매와 함께 두고 가는 것도 마찬가지로 슬픈 일이었다.

그러나 뭐니 뭐니 해도 가장 마음 쓰이는 쪽은 피에르였다. 품위 있고 힘이 넘치지만 또 극도로 예민한 피에르는 마치 페라리 자동차 같았다. 피에르는 손이 많이 가고 꾸준한 관심이 필요한 고양이였지만 잘 지낼 때는 무척이나 아름다운 면이 있었다. 하지만 작은 문제가 생겨서 상처를 받으면 몇 달이고 의기소침해졌다.

고양이들에게 격려의 말을 해 주었음에도 불구하고 난 여전히 마음을 내려놓기가 어려웠다. 녀석들의 고충을 다각도에서 고민했다. 그러다 아주 오래된 기억 하나가 수면으로 떠올랐다. 20년 전 길고양이 무리를 처음 마주쳤을 때부터 품고 있던 질문이었다. 우리가 이사 오기 전에는 과연 누가 이 고양이들을 돌보았을까? 우리가 그곳에 갔을 때 이미 고양이들은 잘 살고 있었고 꽤나 건강해 보였기 때문이다.

누군가 쓰레기통 뚜껑 위에 두툼한 고깃덩어리를 던져 주고 가는 걸 본 기억이 떠올랐다. 분명 고양이들을 염두에 두고 한 일이었으리라. 울타리 틈으로 실내복을 입은 구부정한 백발 부인이 슥 지나가는 모습을 본 기억이 있었다. 내가 이런 의문을 가지고 나서 몇 년이 지날 때까지 말이다.

우리 집 남쪽으로 땅콩주택이 있었다. 그리고 그중 하나에 백발 부인이 살고 있는 걸 알고 있었다. 두 집 입주자 모두 좀처럼 밖에 모습을 드러내지 않는 은둔자들이었다.

회벽을 바른 그들의 집은 빽빽하지만 단정한 덤불과 야자수에 가려져 있었고, 베란다에 매달려 있는 새장에는 마코 앵무새를 키우고 있었다. 땅콩주택 뒤쪽에 있는 집은 방을 하나씩 다 따로 임대를 했는데, 집집마다 불미스럽게 생긴 온갖 종류의 사람들이 살고 있었다. 경찰관이 지나가다가 순찰하러 들르기 딱 좋은 곳이었고, 어느 날 심심해서 인터넷 검색을 해 보니 성범죄자 패거리도 거기 살고 있었다.

나는 그 땅콩주택에 나이 많은 히스패닉 부인 세 명이 살고 있다는 걸 알게 되었다. 우리와 가까운 쪽 집에 사는 부인은 지저분했고, 느릿느릿 움직였으며, 덥수룩한 백발이었다. 내가 울타리 틈으로 본 사람이 그녀인 게 분명했다. 다른 반쪽에 살고 있는 사람은 차림새가 아주 단정했고, 세상 이치를 다 깨달은 듯 행동하는 우아한 부인이었다. 그 부인은 자기 어머니와 함께 살았는데, 그 어머니는 엄청나게 늙었지만 딸의 도움을 받아 돌아다닐 수 있었다. 양쪽 집 세입자는 서로 친구인 걸로 드러났다. 그리고 고양이 문제 때문에 상의하러 그 집에 찾아간 적이 있었는데 영어는 한 마디도 못하는 걸로 밝혀졌다.

여전히 나는 이 부인들이 우리 고양이의 구원자라고 생각하고 있었다. 게다가 나는 언어 장벽을 무너뜨리는 쉬운 방법을 알고 있었다. 관련 어학을 전공한 덕에 매우 유창하게 스페인어를 구사하는 소피가 있었던 것이다. 이제 우리 집주인 눈에 띄지 않고 몰래 이웃들과 논의하는 문제 만이 남은 상태였다. 소피와 나는 현관으로 나와, 집주인의 의심을 사지 않도록 그 집 앞을 아무렇지 않게 스윽 지나갔다. 땅콩주택에 사는 우아한 부인은 우리가 진입로로 들어서는 걸 보고 중립적인 태도를 취했다. 환영하지도 않았지만 내쫓지도 않았다.

소피는 스페인어로 이야기를 꺼냈고, 부인은 여전히 이렇다 할 반응을 보이지 않았다. 몇 분이 지나자 소피의 스페인어가 효과를 나타내기 시작했고 우아한 부인은 경외감을 표했다. (소피가 원어민처럼 스페인어를 하면 모두들 이런 반응을 보였다.) 원어민이 아닌 사람의 입에서 이렇게 유창한 스페인어가 나온다는 것이 놀라운 데다 또 소피의 스페인어가 아주 세련된 고급 표현이었기 때문이다. 또 정말로 스페인에서 쓰이는 것만큼 공식적인 스페인어였다.

우아한 부인은 잠시 후 자신을 애나라고 소개했다. 대화가 이어지면서 나는 애나가 소피를 인간적으로 좋아하게 되었다는 걸 느낄 수 있었다.

나는 소피에게 통역을 부탁했다.

"부인에게 저들은 우리 고양이가 아니라고 말해 줘. 우리 고양이를 보살펴 달라고 부탁하는 게 아니라고. 저 고양이들은 야생고양이고 우리가 이사 올 때부터 이미 여기 살고 있었다고 말해 줘."

소피가 이 내용을 애나에게 말하자, 애나의 눈이 반짝였다. 소피는 둘이 나눈 대화 내용을 다시 내게 통역해 주었다.

역시 애나도 그 전부터 고양이를 보았다고 했다.

"파란 눈에 흰 고양이가 옛날부터 있었어요."

"맞아요!"

소피가 말했다.

"회색인 녀석들도 몇 마리 있었죠. 그리고 노란 애도!"

애나가 활짝 웃었다.

물론 찰리를 말하는 것이었다.

우리는 웃으며 고개를 끄덕였다. 애나는 고양이에게 물을 떠다 주고 가능하면 먹을 것도 갖다 주었다고 인정했다.

"혹시 녀석들이 좋아하는 종류의 사료가 있나요?"

그녀가 물었다.

이제 내가 나설 차례였다. 나는 마치 산책이라도 하듯 느긋한 걸음걸이로 집주인 집 앞을 지나갔다. 그리고 집주인의 시야에서 벗어나자마자 우리 집으로 달려 들어갔다. 고양이 사료 봉투를 챙겨서 팔 밑에 숨기고는 다시 애나의 집으로 아무 일 없다는 듯 돌아갔다. 소피는 고양이가 아플 경우 동물 병원 진료비를 포함해 모든 비용을 우리가 다 지불할 거라고 설명했다. 애나는 돈은 필요 없다며 거절했고, 땅콩주택 옆집에 사는 여자가 돈을 쓸 수도 있다고 말했다. 그 여자가 고양이를 좋아한다고도 설명했다. 당장은 멕시코에 가서 없지만 며칠 내로 돌아올 거라고 했다.

고양이들의 안위가 너무나 걱정이 됐던 나는 옆집 부인이 멕시코에서 돌아올 날을 손꼽아 기다리며 밤낮으로 그 집을 지켜보았다. 어느 날 이사할 짐을 집밖으로 옮기고 있는데, 나무가 무성한 앞뜰의 덤불 사이로 백발 부인의 모습이 보였다. 나는 서둘러 그 집 쪽으로 갔다. 그리고 나무 울타리를 사이에 두고 말을 걸었다.

우리가 이사를 가게 되었다고 그녀에게 말했지만 그녀는 웃으며 고개를 저었다. 그리고 영어를 이해하지 못해 미안하다는 듯 어깨를 으쓱했다. 나는 우리가 그곳에 'veinte años(20년)' 살았다고 말하려고 다시 한 번 애를 썼다. 그녀는 웃으며 자기 집을 가리키며 'cuarenta años'을 살았다고 말했다. 아하, 40년이란 말이군, 나는 생각했다. 어쩌면 그녀는 우리가 이사 오기 전부터 길고양이 무리를 보살펴왔는지도 모른다. 나는 손짓발짓을 하며 초등학교 스페인어 수업 시간에 배웠던 것들을 떠올리려 머리를 쥐어짰다.

"No… …vaya, por favor."

"No te vayas, Sí, sí, okay.(가지 말라고요, 네, 네, 알겠어요.)"

그녀는 내 엉망인 스페인어를 고쳐 주며 알겠다고 했다.

마음이 급해진 나는 집주인이 보든 말든 신경도 안 쓰고 그 집 앞을 가로질러 지나갔다. 그리고 우리 집 문을 벌컥 열고 백발 부인이 할 말이 있는 것 같다고 소피를 불렀다. 소피는 급히 계단을 내려왔고 우리는 산책을 하는 척, 나무도 보고 이웃집 정돈된 풀밭도 칭찬하며 느긋하게 걸어서 지나갔다. 그리고 진득하게 우리를 기다리고 있는 늙은 부인 앞에 도착했다. 그녀는 우리를 반갑게 맞아 주었다.

소피는 스페인어로 말하기 시작했고, 역시나 부인의 얼굴에 미소가 번져갔다. 하지만 부인은 소피의 뛰어난 언어 능력을 칭찬하는 대신, 이렇게 오랫동안 이웃으로 지냈는데 아직 서로 친구가 되지 못한 점이 너무 아쉽다고 이야기했다. 남편이 세상을 뜬 이후로 굉장히 외로웠다고 했다. 그래서 최근 몇 년 간 스페인어로 대화를 나눌 사람이 너무나 간절히 필요했었다는 것이었다.

가슴이 사무치는 순간이었다. 많은 이웃이 우리와 마찬가지일 거라고 생각한다. 사람들은 먹고 살기에 바빠 인간의 기본을 잊고 산다. 바로 옆집에 마음을 터 놓을 수 있는 사람이 있는데도 모른 채 산다.

고양이들 덕분에 이런 순간이 왔다는 것 역시 감동스러웠다. 고양이들이 아니었다면 이웃들을 제대로 알지도 못한 채 이사를 갔을 텐데 말이다.

그녀는 자신을 카밀라라고 소개했고, 어쩌다 수 년 전부터 우리 집 뒤편 덤불에 사는 야생고양이들을 돌보게 됐는지 설명하기 시작했다. 그녀의 고양이 사랑은 그때부터 시작되었다고 했다. 그러다 옆집에 살던 이웃이 고양이 다섯 마리를 버려둔 채 이사를 가 버려서 그 고양이들을 집으로 들여 보살폈다고 했다. 지금은 죽었지만 다섯 마리 중에 카밀라가 유난히 사랑했던 수컷 고양이가 있었는데 그 녀석이 가끔 이 주변을 뛰어다니는 주황색 태비랑 꼭 닮았다고 말했다.

물론 그 주황색 태비는 찰리였다. 모두들 찰리를 사랑한다! 소피는 우리가 지어 준 그 이름을 알려주고는 키득거렸다. 그리고 찰리 아빠로 추측되는 그 주황색 태비가 정말 보고 싶다고 말했다.

소피는 카밀라에게 우리의 고민거리를 이야기했고, 그녀는 알겠다며 고개를 끄덕였다. 그녀는 우리가 몇 년 간 고양이 밥을 주던 그 장소 근처에다 먹을 것과 물을 챙겨 주겠노라고 약속했다. 애나에게 그랬듯 모든 비용은 우리가 지불하겠다고 제안했다. 카밀라는 차가 없어서 자유롭게 돌아다니지도 못하니, 필요한 사료 같은 건 모두 우리가 대겠다고 했다. 우리는 전화번호를 교환했고 계속 연락하자고 약속했다.

이제 토요일이 되었다.

자동차 렌탈 회사에서는 투손으로 가는 SUV 예약 때문에 계속 연락을 해 왔다. 부동산 매매 중개인에게 연락을 했더니 집주인이 우리에게 세를 놓아도 될지 아직 결정을 못하고 있다는 것이었다. 우리의 재정 상황이 미덥지 못하다는 게 이유였다. 이제 투손행이 거의 확실해졌다. 확실하지 않은 한 가지는 일단 거기 간 다음에 어떤 방법으로 자살을 하느냐하는 것이었다.

그렇게 2주를 보내고 난 어느 일요일 오전, 부동산 중개인에게서 아카디아의 집으로 들어가도 된다는 연락이 왔다.

엄청난 안도감이 밀려왔고 잇따라 끔찍한 공포감이 밀려왔다. 도대체우리가 그 집에서 살 능력이 되는 걸까? 그렇지만 걱정보다는 고양이들이 안전하게 되었다는 사실 때문에 기쁨이 더 컸다.

일요일 밤 새집 열쇠를 넘겨받은 순간부터 더위가 꺾였다. 갑자기 예상에 없던 폭풍우가 들이닥쳐 천둥번개가 치고 무더위에 지친 거리에 비가 흠뻑 쏟아졌다. 나는 미리 사 놓았던 캐리어에 고양이 세 마리씩을실어 옮겼다. 고양이들은 일주일 내내 뭔가 이상하다는 걸 느끼고 있었는데 이제야 정말로 변화가 들이닥친 거였다.

며칠 후, 아직 모든 게 어색했지만 우리는 적응을 해 나갔다. 고양이들은 숨어 지냈다. 예상했던 대로였다. 타이니만 예외였다. 용감한 고양이 타이니는 계속 우리 곁을 지켰고, 특히나 내 옆에 착 붙어 있었다. 겁은 먹었지만 우리에게 신뢰를 갖고 있는 게 분명했다. 마치 '너희가 무슨 선택을 했든 우릴 위한 옳은 선택이겠지.'라고 말해 주는 것 같았다. 나 역시 그렇기를 바랐다.

찰리는 좀처럼 적응하지 못했다. 녀석은 처음부터 엄청난 충격을 받았고 회복하지 못했다. 소피와 나는 이대로는 안 되겠다고 생각했다. 우리는 카밀라, 그리고 그녀가 사랑했다던 태비 고양이를 떠올렸다. 그리고 거의 동시에, 소피와 나는 이렇게 말했다.

"카밀라가 찰리를 데려가면 어떨까?"

어쨌든 고양이 사료를 전해 주러 카밀라의 집에 가야 했다.

그녀는 우리 이야기를 듣고는 고개를 저었다. 지금 당뇨병에 걸렸기 때문에 자기 몸을 건사하는 것만으로도 충분히 힘들어서 집에 고양이를 들일 여력이 없다고 했다.

특히나 제 시간에 집에 들여보내 주거나 내보내 주지 않으면 끊임없이 우는 고양이일 경우 더 힘들 거라고 했다. 하지만 이곳 길고양이 무리속에 다시 풀어 놓는다면 자기가 특별히 더 관심을 가지고 보살피겠노라고 했다. 그러고는 우리를 지그시 쳐다보더니 말했다.

"하지만 그러면 찰리가 두 분을 너무 보고 싶어 하지 않을까요?"

우리는 고개를 끄덕였고, 그게 사실이었다. 하지만 길고양이 가족들도 찰리를 그리워하긴 마찬가지일 것이다. 찰리의 어미, 연인, 사촌들도 모두 거기에 있었다.

이야기를 하다 보니 결론은 이미 정해졌다.

나는 아카디아로 차를 몰고 가 찰리를 찾았다. 녀석은 또 어디론가 가는 건 참을 수 없다는 듯 소리를 지르고 낑낑댔다. 난 찰리에게 계속 해서 이렇게 말했다.

"지금 가는 곳은 너도 좋아할 거야. 아직 어디로 가는지 모르잖아. 분명히 좋아하게 될 거야."

진입로에 들어서자 찰리는 케이지 안에서 밖을 두리번거렸다. 원래 뛰어놀던 곳임을 알아차린 것 같았다. 녀석을 케이지에서 꺼내 주자 풀쩍 뛰어나가더니 마치 집에 돌아온 것처럼 가족들에게로 달려갔다.

타이니를 제외한 모든 고양이들은 여전히 충격에 빠진 채 새 집에 숨어 있었다. 반면 타이니는 이웃집 정원을 드나들며 나와 산책을 했고 그러면서 새로운 광경과 냄새를 경험했다. 녀석은 나보다 몇 미터 앞장서서 걷기도 했다. 그러다가 뒤를 돌아서 내 얼굴을 보고 삑 소리를 내고는 모든 게 다 괜찮다는 확인을 받으려는 듯이 나에게 다시 달려왔다.

나는 예전에 살던 집 근처를 오가기 시작했다. 원래 하던 대로 혀 차는 소리를 내어 고양이들을 불렀다. 처음 몇 번은 아무도 나타나지 않았지만 며칠 후부터 찰리, 캘리비, 그레이가 달려 나왔다. '하이, 에나'라고 인사하는 에나도 윤기가 촬촬 흐르는 털을 자랑하며 근처에 앉아 있었다. 내가 가져간 간식거리를 고양이들이 먹는 걸 지켜보고 있자니 눈물이 차올랐다. 다들 잘 먹으며 지내는지 건강해 보였다. 어쩌면 이 방법도 괜찮을 것 같았다. 이렇게 해도 보살핌을 받는 데는 문제가 없을 듯했다.

꿈이 현실이 된 것처럼, 새집으로 이사 온 우리 고양이들은 담으로 둘러싸인 널찍한 뒤뜰에서 완벽한 자유를 누리게 되었다. 리드줄이나 목줄도 필요 없었다. 내가 풀밭에서 느긋하게 앉아 쉬면 세 자매도 따라 나와 내 곁에서 쉬었다. 예전에는 한 번 도망치면 다시 잡는 게 힘들었는데, 이제는 녀석들이 내 주변에 머물기를 좋아했다. 피에르는 앉아서 날 보며 천천히 눈을 깜빡였다. 녀석이 밖으로 도망쳤을 때 걱정하느라 잠 못 이룬 밤들을 비웃기라도 하듯이 느긋한 모습이었다. 그 옆에는 타이니가, 그리고 그 옆에는 크리스가 앉아 있었다.

공작새들은 낮 동안 새끼들을 데리고 우리 집 마당에서 놀았다. 고양이들은 방해가 되지 않을 정도로 멀찍이 떨어져 쏜살같이 풀밭을 뛰어다니고, 높다란 플라타너스 위로 뛰어 오르고, 단풍나무 사이를 돌진했다. 고양이들은 이제 할 일이 없고 지루해서 잠을 자는 게 아니라 피곤하고 지쳐서 잠이 들었다.

우리는 이 집을 6개월만 빌렸기 때문에 앞으로 어떤 미래가 펼쳐질지 모른다. 어차피 지금은 미래를 알 수 없다. 사실 고양이들이 그 어느 때보다 지금이 좋다면, 고양이들만이라도 좋다면, 그걸로 충분하다.

지금까지 우리의 경험은 천년 동안 고양이와 인간이 겪어 왔던 생활 방식의 교외 버전이었다. 반 야생 길고양이들은 야생과 실내 생활의 경계에서 생활을 했고, 필요할 때는 약간의 주거지와 보호를 제공받기도 했다. 우리 고양이들의 선조는 고대 이집트와 메소포타미아의 곡물 저장소 주변에서 살았고, 이후에는 예리코에서 런던까지 도시의 좁은 골목길과 으슥한 곳을 돌아다니며 살았다. 그렇게 몇 세대를 거쳐 많은 고양이들이 사람 손에 길들여졌다.

고양이 무리의 조상들은 또한 성스러운 존재, 신성한 존재, 신비한 생명체, 오컬트의 심부름꾼, 점쟁이와 예언자로 여겨지기도 했다.

어떤 문화권에서 고양이들은 고귀한 존재이지만, 또 다른 문화권에서는 매도당하고 불신 당한다. 대체로 고양이들은 천성적으로 고집스러울 정도로 독립적인 성품을 갖고 있다고 평가받고 있다. 집안에서 키우는 고양이들에게도 야생성이 숨어 있다. 그들은 교활하고 이기적이며 비밀스럽게 묘사되어 왔다. 여성스러운 아름다움과 힘을 대변하는 역할도 해왔고, 날렵하고 민첩하며 숨이 멎을 정도로 아름다운 존재로 그려져 오

에필로그

기도 했다.

길고양이 무리를 향한 나의 애정은 사랑과 가족에 대한 나의 생각에 변화를 일게 했다. 나는 중년의 싱글로 이 고양이들과 처음 관계를 맺게 되었다. 그러다 보니 이 고양이들이 나의 가족이 되어 버렸다. 고양이들은 그들을 연약한 지금 모습 그대로 도와주고 보호해야겠다는 인간적인 충동을 일게 해 주었다. 문명화된 사회의 가장자리에 사는 지저분한 아웃사이더들에게 마음을 열 수 있도록 의미를 일깨워 주고 그걸 실천하게 해 준 것이다.

자연은 순리대로 흘러갔다. 바깥 생활을 하는 고양이들은 이제 여섯 마리만 남았다. 스노우화이트, 그레이, 캘리비, 베이지, 마블 그리고 찰리. 픽스네이션이 예측한 대로 우리 무리는 자연적으로 그 규모가 눈에 띄게 줄어들고 있었다. 나의 개입이 이 고양이들에게 도움이 됐을까, 해가 되었을까? 나로서는 알 길이 없다. 하지만 나는 마음이 놓인다. 고양이들이 더 안락하고, 때로는 더 안전하게 살 수 있도록 최선의 노력을 다했다는 걸 나 스스로는 알고 있기 때문이다. 그리고 그 덕분에 우리 고양이들은 길고양이에게 평균적으로 기대하는 수명 그 이상을 살고 있으니까 말이다.

맞다. 매순간 해결해야 할 일이 벌어지고, 구해야 할 생명이 생기고, 위기가 찾아왔다. 하지만 그들의 삶에 온전히 개입하고 몰두하면 그만큼 보상이 있었다. 상식에 어긋나는 말처럼 들릴 수도 있지만, 고양이들의 안위를 나의 안위보다 우선시하고 끊임없이 자기 중심적으로 행동하지 않으려고 노력하다 보면 아주 깊은 성취감을 느낄 수 있고 만족감을 얻을 수 있다. 나의 이야기는 실제로는 길고양이 무리가 어떻게 나를 선택했으며, 어떻게 나의 삶을 더 나은 방향으로 바꾸어 주었는지를 보여주는 것이라고 할 수 있다.

다른 고양이들은 다 목숨을 잃는데 왜 몇몇 고양이들은 그 와중에 살아남는 것인지 그 이유를 알지 못한다. 유난히 폭력적인 방식으로 죽음을 맞는 고양이들이 생기는 이유 역시 모른다. 그러나 그것이 순리이고, 언제나 어디서나 드문 일이 아니며, 아마 앞으로도 계속 그럴 것이다. 나에게는 해답이 없다. 나는 그저 내가 돌보는 고양이들에게는 그런 일이 일어나지 않도록 노력할 따름이다. 그리고 여전히 야생에 있는 고양이들을 위해 행운을 빌어 줄 뿐이다.

나는 네팔이나 인도에는 다시 돌아가지 않았다. 대신 사업하는 친구들이 있는 파키스탄과 아제르바이잔에 잠깐 다녀온 적은 있다.

우리는 아제르바이잔 에어라인을 타고 그 나라의 수도인 바쿠로 가고 있었다. 오래되고 서비스도 좋지 않은 아에로플로트 항공이 포스트 소비에트 주들이 독립을 하자 얼른 이름을 갈아치우고 나온 것이다. 소비에트 연방이 무너지니 새로 독립한 공화국들은 여객기의 상태 따위 개의치 않고 여객기의 소유권을 주장하며 새로 칠을 해서 운행을 시켰다. 나는 자리에 앉자마자 문제가 있음을 알아챘다. 안전벨트가 없었다. 승무원도 없었다. 내 좌석을 바닥에 고정시키는 거라고는 볼트 하나뿐이었기에 조금만 움직여도 좌석이 통로 쪽으로 홱홱 꺾였다.

몸이 이리저리 움직이지 않게 하기 위해 내가 유일하게 할 수 있는 건 몸을 뒤로 기울이고 있는 것이었다. 그래서 나는 좌석이 뒷자리 승객의 무릎에 닿을 정도로 바짝 몸을 기댔다. 하지만 어느 쪽으로 몸을 틀어도 좌석은 제대로 고정이 되지 않았다. 어디서 악취가 나는 것 같아 뒤를 돌아보니 변기가 넘쳐흐르고 있었다. 게다가 화장실엔 문이 달려 있지 않았다. 금연 비행기였지만 비행기 안은 곧 담배와 시가 연기로 가득 차서 창밖을 내다보기도 힘들 정도였다.

얼어붙은 12월의 밤, 창밖으로 눈발이 흩날리고 있었다. 드디어 아래에 커다란 도시가 보였다. 적어도 두 세 시간은 더 가야 하는 줄 알았는데 너무 빨리 도착해서 놀라웠다. 도시의 불빛을 유심히 쳐다보고 있자니 불빛이 자꾸만 움직이는 게 눈에 띄었다.

갑자기 불빛이 급격하게 타올랐다가 약해졌고, 또 세졌다가 약해졌다. 나중에 알게 됐지만 우리는 아르메니아와 아제르바이잔 교전 지역 위를 날아가고 있었다. 그리고 내가 본 것은 폭탄이 터지는 장면이었다.

몇 시간 후 우리는 수도인 바쿠에 착륙했다. 사람들은 비행기가 아직도 시속 400킬로미터로 날아가고 있는데도 통로에 줄을 서기 시작했다. 착륙했을 때 무슨 일이 생길지 불 보듯 뻔했다. 역시나 한 줄로 서 있던 사람들은 도미노처럼 쓰러졌다. 줄 맨 끝에 있는 사람이 악취 나는 화장실에 처박히지는 않았을까 궁금했다.

한밤중이었다. 몹시 추웠다. 사방이 눈이었다. 공항은 완전히 황량했다. 비행 중에 사람들에게 무슨 일이 있었던 걸까? 다들 혼이 나간 사람처럼 공항 밖으로 걸어 나갔다. 택시나 버스도 없었다. 바쿠라는 도시의 흔적조차 찾을 수 없었다. 그저 가끔씩 정유 공장에서 뿜어져 나오는 가스 분출 기둥만이 새카만 하늘 위로 치솟았다. 마치 지옥에 떨어진 것 같았다. 그것도 한겨울에.

마침내 까만 차 한 대가 덜컹거리며 공항으로 들어서더니 내 앞에 멈춰 섰다. 기사는 자글자글 잔뜩 금이 간 앞유리의 그나마 말끔한 부분을 통해 우리를 보며 소리쳤다.

"바쿠! 바쿠!"

선택의 여지가 있는가? 기사는 러시아어로 열정적인 이야기를 해 대며 우리를 환영해 주었고, 핸들을 잡지 않은 손에는 보드카 병을 들고 꿀꺽 꿀꺽 술을 마셔댔다. 어쨌든 그는 바쿠로 가고 있었고 가끔 빙판길에 미끄러져 360도 회전을 해서 범퍼카처럼 눈 더미를 들이박기도 했다.

다른 이야기지만, 아시아로 갔던 마지막 여행에서의 일이었다. 나는 파키스탄에 잠시 들렀다. 친구와 함께 카이버 고개 근처 언덕을 넘고 있는데 무기 상점가를 발견했다. 안 그래도 〈뉴욕 타임즈〉에서는 이곳을 '세상에서 가장 위험한 곳'이라고 했었다. 온갖 종류의 무기가 이곳에 전시되고 팔리고 있었고, 무기가 놓여 있는 탁자 뒤로는 거대한 보강 벽이 놓여 있었다. 무기를 사기 전에 그걸 벽에 대고 테스트 해 보기 위한 용도였다. 무기를 구입하기 위해서는 무엇이 필요할까? 현금. 다른 건 안 된다.

나는 어안이 벙벙해서 주위를 둘러보고 있었다. 그런데 갑자기 내 가장 친한 친구, 정말로 내가 가장 좋아하는 절친이 나를 사람들 쪽으로 밀며 소리를 질렀다.

"살만 루시디 인도 출신 영국 소설가. 〈악마의 시〉라는 소설에서 무함마드를 부정적으로 그려 이슬람교도들에게 공분을 샀다. – 옮긴이 다!"

돌이켜 생각해 보면 정말 웃기는 일이다. 하지만 당시에는 모두들 무장을 하고 있었고, 여전히 루시디의 처형을 요구하는 칙명도 있었으며, 게다가 중요한 것, 가장 중요한 것은 내가 살만 루시디와 많이 닮았다는 것이었다. 위험한 순간이었다. 천천히 나를 향해 돌아가는 머리, 폭력적이 눈빛, 내려가는 총구, 하지만 바로 그 순간 왁자하게 웃음이 터졌다. 온 시장 사람들이 그게 농담임을 깨달은 것이다. 사람들은 발작적으로 웃음을 터뜨렸다.

집으로 돌아왔다. 내 시나리오들은 여전히 영화로 만들어지지 못한 채 그대로다. 중편 소설로 밀수업자 이야기를 썼지만 아직까지 어느 출판 사에서도 연락을 받지 못했다. 나는 위선자로서의 삶을 살고 있다. 고양 이를 돌보면서 육식을 하고, 환경을 걱정하면서 배기가스를 뿜어대는 차를 몰고 다니며, 다른 사람들에게 친절하려고 하지만 속으로는 저주 한다.

마지막 글을 쓰는 지금, 타이니가 내 가슴 위에 앉아 있다. 나는 우주가 나처럼 무모한 사람에게 이런 생명을 맡긴 것이 여전히 놀랍기만 하다. 이전에는 누군가와 이처럼 끈끈한 유대감을 느껴본 적이 없었다. 우리 관계는 날이 갈수록 점점 더 끈끈해졌다. 타이니는 내가 들이마시고 내 쉬는 숨결이며 내 삶의 진정한 목적이다. 나는 언제나 누군가를 위해 적 어도 한 번이라도 이 한 몸을 온전히 다 바쳤으면 좋겠다고 바래 왔고, 지금 그렇게 하고 있다. 그 상대가 고양이가 될 줄은 몰랐지만. 나는 타 이니가 어렸을 때, 그러니까 겨우 목숨을 부지하고 있을 때 자주 외던 기도문을 요즘도 종종 읊조린다.

"당신의 영생을 기원하나이다."

왜냐하면, 지금에야 인정하지만, 나는 고양이를 좋아하는 사람이기 때문 이다.

몇 해 전 비가 추적추적 오던 여름밤, 아파트 주차장에서 고양이 울음소리가 들렸습니다. 지나고 나서 고양이인 줄 아니까 '고양이 울음소리'가 났다고 하는 거지, 실제로는 정체를 알 수 없는 이상한 소리였답니다. 뭐지? 무슨 소리지? 궁금했지만 그냥 넘겨 버렸습니다. 뭐, 어떻게든 되겠지 하면서요.

다음 날 어둑어둑 해가 지자 '삐삐'하는 힘없는 소리가 또 들려왔습니다. 아무래도 신경 쓰였던 우리 가족은 주차장으로 내려가 보았고, 하필 우리 집 차 쪽에서 그 소리가 난다는 걸 알게 되었습니다. 그리고 주먹만 한 아기 고양이가 자동차 바퀴 뒤쪽에 숨어서 울고 있는 걸 발견했어요. 이미 녀석의 정체를 파악하고 계셨던 경비아저씨는 '조그맣고 귀엽긴 한데 색깔이 영……'이라며 쓸쓸하게 웃으셨지만, 일단 고양이 구출을 도와주셨습니다. 화단 속으로 숨었다 나왔다 하기를 몇 차례, 결국 동네 주민의 손에 붙잡힌 아기 고양이는 머리부터 발끝까지 새까맸습니다.

부서질 것 같은 연약한 몸으로 바들바들 떠는 고양이를 일단 집으로 데리고 왔고, 제 발로 어미 곁을 떠나온 건지 어미가 내다 버린 건지 알 수 없는 그 녀석을 집에서 보살피기로 했지요. 정말 계획에도 없던 갑작스러운 사건이었습니다. 그렇게 우리 가족을 찾아온 고양이 '둥이'는 반들반들한 까만 털, 노란 눈, 도도한 자태를 뽐내며 집안의 귀염둥이, 사랑둥이 노릇을 하고 있습니다.

여기에 2년 전 관악산에서 구조한 장난꾸러기 '치로'까지, 저는 두 마리의 고양이와 함께 지내고 있답니다. 제가 고양이를 두 마리나 키우게 될 줄은 몰랐어요. 앤드루 블룸필드 말마따나 저도 고양이를 좋아하는 사람이 아니었으니까요.

신기한 것은 고양이와 인연이 생기고 나니, 주변의 고양이들이 눈에 들어오기 시작했다는 것입니다. '이 주변에 길고양이가 이렇게나 많았던가? 왜 그전에는 눈에 띄지 않았을까? 이렇게 추운데 다들 겨울을 어찌 날는지 걱정이야.' 길고양이는 예나 지금이나 똑같이 길목을 차지하고 있는데 그 고양이를 발견하는 눈이 새롭게 뜨인 거지요.

요즘에도 아파트 화단에는 족보상 둥이의 조카나 손자뻘인 고양이들이 여럿 있습니다. 그 고양이들을 돌봐주시는 분들이 계시고, 또 그렇게 고양이 돌보는 걸 불편하게 여기는 분들도 계시죠. 저는 오며 가며 고양이들을 지켜볼 뿐 적극적으로 그들의 생활에 관여하고 있지는 않습니다. 고양이 무리를 돌보는 게 만만찮은 일이라는 걸 알기 때문입니다. 중성화를 시키는 문제부터 아플 때 병원에 데리고 가는 일, 하루에도 몇 번씩 먹이를 챙기는 일……, 한번 시작하면 고양이들이 세상을 떠날 때까지 짊어져야 할 책임이 어마어마하다는 걸 알기에 쉽사리 발을 들이지 못합니다.

누구나 앤드루 블룸필드처럼 자기 생활을 포기하고 길고양이에게 전념할 수는 없겠죠. 그렇게 대가 없는 사랑을 퍼붓는 게 쉬운 일도 아닐 테고요. 대신 주위를 둘러보기만이라도 했으면 좋겠습니다. 길에서 힘겹게 살아가고 있는 고양이들이 이렇게나 많다는 걸 알기만이라도 했으면 좋겠습니다. 그리고 그들을 애틋한 눈으로 봐 주면 좋겠습니다. 없애 버려야 할 성가신 존재라고 생각하지 말고요.

2018 늦가을,
옮긴이 윤영